KB203474

독설록 讀說 毒舌錄

독설록 讀說毒舌錄

강상준 지음

달면 뱉고 쓰면 삼키는 대중문화 해독서

解書

解讀

영화·드라마·만화·애니메이션·장르소설

에이플랫

차례

끝날 때 끝난 건 아니니까   7

크리티크 아트리움   15

〈불편한 편의점〉, 위로하는 소설의 함정   17

〈더 글로리〉, 폐허로 남지 않는 삶을 위해   33

〈더 글로리〉 파트2, 모든 당연했던 것에 균열을 내다   48

〈요술봉과 분홍 제복〉, 홍일점은 틀렸다   57

〈신 에반게리온 극장판 ╬〉, 약한 인간을 위한 피날레   65

〈자물쇠 잠긴 남자〉, 장르소설이 시시하다고?   76

〈기동경찰 패트레이버〉, 극일克日의 시대를 맞이하며   88

〈영화를 빨리 감기로 보는 사람들〉, 단지 콘텐츠를 '소비'할 뿐   99

〈원아웃〉, 실패를 전제한 스포츠   109

환상 속의 그대에게   119

〈장송의 프리렌〉, 늙음 아닌 나이 먹음에 대하여   121

〈소녀불충분〉, 첫 타석은 잊자꾸나   134

〈도박묵시록 카이지〉, 아직 최선을 다하지 않았을 뿐?   143

〈중쇄를 찍자!〉, 그저 나의 산을 오를 수밖에   150

〈베르세르크〉, 신神 또한 인간의 도구일 뿐   158

〈사가〉, 왜 책을 읽느냐고 묻는 이에게   168

〈던전밥〉, 도구의 정석   177

〈더 베어〉, 바트먼은 떠올리지 마   184

비정성시대유감 197

〈일몰의 저편〉, 시궁쥐처럼 아름답고 싶어 199

〈이어즈&이어즈〉, 우리가 만든 세상 209

〈왕과 서커스〉, 신념을 의심하라 217

〈체인소 맨〉, '꿈 배틀' 권하는 사회 225

〈이시코와 하네오〉, 누구를 위하여 법은 울리나 236

〈더 포스트〉, 각오한 자가 쏘아올린 작은 공 248

〈거꾸로 소크라테스〉, 최고난도로 살고 싶어? 257

내 낡은 서랍 속 테라리움 269

〈호시아카리 그래픽스〉, 하고 싶은 일을 선택하기 271

〈허니와 클로버〉, 지나간 것은 지나간 대로 281

〈글리치〉, 나는 믿고 싶다, 과정을 292

〈스파이 패밀리〉, 가족을 연기하지 않는다면 299

〈사형에 이르는 병〉, 먼지 같은 친구가 필요해 307

〈송곳〉, 자리 지키기가 아닌 지켜주기 317

'왼손잡이', 다른 그림 찾기 328

작가 및 작품 찾아보기 336

끝날 때 끝난 건 아니니까

> "와, 어제 손흥민 봤냐? 골 아주 좆되더라."
>
> "여차하면 좆될 뻔했는데."
>
> 잘된 것도 좆이고 망한 것도 좆이라니…….
>
> 좆같은 말을 너무 많이 들어서 이제 좀 지겹다.
>
> 다른 표현도 많은데 너무 쉽게 음절 하나로 맞바꾸는 모습이
>
> 아쉽다.

- 〈충청의 말들〉 중

2006년, 어느 면접시험에서 면접관이 내게 물었다. 왜 영화기자가 되고 싶냐고. 나는 조금 고민하다 이렇게 답했다. 영화를 보는 시간이 너무나 즐겁기 때문이기도 하지만 실은 영화가 끝난 이후의 시간이 더 즐거워서라고. 이래저래 영화를 곱씹으며 여러 방

식으로 가정하고 생각해보기도 하고, 글로 정리하고, 또 사람들과 영화에 대해 잡담하고 토론하고 비평하는 시간이 훨씬 즐거워서 영화가 끝난 이후의 시간을 다루는 영화기자가 되고 싶다고. 심지어 영화는 길어야 두세 시간이지만 영화가 끝난 뒤의 시간은 훨씬 더 길지 않느냐고 말이다. 이때 비로소 면접관의 눈빛이 조금은 변했다고 느꼈다. 어디까지나 내 주관적인 느낌에 불과하긴 했지만, 결과적으로 그 회사에서 나는 사회생활의 첫발을 뗄 수 있었다. 영화 뒤의 시간을 이야기하는 영화기자로서.

꽤 오래된 일이고 그나마 즐거운 추억 축에 끼는 기억도 아니지만, 왜 대중문화에 대해 이야기하는지, 그리고 그 원천과 기저는 무엇인지를 새로이 고민할 때마다 자동 반사적으로 떠올리고 마는 일화다. 격변하는 시대의 흐름에 어떻게든 대응해보고자 주위 사람들과도 몇 번을 공유하며 끊임없이 정교하게 다듬어가는 몇몇 의제 중 하나이기도 하고. 최근엔 더더욱 이 이야기를 자주 꺼내곤 하는데, 이미 영화 뒤의 시간 따위 어찌 되든 상관없는 시대로 완전히 접어든 것은 아닐까 싶은 의구심, 나아가 자조와 탄식으로 귀결되는 여러 방식의 '종언 선언' 때문이다.

실제로 사람들은 여전히 별점을 비롯한 단평에는 관심이 많은 듯 보이지만 이건 어디까지나 영화를 보기 '전'의 행동에 불과하다. 반면 영화가 끝난 후에는 대체로 과격한 표현이나 그도 아니면 자극적인 부사 정도로 자신의 감상을 압축한 뒤 마치 훌훌 털어버리려는 것만 같다. 이를테면 영화가 재미있었다면 '대유잼', '존잼', '인생영화' 같은 표현만으로 충분하고, 영화가 별로였다면 '시간 낭비', '쓰레기' 등의 수사로 불만을 노골화한 뒤 반드시라고 해도 좋을 만큼 가성비를 논하는 식이다. 영화 외 다른 매체의 경우는 더 단순하다. 이건 반드시 영화나 드라마로 만들어야 한다는 게 최고의 상찬으로 치부되는 시대니까. 모두 너무나 흔하고 익숙해 언젠가부터 당연한 반응처럼 여겨지지만, 그럼에도 논의가 딱 여기까지만 전개되고 마무리되는 건 너무 싱겁다는 생각이다. 정말로 가성비가 중요하다면 사실 이제부터가 시작이어야 하지 않나?

그마저도 책은 더더욱 읽지 않고, 만화는 예나 지금이나 게토화되어 있다. 아예 애니메이션은 픽사나 지브리 정도가 아니면 볼거리로 치지도 않는 분위기다. 무엇보다 그냥 이 모든 것들이 다 귀찮고 쓸데없다는 듯 도매금으로 싸잡아 모조리 유튜브로 대체해버린 게 작금의 현실이다. 상황이 이럴지니 과연 대중문화의 본질은커녕 애초에 역할이 무엇이었는지조차 막막하다. 그저 한순간의 즉흥적이고도 일시적인 감흥에만 의존한다면 이미 그것이야말로 〈멋진 신세계〉나 다름없지 않은가.

하지만 아직 '멋진 신세계'에 완전히 복속된 인민들만 존재하는 것은 아니었다. 어떻게 이 감흥을 이야기할지 몰라서, 무엇을 이야기하고 생각하고 파고들지 몰라 망설이는 사람들이 여전히 남아 있다. 누군가와 이야기를 나누고 싶지만 그러지 못해 못내 안타까워하는 사람들도 많아 보인다. 서브컬처를 다루는 팟캐스트를 오래 진행하면서 피부로 느낀 거지만 가장 흥미로운 반응 역시 이런 유에 가깝다. 애니메이션에 대해, 만화에 대해, 영화에 대해, 드라마에 대해, 장르소설에 대해 이렇게 대화할 수도 있군요, 혹은 이렇게 각기 다른 시선으로 바라보고 해석하고 평가할 수도 있군요, 같은 것들이다. 실제로 청취자 댓글 중에는 잘못된 정보를 지적하거나 즐겁게 잘 들었다는 응원 외에도 자신의 해석을 남기거나 비슷한 작품을 추천하거나 때로는 그 작품이 인생의 전부였던 왕년의 추억을 덧대는 사람들이 많다. 단지 대중문화에 대해 이야기하는 것만으로 어느 누군가에게는 가슴속에 묻어둔 작품을 현재진행형으로 뒤바꾸는 계기가 됐다는 게 유독 기꺼운 기억으로 남아 있는 그대로, 아직 영화는 끝나지 않았다. 실은 만화도 소설도 애니메이션도 드라마도 끝날 때 끝난 것은 아니다. 그래서 그 뒤의 시간을 어떻게 이야기하고 나누면 좋을지 고민하다 오랫동안 수집하고 기록하며 몰래 좋아라 하던, 영화, 만화, 장르소설 속 쓴소리, 이른바 '독설'로 포문을 열기로 했다.

알다시피 세상에 명대사는 넘쳐난다. 그럼에도 명대사라고 하면 대개는 치유의 의미에 한정되지 않나 하는 뾰족한 반발심을 꽤나 오래도록 품어왔다. 장면은 그럴듯하고 대사 또한 멋들어지지만, 그럼에도 메시지는 결국 뻔하고 얄팍해 위로에 초점을 맞춘 흔한 상투어의 변주처럼 보이기 십상이었던 것이다. 그런 잘 짜인 안전한 위로보다는 악담, 쓴소리, 흔히 독설로 불리는 날것 그대로의 투박한 말에 아무렇지 않다는 듯 스민 쓰디쓴 진실이 더욱 매력적으로 다가왔다. 아프지만 그래서 더 오래 남고, 곱씹을수록 쓴맛, 짠맛, 신맛만이 아니라 끝내 단맛까지 우러나오는 그런 대사. 실은 그게 진짜 뇌리에 오래토록 남는 명대사이지 않나 싶었다. 게다가 작품과 작가, 완성도나 경향만이 아니라 결국 인간과 인생에 대해 다방면으로 고민케 만드는 주제와도 잘 어울리는 듯했다.

물론 그것만으로도 조금 부족했다. 처음 원고를 집필한 뒤 주위에 의견을 물었을 때도 여전히 딱딱하고 어렵고 먼 이야기를 하는 흔한 '리뷰'처럼 비칠 수도 있겠다는 감상이 빠지지 않았다. 그리고 그걸 의도한 게 아니라면 개인적인 이야기를 더해도 좋지 않을까 하는 조언을 받았다. 결국 그래보기로 했다. 그간은 작품을 이야기함에 있어 사적인 이야기를 담는 건 되도록 삼가왔는데, 별다른 이유 때문은 아니다. 그저 사람들이 알고 싶은 건 작품에 대한 것이지 나에 대해선 별로 궁금해하지 않을 것을 잘 알기에 쓸 필요가 없었을 뿐이다. 물론 그 요건은 전혀 변하지 않았음에도 최종적으로 구애받지 않기로 결정한 건 오히려 강박적으로 배제하려는 건 아닐까 싶은 마음 하나와, 막상 쓰고 나니 거부감보다는 글을 쓰는 데 필요한 즐거움이 조금 늘어나 괜한 짓을 한다는 불안을 상쇄할 정도는 됐기 때문이다. 무엇보다 독자들 또한 비단 작품의 속내만이 아니라 자신을 되돌아보는 데까지 생각과 고민이 이어졌으면 하는 바람에 부응할 수 있다면 사실 이 정도는 별것도 아니라는 생각에서다.

덕분에 스스로를 들여다보고 돌아보는 계기로도 이어졌다. 무라카미 하루키가 에세이 〈먼 북소리〉에서 말했듯, 글을 쓴다는 건 "처음에 가졌던 자기의 사고방식에서 무언가를 '삭제'하고 거기에 무언가를 '삽입'하고 '복사'하고 '이동'하여 '새롭게 저장'"하는 것에 가까운 탓일 테다. "이런 일을 몇 번이고 되풀이하면, 나라는 인간의 사고나 혹은 존재 그 자체가 얼마나 일시적이고 과도적인 것인가를 분명히 알 수 있"는 행위인 것이다. 그러니 이렇게 만들어낸 책 역시 "과도적이고 일시적인 것"일 수 있다. 물론 이건 무라카미의 말마따나 "불완전하다는 의미가 아니다." 실제로 책이 불완전한 건 사실이지만, 어떻게든 그 과도적이고 일시적인 것을 붙잡아놓을 수 있는 도구나 행위가 바로 글이라는 얘기에 더 가깝다. 그는 "글을 쓴다는 것은 참 좋은 일"이라며 "적어도 나에게는 정말 좋은 일"이라고 했는데, 사실 이는 누구에게라도 마찬가지일 것이다. 자잘한 편린에 불과할, 한숨 한 번에 곧 심연으로 가라앉을 사고의 과정과 귀착까지 잡아놓을 수 있는데 좋지 않을 리 없다. 실제로 그걸 잡아놓다 보니 사적인 경험이 많이 담기면서 조금 더 개인적인 성향이 짙어진 게 사실이다. 가능하면 여분의 즐길 거리나 생각할 거리 정도로 가벼이 여겨주었으면 하는 바람이다.

더욱이 그러기 위해 되도록 많은 작품을 이야기하려고 했다. 만화 〈골든 카무이〉에서 세상 모든 것, 그러니까 동물이나 도구에조차 신이 깃들어 있다 생각하는 아이누족에게는 "하늘에서 아무 이유 없이 내려준 물건은 하나도 없다(칸토 오로와 야쿠 삭 노 아란켚 시넵 카 이삼)"라는 구절이 전승되는데, 마찬가지다. 세상에 아무 이유 없는 작품은 없지 않을까?

병법 삼십육계에는 포전인옥抛塼引玉이란 전술이 있다. 벽돌을 던져 옥을 끌어들인다는 뜻으로, 단지 미끼 전술의 의미만이 아니라 미숙한 의견을 내놓아 고견을 이끌어낸다는 비유로도 쓰인다. 여기 서툴게 벽돌 하나를 던졌으니 모쪼록 여러 작품에 대해 고민하며 독자 스스로도 자신만의 옥을 다듬는 시간으로 이어졌으면 한다. 다시 말하지만, 끝날 때 끝난 것은 아니니까.

2024년 10월, 저자 강상준

크리티크 아트리움

CRITIQUE ATRIUM

독설록 讀說
毒舌錄

위로하는 소설의 함정
〈불편한 편의점〉

"내가 제일 좋아하는 건 노르웨이 오슬로 국립미술관에 소장돼 있는 그림이야. 붉은 하늘빛이 가장 무시무시해서 당장이라도 피가 쏟아져 내릴 것 같거든."

"흐음, 하지만 그런 그림은 무섭다고 할까, 보고 있으면 불안한 마음이 들지 않아? 그런 그림이 그렇게 좋다니⋯⋯."

"불안이라. 그렇네. 모든 것이 불안해서 견딜 수 없는, 그런 기분을 폭로해주는 듯한 그림. 그래서 좋아해."

"불안해지기 때문에 좋다고?"

"불안이란 건 안 그런 척해봐야 소용없잖아. 너도 그렇잖아? 다들 분명 그럴 거야."

- 아야츠지 유키토의 소설 〈어나더〉 중

방송 작가 이우정은 스타 PD 나영석과 함께 주로 여행 예능 프로그램을 만들어오다 2012년부터 드라마 작가로도 발을 넓히며 국내에서는 유례를 찾을 수 없는 독보적인 위치에 올라섰다. 단지 예능 작가가 드라마도 집필했다는 작은 파격이나 도전에 그친 것도 아니다. 첫 작품인 〈응답하라 1997〉이 공전의 히트를 기록한 것을 시작으로, 〈응답하라 1994〉(2013)는 케이블 드라마 사상 최초로 시청률 10퍼센트를 넘어섰다. 〈응답하라 1988〉(2015~2016)까지 이어진 〈응답하라〉 시리즈는 방영 때마다 크고 작은 신드롬을 불러일으키며 마침내 작가 이우정을 한국 대중문화 콘텐츠의 핵심 인물 중 한 명으로 각인시켰다.

드라마 〈슬기로운 의사생활〉에 관심이 간 것은 그런 이유 때문이었다. 성공이 보장된 전작의 '추억 팔이' 콘텐츠에서 벗어나 (진짜 의도야 어찌 됐든) 의학 드라마라는 새로운 장르에 도전하는 듯, 또 한 번 작가로서 확장을 꾀하는 듯 보이기 충분한 선택이었던 것이다. 결과적으로 2020년 방영한 〈슬기로운 의사생활〉은 이우정 작가에게 있어 또 하나의 굵직한 커리어로 자리매김했고, 이듬해인 2021년 두 번째 시즌으로까지 이어졌다.

〈슬기로운 의사생활〉은 애초에 이우정 작가의 특기와는 무관한 작품이었기에 의료 현장과 그 안의 시스템을 그리는 데는 서툴 것이라는 선입견이 무색하게 세심한 고증으로 현장감까지 탁월하게 담아냈다. 그러면서도 이우정 작가가 지닌 색채나 장점은 의학 드라마라는 묵직한 장르 구조 안에 전혀 매몰되지 않았다. 의학 드라마의 외피를 썼을 뿐 여전히 모든 이들이 사랑하고 사랑받기 위해 노력한다. 〈응답하라〉 시리즈 때도 늘 지적되던, 아다치 미츠루의 만화에서 따온 듯한 인물 구도 또한 여전했다. 더러 주요 장면이나 대사를 그대로 아다치의 대표작으로부터 인용했던 전작의 수준까지는 아니었지만, 무심한 척 마음을 내어주는 캐릭터들이나 그로 인해 한껏 정제된 따뜻한 분위기, 때때로 코믹한 장면을 곳곳에 배치한 스타일 또한 그대로다.

특히 의사들은 하나같이 따뜻하다 못해 인간애가 넘친다. 그중에서도 주인공 5인방 의사는 후배 의사나 간호사들 누구에게나 좋은 선배, 믿을 만한 스승으로 통한다. 모두가 유능하고 모두가 자애롭다. 이들의 우정 역시 완전무결하다. 그렇게나 바쁘다면서도 주말마다 모여 밴드 활동을 이어갈 정도로 끈끈한 데다, 가족 간 갈등을 비롯해 외부의 불안을 서로서로 해결해주는 사이이기도 하다. 무엇보다 이들은 크고 작은 고통을 겪는 환자들의 마지막 보루다. 그것도 병을 고쳐주는 것을 넘어 매번 마음의 짐까지 덜어주고 각자 처한 환경까지 속속들이 보듬어주는. 환자가 병원을 나설 때쯤엔 질병이나 상처만이 아니라 가지고 있던 모든 악조건을 치유하고도 남는다. 한마디로 '의느님'이 따로 없다. 그러면서도 컵라면으로 끼니를 때우고 업무 외적인 부분(주로 연애)에서는 조금 서툰 면모까지 보여주는 인간적인 매력까지 갖췄다. 이쯤 되면 크립톤 행성에서 온 슈퍼맨이 오히려 핍진할 지경이다.

그럼에도 〈응답하라〉 시리즈를 재미있게 본 시청자라면 여기저기 숨은 복선을 찾는 특유의 재미하며, 각기 다른 매력을 지닌 캐릭터들이 병원에서 활약하는 장면과 삶의 소소한 가치가 교차하는 특유의 장치에 매혹되었을 게 분명하다. 그러다 시즌2에 이르러 좀 기묘하다는 생각이 들었다. 저런 병원이 존재할 수 있을까? 아니, 세상에 저런 의사가, 저런 친구, 저런 연인, 저런 가족이 있을 수 있을까? 어느 순간 너무나도 새하얗고 맑다 못해 지극히 안전하기 그지없는 그 안의 세상 전부가 무균실처럼 보였다. 사랑은 곧 완성될 테고, 이들의 우정은 영원할 것이며, 이들의 의술은 곧 세상을 구원할 게 분명했다. 이 모든 게 애초에 판타지인 건 분명했지만 부러 정도를 넘어선 가공의 판타지, 철저히 위로에 초점을 맞춰 기획된 가짜에 위로받고 싶다는 생각은 들지 않았다. 그건 일종의 기만과도 같았다. 나는 더 이상 시청하길 그만뒀다.

그 편의점의 미발주품

〈슬기로운 의사생활〉은 의학 드라마의 특성상 매 화 생사를 저울질하는 기복 큰 사건을 동반한다. 그래서일까. 일상을 위로하겠다는 투명한 전략을 밀어붙여도, 다소의 판타지가 가미되더라도 시청자는 그대로 받아들일 수밖에 없을 거라는 교묘함마저 느껴진다. 판타지니 뭐니 해도 결국 요동치는 서사가 앞장서 극을 이끌면서 안온한 일상에서 새삼 가치를 찾는 뻔한 결론에도 다시금 힘을 싣기 때문이다. 반면 최근 인기를 얻은 소설들의 성향은 조금 다르다. 베스트셀러를 넘어 스테디셀러로 자리 잡은 김호연의 〈불편한 편의점〉 역시도 투명한 판타지를 근간에 둔 건 마찬가지다. 하지만 이제는 서사마저 너무나도 안전해 때때로 이야기는 예상 가능한 품을 결코 벗어나지 않는다. 그럼에도 많은 사람들이 이 소설에 매료되었다는 점은 그래서 더 의외로 다가왔다.

청파동 골목에 자리한 편의점을 무대로 여러 이웃들의 삶을 들여다보는 방식은 무척 익숙하지만 그럼에도 효율적이다. 편의점 사장 염 여사가 자신의 잃어버린 지갑을 찾아준 노숙자 독고를 편의점 직원으로 고용하고, 알코올중독자였던 독고가 점차 잃어버린 기억을 찾아가는 중심 서사는 작품 내 가장 드라마틱한 이야기로 책 앞뒤에 자리한다. 나머지는 편의점을 찾는 손님과 직원들의 이야기다. 여기서 악인은 딱 'JS', 즉 진상 손님 정도다. 악'인'이라고 할 것도 없다. 이들은 언제고 나타나 벌어질 수 있는 사고에 더 가깝다. 편의점 알바의 마음을 잠시 심란케 하는 존재지만, 어눌한 말투로 맞는 말만 하는 커다란 덩치의 독고가 등장하는 순간 눈 녹듯 사라진다. 예의 없는 것들에게 정당하게 되갚아준다는 소위 '사이다 서사'까지는 아니더라도, 노후 연금을 받는 염 여사가 장사가 안 되든 말든 오로지 직원들의 생계유지를 위해 운영한다는 이곳 편의점의 설립 취지에 걸맞은 '착한 세계'는 그렇게 매번 누구나에게 안심하고 기댈 곳이 되어준다. 이 정도라면 다소의 판타지가 가미되었더라도 누구나 안심하고 즐길 수 있을 것이다. 편의점을 찾는 손님도, 〈불편한 편의점〉을 읽는 독자 역시도.

이야기 역시 편의점으로 표상된 착한 세계 밖을 절대 벗어나지 않는 탓에 오로지 독자의 기대를 충족하기 위한 가장 행복한 결론으로 귀결되기 일쑤다. 표제작인 '불편한 편의점'이 대표적이다. 시나리오 작가 인경은 그간 연극 극본을 몇 번 무대에 올렸지만 흥행과는 연을 맺지 못했다. 새로운 곳에 이사 와 이번이 마지막이란 각오로 집필에 전념하지만 앉아서 고민만 한다고 각본이 쉽게 나오는 것은 아니다. 그러던 중 매일 청파동 올웨이즈 편의점을 오가며 야간 알바인 독고와 마주치는 사이 점차 작품의 윤곽이 잡히는 듯하다. 그때 마침 극단 대표가 2년 만에 연락해(나름의 이유는 언급된다) 각색을 제안하고, 이때 인경은 자신이 구상 중이라는 오리지널 작품에 대해 다분히 즉흥적으로 브리핑한다. 당연히 그 작품은 편의점 괴짜 독고를 중심에 둔 이야기인데, 이 소설의 개괄과도 같은 내용을 듣던 대표는 그 즉시 너무나도 맘에 든다며 바로 무대에 올리자고 제안한다. 심지어 연극 제목을 묻자 잠시 고민하다 인경이 내놓는 답은 '불편한 편의점'이다. 아무리 해피엔 드가 정해진 소설이라지만 아무런 긴장감도 동요도 없이 그저 적당히 아는 길을 따라가다 접한 결말이라 심히 공허했다. 독자의 예상과 기대를 압도할 생각일랑 하나도 없이 그저 독자와 함께 나란히 걸어가는 안전한 소설이 조금은 당혹스럽기까지 했다.

　메시지 역시 익숙하다. 제목만 '불편'했지, 실은 단순하고 느린 삶도 충분히 아름답다는 예찬으로 가득하다. 공무원 시험을 준비하며 편의점 알바로 일하는 시현이 공무원을 지망하는 이유도 그렇고, 시현이 편의점 포스기 사용법을 동영상으로 만들어 유튜브에서 각광받으며 다른 편의점의 점장으로 스카우트되는 판타지를 뒷받침하는 것 역시 '설명이 느려서 좋다'는 데 방점을 찍는다. 영화감독이 되겠다며 대기업을 때려치운 아들이 영화에 실패한 후 집에 틀어박혀 게임만 하고 있는데, 애초에 어머니는 이를 이해할 재간이 없다지만 단 한 번도 아들의 항변을 듣기 위해 마이크를 쥐여주는 법도 없다. 이런 아들과의 갈등을 해결하는 법도 간단하나니 독고의 조언에 따라 아들과 대화를 해보라는 것에 불과하다. 누구나 알지만 그럼에도 느껴지는 감동도 있다지만, 그 전략이 자주 반복된다는 인상을 지울 수 없다.

　또한 염 여사의 아들 민식이 소싯적 돈을 벌기 위해 수단과 방법을 가리지 않고 했다는 "합법과 불법의 경계를 교묘히 오가는 일들"이 뭔지 구체적으로 묘사되는 일도 없다. 아마도 작품의 고운 결을 훼손하는 요소이거나 혹은 그저 불필요한 묘사라 판단한 걸지도 모르겠다. 어쨌든 착한 세계는 그렇게 숨죽인 밤의 편의점과 함께 호흡하면서 이곳에 잠시 적을 둔 사람, 매일 밤 이곳을 찾는 사람 모두를 위무한다. 실은 너무 안전하고 안락해서 성공했을 이 작품은 트렌디한 어휘나 말투를 앞세운 통통 튀는 문장이 상징하는 그대로 행복이 그리 멀지 않은 우리 현실에 있음을 환기함으로써 위로만큼은 충실히 건넨다. 무척 익숙하지만 그럼에도 충분히 효과적이다. 다시 말해 충분히 효과적이지만 너무 익숙하다.

지금 이대로도 괜찮다 말해줄게요

또 다른 베스트셀러인 〈어서 오세요, 휴남동 서점입니다〉의 기반도 비슷하다. 휴남동 서점 역시 청파동 편의점과 마찬가지로 에두르지 않고 치유의 공간으로 기능한다. 퇴사 후 이혼한 영주가 역에서도 조금 먼 곳에, 아는 사람만 방문할 만한 곳에 꾸린 휴남동 서점은 사장인 영주는 물론, 직원 민준을 비롯해 이곳을 방문하는 모든 사람들이 행복에 대해 고민하고 불행한 과거를 청산하는 곳이다. 그럼에도 이 작품은 사건이 휘몰아치기보다는 오히려 '사색'하는 소설처럼 보인다. 아예 소설이기보다는 작품 전체를 통틀어 일종의 자기계발서처럼 보이는 대목 또한 많다.

청파동 편의점이 비록 한 사람의 선의로 만들어진 꿈의 공간이라고는 하나 어디에나 존재할 것 같은 익숙함에 기댄 것과 달리, 휴남동 서점은 상대적으로 현실과 괴리된 판타지가 종종 보인다. 영주는 서점을 잘 꾸려나가고자 늘 고민하지만 이는 단순히 손님이 많이 찾아와 책을 많이 파는 데 있지 않다. 그래서 매번 고민이 깊어가는 듯싶지만, 실은 이미 바리스타를 상시 채용할 정도인 데다, 작품 중반에는 시간제로 카운터를 맡아줄 직원까지 한 명 더 고용할 만큼 작은 동네 책방 이상의 다분히 넉넉한 형편에서 비롯된 고민일지도 모른다. 더욱이 영주에겐 일도 끊이지 않는다. 신문에 칼럼을 연재할 기회가 주어지기도 하고, 독서 클럽을 만들면 세 그룹은 뚝딱 모인다. 처음 책을 낸 작가가 아무리 인터넷에서 적잖이 화제가 됐기로서니 작은 서점이 주최하는 북토크 자리에 금세 손님을 50명이나 끌어 모을 수 있을까?

작품의 주제가 결국 이런 안온한 일상에서 비롯되는 것처럼 느껴지는 것은 그런 이유 때문이다. 작중 직접적으로 '안도감'이 화제로 오르는데 이는 손님들이 서점이란 공간에서 느끼는 안도감에 한정되지 않는다. 그 안도감이란 행복은 무엇인지, 앞으로 어떻게 살아야 하는지, 지금 이대로도 괜찮은지를 서로 대화하고 때로는 스스로 질문하고 답하는 방식으로 구체화된다. 작중 민준의 대학 동창인 성철이 자청해 고레에다 히로카즈 감독의 영화를 해설하겠다며 서점에 찾아온 다음 스스로를 영화평론가라고 지칭하는 대목은 이 작품의 그런 성격을 대번에 드러낸다. 성철은 기성지에 지면을 할애받은 평론가도 아니고, 특별히 이 분야에서 오래 경력을 쌓은 것도 아니다. 그렇지만 스스로 당당하다. "그러니까 나는 영화를 평론하는 영화평론가라는 말이야. 누가 이름 붙여줄 필요 없어. 내가 그렇게 생각하면 되는 거야. 그럼 된 거 아니냐, 산다는 게." 이런 식이다. 위안보다는 새삼 그 치기가 매우 놀라웠다.

실은 바로 이런 점이 이 작품의 기조처럼 보인다. 엄마의 등쌀에 떠밀려 서점에 정기적으로 방문하는 고등학생 민철의 고민은 지금 이렇게 하고 싶은 것 하나 없이 살아도 되느냐는 것 정도다. 결국 조바심 내지 않고 충분히 고민해보라는 어른들의 조언에 그는 작품 말미 대학에 진학하지 않는 것으로 가닥을 잡는다. 휴남동 서점의 바리스타 민준은 계속되는 취업 실패에 좌절하다 결과적으로 현재의 서점 생활을 임시가 아니라 정착하는 것으로, 그리고 이 선택이 주변의 시선과 상관없이 결정한 적극적인 자기주장에 기인한 것임을 분명히 한다. 남편과 생활하는 게 늘 마뜩잖은 지미는 마침내 이혼을 결심하고, 회사를 나와 서점에서 매일 뜨개질로 소일하던 정서도 다시 일어선다. 그 밖에 여러 인물들 모두 다 비슷하다. 회사를 때려치우고 서점을 차린 영주가 이미 그러하듯 모든 캐릭터들에게 남들과 조금 다른 삶도 얼마든지 가능할 뿐 아니라 의미 있다는 결론을 내려준다.

더욱이 이는 사건에 의한 것이 아니라 사색을 통한 깨달음에서 비롯되는 경우가 많다. 황보름 작가는 원래 에세이를 쓰다 소설을 써봐야겠다 결심하고 쓴 첫 소설이 바로 이 작품이라 밝혔는데, 그 덕분인지 명백히 소설의 형식을 띠고 있음에도 마치 독자 스스로 등장인물들처럼 사색하고 명상하길 바라는 듯한 분위기 일색이다. 말하자면 리얼리티가 부족한 것과 별개로 "영화 〈카모메 식당〉이나 〈리틀 포레스트〉 같은 분위기의 소설을 쓰고 싶었다"는 작가의 말마따나 서점이란 공간에서 벌어질 수 있는 최소한의 사건과 상황에 적당히 인물을 얹은 다음 작가의 삶의 철학을 직접적으로 풀어놓은 느낌마저 받을 법하다. 그래서인지 소설이 주는 격정이나 불안, 긴장, 고양 같은 감정보다는 지금 이대로도 충분히 괜찮다며 직접적으로 삶을 위무하는 일련의 책과도 비슷해 보인다. 물론 그런 책도 필요하고 누군가에게는 큰 의미를 가지는 것도 잘 안다. 멈추면 비로소 보이는 것도 있다던 스님이 뉴욕의 고급 아파트를 자랑했다고 해서 책을 읽으며 스스로 깨닫고 반성하던 시간마저 부정할 필요는 없을 테니까. 단지 소설의 역할이, 늘 약동하고 반발하고 균열을 찾아가던 소설이 고작 여기에만 머문다면 그건 꽤 안타까운 일일 것이다.

판타지, 실은 거울이자 모험

　이런 소설들이 근래 보기 드문 판매고를 올렸다는 것은 그간 소설을 읽지 않은 이까지 끌어들인 결과로 보아야 마땅하다. 말인즉슨 어쩌면 누군가에게는 소설을 읽게 되거나, 혹은 소설을 다시 읽게 된 계기가 됐을 수 있다는 것이다. 판타지 장르를 표방한 〈달러구트 꿈 백화점〉이 장르로서의 판타지가 아니라 독자에게 안온한 판타지를 선사하려는 것처럼 느껴지는 아이러니도 작가의 의도야 어찌 됐든 전략적인 선택으로 읽히기 십상이다. 그도 그럴 것이 잠들면 입장 가능한 꿈의 세계를 형상화해 현실 세계 사람들이 찾아와 자신이 꿀 꿈을 구입하는 이 이야기에도 결핍이나 불안은커녕 온통 희망과 소소한 깨달음으로 가득하다. 악몽이라고 해봤자 트라우마를 가진 시점으로 되돌아가는 꿈 정도인데, 이 역시 "가장 힘들었던 시절은, 거꾸로 생각하면 온 힘을 다해 어려움을 헤쳐 나가던 때"라며 "이미 지나온 이상, 어떻게 생각하느냐에 따라 달라지는 법"이라는 결론을 내어줄 따름이다. 예지몽이 언급되기는 하나 흉몽과는 전혀 무관하다. 사람들이 재미있는 일이 많아 잠들지 않자 꿈 세계에 정말로 큰일이라도 난 듯 호들갑을 떨지만 이내 더 즐거운 꿈을 만들면 되지 않냐고 앉은 채로 결론을 내린다. 아예 "자신의 삶을 있는 그대로 받아들이고 만족하는 것"을 조언하기도 한다. 마찬가지다. 사건은 최소화되고, 결국은 마음을 고쳐먹는 것 정도로 해결될 일들뿐이다. 나의 안온한 현실이 잘못되지 않았다고, 지금도 충분히 괜찮다고 어루만져주는 소설과는 다르다는 듯 신선한 배경을 구현했지만 결국 불편한 것은 아무것도 없다. 행동을 촉구하거나 마음을 동요시키는 것조차 아니기에 이곳은 언제라도 평온하다. 말 그대로 꿈같은 세계다.

하지만 애초에 판타지 장르가 이런 것일까? 물론 명확히 정의 내린 바도 없고 일괄적으로 이래야 한다는 규정이 있는 것도 아니지만, 판타지 장르는 '환상'이란 이름에 걸맞은 분방한 상상력 위에 대개는 실로 다채로운 '모험'을 그려내곤 했다. 덕분에 환상이란 달콤한 말과 완전히 대치된 참혹한 현실을 담아내기도 한다. 중간계에서 가장 약한 종족인 호빗에게 절대적인 힘을 쥐여주고 마침내 이를 파괴하길 종용한, J. R. R. 톨킨의 〈반지의 제왕〉을 단지 이세계 배경의 공상이기보다는 현실의 거울로 해석하는 것은 그런 이유 때문이다. 또한 판타지 장르가 인간 외 여러 지성체를 동원하는 것은 곧 인간을 객관화하는 장치가 된다. 이는 인간이 지닌 본연의 장점과 결점을 되새기는 기회가 되기도 한다. 무엇보다 반드시 선할 리 없는 인간의 악의나 욕망을 들추고 이를 전쟁이나 모험으로 형상화해 인물 간 갈등과 성장, 오해와 좌절을 그리기에도 더할 나위 없이 자유로운 무대가 되어준다.

SF는 또 어떤가. SF 장르가 건네는 것은 단지 과학적 상상력이나 경이만이 아니다. 인간을 기계나 인공지능보다 하위에 두는 파격도, 그간 당연했던 것에 의문을 표하며 스스로 불안을 가정하는 뒤틀린 시선도 모두 가능하다. 미스터리 장르는 아예 '서스펜스'와 '스릴'이라는 속성을 장르명으로 내세우는 그대로 범죄와 악의를 통해 인간이라는 심연 가장 깊은 곳을 향한다. 그러면서 결코 마주하고 싶지 않은 진실과 맞닥뜨리기도 하고, 모순덩어리 현실이나 추악한 인간들에 분노하거나 절망하기도 한다. 호러 장르는 말할 것도 없다. 평온했던 현실을 단번에 전복함으로써 불러일으키는 마음의 소요는 인간이 지닌 가장 강렬한 감정을 다시금 상기시키는 기폭제나 다름없다. 모두 소설이 건넬 수 있는 훌륭한 간접경험이다. 위로만 받기엔 소설의 세계가 너무나도 너무나도 넓다.

히키코모리 시대를 넘어

그렇다고 소설 세계로의 입문서가 되어줄 소위 '위로소설'의 효용을 무시하거나 완전히 등한시해야 한다는 것은 절대 아니다. 단지 소설의 품은 너무나도 넓고 소설을 읽으면서 수반되는 다양한 감정 변화와 사고의 확장, 무수한 상상과 경험에 등을 돌린 채 안전한 울타리 안에서 자족하도록 독려만 하는 건 굉장히 아쉽다는 얘기다. 일본의 라이트노벨light novel은 주로 청소년 독자를 대상으로 한 엔터테인먼트 소설을 가리키는 장르로 통용되는데('주브나일

소설'이 아동 대상의 지극히 건전한 내용임을 감안해 이와 구분되는 장르임을 명확히 하기 위해 동원되었다), 지금은 '가벼운 소설'이란 이름 그대로 학생들이 책과 만나는 좋은 통로가 되어주기도 한다. 개중에는 라이트노벨로 소설에 입문해 영원히 라이트노벨만 읽는 독자도 있겠지만, 대부분은 나이를 먹으면서 라이트노벨과 더불어 다른 여러 소설을 읽는다. 작가 역시 독자와 마찬가지로 처음엔 라이트노벨을 쓰다 일반 문학이나 장르소설을 쓰는 경우도 많다. 니시오 이신만 하더라도 미스터리에 기반을 둔 라이트노벨을 쓰다 현재는 라이트노벨을 포함한 독특한 작풍을 가진 장르소설 작가로 성장해 실로 다채로운 작품을 집필하고 있다. 우리의 경우에도 위로에 초점을 맞춘 소설 상당수가 작가의 데뷔작임을 감안할 때, 첫 소설이 주는 안온함, 안락함, 안전함이 이윽고 완전히 뒤집힐 가능성도 없진 않을 것이다.

무엇보다 스스로 답을 내고 지금의 삶도 나쁘지 않다며 공감과 위로를 건네는 책들이 오랫동안 대세가 되면 곤란하다는 생각이다. 어딘가 존재할 것 같지만 존재하지 않는 공간을 꾸며 적당한 판타지를 덧대고, 표지 역시 건물 하나 띡 세워 출간하는 책도 필요할 테지만, 이렇게나 많을 필요는 없다. 이러한 일련의 경향은 장르소설에도 반영됐는지 SF마저도 공들여 새로운 세계를 구축해놓고도 고작 자기 안의 혁명이나 깨달음을 전시하는 데서 마무리

되는 작품이 너무 많아졌다. 미스터리 역시 재미있는 이야기는 많지만 고작 가족이란 굴레를 두고 벌어지는 비교적 작은 작품만 창작되는 분위기다.

안전하고 온화한 세계를 내세운 소설이 돈이 되는 건 사실이지만 그래도 주류가 되는 시간은 길지 않았으면 하는 바람이다. 한때 한국 영화계에 조폭 코미디가 대세를 이룬 시기를 지금에 와서 마냥 호황기로만 기억하지 않는 것과도 비슷하다. 심지어 위로하는 소설이 다루는 것들은 어쩌면 '상대적 박탈감'이란 말처럼 모호한 개념이자 곧 휘발될 위안에 가까울지 모른다. 실제로 박탈당하지도 않았는데 박탈되었다 여기는 것마저 사회적으로 용인하다 못해 그 여리고 어린 마음 한구석까지 채워줘야 마땅하다 여기는 것이 가끔은 허무하고 무용하다 생각될 때가 있지 않은가. 착하고 바르고 맑은 세계는 안전하다. 그건 바로 내 방 같은 곳이다. 방 안에 틀어박혀 아무와도 접하지 않으면서 모니터 너머로 모든 걸 발산할 수 있다 착각하면 곤란하다. 소설은 본래 불안정하고, 우리 삶 역시 그렇다. 은둔하는 외톨이가 되기보다는 방 밖으로 나가 풍파와 맞서는 게 당연하다. 그러라고 등 떠미는 것 역시 본디 소설의 몫이기도 하고.

폐허로 남지 않는 삶을 위해
〈더 글로리〉

> "그래서 난 지금 온 생을 걸고 복수하는 중이에요."
>
> "멈출 생각은 없는 거예요? 그들보다 더 나은 사람이잖아요, 문동은은."
>
> "더 나을 생각 없어요. 난 더 나빠지는 중이라."
>
> "복수가 끝나면 후배의 세상도 폐허뿐일 거예요."
>
> "아하하하, 하하하하하(한참을 웃다가) 좋겠어요, 선배는. 초콜릿 상자 같은 유년이었을 거고, 구김 하나 없는 좋은 어른으로 커서. 그렇게 입바른 소리만 해도 세상 살 만해서."
>
> - 〈더 글로리〉 6화 중

오늘날 복수극은 일종의 장르나 다름없다. 그것도 인류사에서 가장 오랜 전통을 가진 장르 중 하나다. 복수극에는 인간이라면 누구나 공감할 만한 동인이 그야말로 그득하다. 한 인간이 자신의 온 생을 내걸고 악인을 처단하려 하는데, 그 증오는 너무나도 진득하고 집요해 때때로 집착을 넘어 연정처럼 보일 지경이다. 당연히 그 감정의 파고 역시 생각보다 크기에 그런 지난한 순간을 감내하기 위해 복수자는 반드시 섶에 누워 쓸개를 삼키는 심정으로 나약해지려는 마음을 다잡는다. 그렇게 법제도 밖에서 복수를 이루는 것이니 판사가 읊는 판결문과는 비교할 수 없을 만큼 속 시원하고 무자비한 결과가 뒤따르는 게 당연하다. 단, 복수에 성공했을 경우에 한해.

복수가 어려운 건 당연하다. 애초에 우리 사회가 법제도의 근간을 무너뜨리는 사적 복수를 허용할 리도 없거니와 방치할 리조차 없다. 국가나 사회가 쳐놓은 울타리와 경계망은 생각보다 높고도 촘촘하다. 그러니 그 거대한 존재 모두를 적으로 돌린 채 교묘히 완성해야 하는 복수라면 당연히 배는 힘들 게 뻔하다. 반대로 만약 복수 후의 일 따위 고려하지 않은 무절제하고 충동적인 복수라면 자신의 목숨 혹은 일생을 구속받을 것을 알면서도 행한 것이니 한 사람의 생명을 빼앗는 것 정도는 상대적으로 손 쉬운 일일 것이다. 그러나 여기서 한 인간의 모든 걸 내던진다는 의미는 그 사람의 여생과 복수라는 목적에 짓눌려 괴로운 현재 모두를 포괄하는 것에 가깝다. 그래서 적은 강대해야 한다. 아버지의 원수가 반드시 초고수인 것과 마찬가지다. 현대 자본주의사회로 치환한다면 공권력도 건드리지 못하는 기득권, 재벌, 그도 아니면 법의 울타리 밖에 존재하는 지하경제의 대부, 그도 아니면 폭력으로 뒷골목을 장악한 조폭 두목 정도는 되어야 한다.

복수가 어려운 만큼 복수극의 잔혹한 아이러니도 자연히 힘을 발한다. 완전연소를 택한 복수자가 복수라는 목적에 투신했다는 이유만으로 서서히 망가져가는 것은 복수극의 필연적인 반작용과도 같다. 복수가 완성된 후 남는 건 허무뿐이란 결론 역시 마찬가지다. 심지어 복수는 완결되는 법 없이 결국 또 다른 복수로 이어진다.

그럼에도 이 모든 결론을 단지 사적 복수가 우리 사회의 근간을 뒤흔든다는 점을 일깨우기 위한 얕은 한 수, 최소한의 방패막이로만은 볼 수 없다. 대놓고 정당화할 수는 없더라도 허울뿐인 법과 정의만으로는 어찌할 수 없는 악당을 단죄하는 것만으로도 도처에 드리운 깊은 그늘 안을 들여다보게 하기엔 충분하다. 그래서 우리는 복수자를 응원한다. 그가 모든 난관을 헤치고 마침내 자신의 뜻을 관철해내기를. 동시에 그 복수의 여파가 되도록 잠잠하기를, 그래서 그 후에는 더 이상 상처받지 않고 안온히 살아가기를 바란다.

복수라는 장르의 여정

　넷플릭스에서 공개된 드라마 〈더 글로리〉(2022)는 그런 크고 작은 갈등을 잘 담아낸 복수극이다. 우선 아주 잔혹한 방식으로 복수의 이유를 너무나도 충분히, 때때로 조금은 과하게 묘사한다. 덕분에 주인공 문동은(송혜교)이 복수의 대상인 박연진(임지연)을 가리켜 에두르지 않고 자신의 '꿈'이라 일컫는 데에는 강력한 복수의 동인과 동력까지 오롯이 담겨 있다. 그러나 문동은의 복수는 너무나도 더디다. 공장에서 일하며 검정고시를 패스하고, 오직 복수를 위해 교대에 진학해 초등학교 교사가 되고, 박연진의 남편에게 접근하기 위해 바둑을 익히고, 박연진을 관찰하기 위해 그가 사는 저택이 내려다보이는 빌라에 입주하고, 나아가 그의 딸의 담임교사가 되는 과정이 과연 어떤 형태의 복수로 완성될지 회가 거듭될수록 점점 더 짐작하기 힘들어진다(작품 후반부인 '파트2'는 70여 일의 간극을 두고 2023년 3월에 공개되었다).

　어렵사리 연진 딸의 담임교사까지 되었지만 동은의 성정상 딸을 은근한 볼모로는 내세우되 복수의 직접적인 대상으로 삼는 것은 기대하기 힘들다. 연진의 남편에게 접근한 것 역시도 연진의 악행을 그에게 알리거나 아니면 그를 조력자로 포섭하려는 의도라고 하기엔 너무나도 복잡한 데다 기댓값은 미약해 보인다. 한마디로 말해 문동은의 복수는 느리고 우아하다. 어느덧 웃음을 머금

은 채 누구에게나 멋진 독설을 날리는 어엿한 어른이 되었으면서
도 때때로 주체하기 힘든 절망에 빠지기도 하는 그를 보면 더더욱
그가 계획한 복수가 너무 느리고 너무 우아하다는 생각이 든다.

　우아하다는 말인즉슨 그는 복수 이후 자신의 삶일랑 보호할 생
각 같은 게 없는 것 같으면서도 분명히 있다는 뜻이다. 안전한 여
생을 위한 것이 아니라면 그토록 안전한 복수를 계획할 리 없다.
예컨대 대학 시절 과외로 번 큰돈을 더욱 효과적으로 쓸 방법은
얼마든지 있다. 이미 동은의 지독한 학창 시절을 보아온 이라면,
동은이 오랜 시간 자신을 다잡았음에도 괴로움에 몸을 떠는 걸 본
사람이라면 그렇게 생각할 것이다. 여전히 그는 삼겹살 익는 소리
에 과거 아이들이 자신의 몸을 전기 고데로 지지던 기억을 떠올리
고는 힘이 풀려 주저앉는다. 그럼에도 그는 결말을 알 수 없는 큰
그림을 끝까지 밀어붙이려는 듯하다. 그 느리고도 우아한 복수를
지켜보다 몇 번이나 생각했다. 나 같으면 그냥 아무도 모르는 지
하실에 가둬두고 매일매일 마디마디 손가락을 자르고 몸 전체에
맨살이 남지 않을 만큼 인두로 지져댔을 것 같다고. 동은이 지닌
감정의 크기는 딱 이 정도에 가깝다. 그 감정의 질감 또한 이 정도
로 지저분하다. 그럼에도 그는 우아한 복수를 택했다. 그 괴리가
더더욱 그를 괴롭히는 것처럼 느껴지는 것은 아마도 우연은 아닐
것이다.

동은은 자신을 괴롭히던 연진의 사회적 위치에 여러 차례 깊은 혐오감을 보인다. 이 혐오는 종종 가진 자를 향한 보편적인 혐오로 이어진다. 동은은 자신에게 관심을 보이는 의사 주여정(이도현)을 교묘히 '이용'한다. 그럼에도 이 역시 이용한다기보다는 닿을 수 없는 연심처럼 그려지는 게 이 작품의 묘미처럼 다가온다. 그래서 동은은 여정에게 부러 거리를 벌리는 말을 거침없이 내뱉는다. 반면 바둑을 가르쳐주며 점점 동은에게 다가서려는 여정은 그가 감춘 목적이 무엇인지 알고 싶어 한다. "나 다 알아요. 후배는 지금 이 순간에도 어딘가로 전속력으로 달려가고 있는 거. 근데 난 거기가 어딘지 잘 모르겠거든요. 사실은 나도 어디로든 걷고 싶은데, 나 되게 길치거든요." 이에 동은은 비아냥거리듯 답한다. "서울주병원 아들이죠? 어머니가 병원장이고. 그럼 다 온 거 아닌가. 태어나는 순간 이미 '목적지에 도착하셨습니다. 안내를 종료합니다.' 수도 없이 들었을 텐데. 아침마다 날씨 채널을 봐요. 예년보다 포근한 날씨의 겨울을 난동이라고 한대요. 겨울철 짙은 안개는 세밑 한파 뒤 찾아온 난동이 원인이고. 지들은 따뜻하니까 밖이 얼마나 추운 줄도 모르고. 한갓지고, 그저 해맑고." 심지어 화상 자국으로 가득한 자신의 속살을 드러낸 후 그의 도움을 바라면서도 이런 적대감을 누그러뜨릴 생각은 없는 듯하다. 흉터를 보여준 동은은 잘 보았냐고, 이래서 지금 나는 온 생을 걸고 복수하는 중이라고 부연한다. 당연하게도 여정은 일단 그를 설득한다. "멈출 생각은 없는 거예요? 그들보다 더 나은 사람이잖아요, 문동은." 그러나 동은은 더 나은 사람은커녕 자신은 더 나빠지는 중이라고 퉁명스럽게 답한다. 여정은 재차 설득한다. "복수가 끝나면 후배의 세상도 폐허뿐일 거예요." 이때 동은은 파안대소한다. 그리고 극을 통틀어 가장 밝은 표정으로, 가장 오랫동안 웃다 마침내 입을 연다. "좋겠어요, 선배는. 초콜릿 상자 같은 유년이었을 거고, 구김 하나 없는 좋은 어른으로 커서. 그렇게 입바른 소리만 해도 세상 살 만해서." 물론 "한갓지고, 그저 해맑은" 여정마저 지금 살의를 숨기고 있는 중이다. 그걸 알 리 없는 동은은 여전히 여정을, 가진 자를 적대시하는 중이다.

복수가 끝나면 그 삶이 폐허뿐이라는 것을 동은은 잘 안다. 비록 돈을 주고 고용하긴 했지만 거의 유일한 자기편인 강현남(염혜란)과도 몇 번을 주고받은 이야기다. 다시 도란도란 저녁을 먹는 날은 결코 오지 않을 거라고. 평범한 삶으로 돌아갈 수 없는 걸 알면서도 하는 것이라고. 그걸 알면서도 그의 몸에 남은 흉터가, 그의 마음에 더욱 깊숙이 박힌 상처가 그를 떠미는 것이다. 그러니 복수극의 큰 테마를 언급하는 듯한 주여정의 말에 그는 그렇게 비아냥거리며 웃음을 터뜨렸을 것이다. 그러나 〈더 글로리〉는 이런 동은의 강인한 복수심에 방점을 찍은 작품은 아니다. 오히려 계속해서 그를 흔드는 것은 과거 그를 괴롭혔던 친구들이 아니라 현재의 자신이라는 것을 분명히 한다. 그래서 더더욱 궁금해지는 것이다. 그가 과연 어떤 형태의 복수를 계획하고 있는지, 아니 정말로 복수를 끝까지 관철시킬 수 있을지. 무엇보다 그 이후 '폐허'의 형상은 어떨지.

우린 모두 다시 일어설 수 있어

이는 하드보일드 복수극 〈내 눈물이 너를 베리라〉와 비교해봐도 더욱 분명해진다. 작가 S. A. 코스비에게 다시 한번 여러 상을 안겨준 소설 〈내 눈물이 너를 베리라〉는 강한 남자들을 복수자로 내세워 〈더 글로리〉와는 반대로 그 갈등을 거의 바깥으로만 할애한다. 즉 주인공 아이크는 아들을 지켜주지 못한 것만이 아니라 살아생전 아들을 게이라는 이유로 경원했던 자신의 과거가 더 견딜 수 없다. 그런 '죄책감'이 끊임없이 그를 복수로 떠민다. 아이크에게 있어 나쁜 놈들에게 죽임당한 사람들은 "그렇게 죽어서는 안 될 사람들"이었던 반면 "내가 죽인 사람들은 살 가치가 없는 사람들"이다. "그래서 계속 나아갈 수 있"다고 단언한다. 그에게 복수란 너무나도 정당한 것처럼 보인다. 그러나 복수라는 말에는 오히려 씁쓸한 미소를 지으며 말한다. "아니, 증오죠. 사람들은 그게 마치 옳은 일이라는 듯 복수를 언급하지만, 그건 사실 겉만 그럴듯한 증오일 뿐입니다." 정의 이전에 증오. 복수극 장르의 또 다른 핵심을 자처하기에도 충분한 통찰이다.

복수극이 하나의 장르라고 한다면 반대편에는 또 하나의 장르가 있다. 이 역시 엄청나게 양산되고 있는 데다 인류사 공통의 자산이기도 하다. 가끔은 복수극의 반대편에 자리한 게 아니라 아예 한 줄기처럼 느껴지기도 하니, 바로 치유에 대한 드라마다. 사람은 누구나 상처를 입지만 결국 그래도 살아갈 수 있다는 것, 살아가야만 한다는 것을 그린 이야기는 복수극의 숫자에 비할 수 없을 만큼 차고 넘친다. 실은 인간이라면 가슴에 새겨야 할 가장 중요한 교훈이란 생각마저 들 정도다.

2014년부터 연재돼 2022년 완결된 홋카이도 웨스턴 만화 〈골든 카무이〉의 결말 역시 꼭 그것으로 다가왔다. 홋카이도 대설산 등반 중 갑작스레 눈보라가 몰아치자 주인공 스기모토와 아시리파는 추위를 피하고자 사슴을 잡아 배를 가르고 그 안에 몸을 숨긴다. 사슴 뱃속에서 둘이 나누는 대화에는 재미있게도 러일전쟁에서 살아남은 스기모토의 강한 마음과 강인함을 가장했던 평범한 인간으로서의 마음 모두가 담겨 있다. "악인은 인간적인 마음이 부족해 평범한 인간보다 고통도 덜 느껴. 그러니까 일일이 동정하지 않아도 돼"라며 한 악당의 죽음에 더 이상 신경 쓰지 말라고 말하는 스기모토. 이에 아시리파는 어린애라고 바보 취급하냐며 그런 이상한 논리로 얼버무리지 말라고 닦달한다. 그러자 스기모토는 자신은 정말로 그렇게 생각하려 노력해왔다고 말한다. "전쟁 때도 러시아 놈들은 우리 일본인과 달리 고통 없이 죽을 거라고⋯. 전쟁터에선 자신을 망가뜨리고 전혀 다른 인간이 되지 않으면 싸울 수 없거든. 우린 그렇게라도 하지 않으면 살아남을 수 없었던 거야." 그런 마음으로 싸웠기에 그 혹독한 전쟁터에서 살아남을 수 있었겠지만, 아마도 그래서 생환한 다음에도 마음은 전쟁터에 있는 이가 있는 거라고. 그러나 그렇게 강인한 인간인 스기모토도 고향의 명물인 곶감의 맛을 떠올리는 순간 전장에 투입되기 이전의 삶이 어렴풋이 떠오른 듯하다. 이에 아시리파는 스기모토에게 말한다. "스기모토도 곶감 먹으면 전쟁 나가기 전의 스기모토로 돌아갈 수 있을까?" 이에 스기모토는 작중 처음으로 조용히 눈물을 흘린다.

그리고 대망의 완결 편에서 모든 모험을 마치고 살아남은 스기모토가 마침내 전쟁 후 처음으로 곶감을 먹는다. 대설산 이야기가 등장한 것이 10권이었으니 완결 권인 31권에서 등장한 곶감은 그동안 생사의 경계를 수십 번 넘나들며 다다른 것이기에 더욱 각별한 의미로 다가온다. 더욱이 독자에겐 정말로 큰 간극 이후 마주한 것이기도 하고. 다행히 아시리파는 잊지 않고 스기모토에게 묻는다. 곶감을 먹으니 뭔가 달라진 것 같냐고. 스기모토는 답한다.

"으~음 별로…. 하지만 굳이 달라지지 않아도 괜찮을 것 같아. 옛날의 나로 돌아가지 않아도…. 사명을 다하기 위해 애쓴 지금의 나 자신이 비교적 좋거든. 전부 잊지 않고 짊어지며 살아가고 싶어." 상처와 함께 살아간다는 것은 아마도 이런 것 아닐까.

연인의 죽음 같은 큰 상처도 아마 그런 것일까 싶어 고민하게 한다. 미국 여성 교도소 안 다양한 인간 군상을 그린 드라마 〈오렌지 이즈 더 뉴 블랙〉(2013~2019)에도 영원한 상실에 대한 답을 퉁명스럽게 내어주는 어른이 등장한다. 사고로 갑자기 세상을 떠난 연인 때문에 눈물이 마를 날 없는 이에게 그는 말한다. "곧 멈출 거야. 살다 보면 다 괜찮아지기 마련이니까. 쓰레기통에 버려진 아기들도 살아남고, 차를 몰다가 교통사고를 내고, 실연을 당하거나 약물에 중독돼도 다 살아. 닳고 닳은 어른이 되고 타협도 하고 실패도 하지만 꼴에 살아보겠다고 헬스케어 앱도 깔지. 목숨은 질긴 거야. 끊고 싶어도 쉽지 않지." 하지만 슬픔에서 헤어나지 못한 이는 반박한다. "이미 한 번 끊으려고 해봤어요"라고. 이에 노회한 어른은 답한다. "실패해서 지금 여기 있잖아."

이영도 작가의 판타지소설 〈눈물을 마시는 새〉에도 기쁨과 슬픔이 혼재된 삶의 기본 양식을 숟가락에 비유해 설파하는 장면이 나온다. "흥! 죽을 필요가 있어서 죽는 사람도 있느냐? 삶을 인정한다는 것은 삶의 기쁨이니 행복이니 하는 것들만 취사선택하여 인정한다는 것이 아니다. 급작스러운 사고와 황당한 죽음도 모두 인정한다는 것이다. 윷가락 네 개는 한꺼번에 던져져야 한다. 그 중에서 배를 보이는 것, 혹은 등을 보이는 것만 인정하겠다는 것은 윷놀이를 할 줄 모르는 자의 말이다." 만약 이를 거부한다면 "그놈들은 놀 줄 모르는 자들"이니 "그런 얼간이들에겐 신경 쓰지 않아도 된다"며. 초능력자들의 범죄를 제압하는 기묘한 일본드라마 〈스펙〉(2010)의 결론 역시 같다. "나는 내 죄를 짊어지고 살아갈 거야. 아무리 괴로워도 도망치지 않아. 그런 것보다 요타를 잊는다는 게 더 괴로우니까. 사람은 아픔과 괴로움을 맛보고 괴로워하고 극복해서 그걸 다정함으로 만드는 거야." 아이슬란드 작가 아날두르 인드리다손의 미스터리 시리즈인 〈목소리〉에도 딸을 향한 에를렌두르 반장의 일갈이 담겨 있다. "결국 너의 잘못된 선택이 네 말대로 빌어먹을 인생을 살게 한 거고, 또 그런 고통을 겪게 만든 거야. 고통을 참아낸다는 건 누구에게나 힘든 일이지만 그런 고통을 이겨내면서 삶의 즐거움과 행복도 찾을 수 있어. 우리가 살아 있는 한 이건 피할 수 없는 진리야." 가족이기에 오랫동안 꾹꾹 담아놓았던 말은 한번 터지고 나니 봇물 터지듯 딸을 할퀴고, 에를렌두르의 딸 역시 비난을 감내하고만 있지 않겠다는 듯 맞서 아버지를 힐난한다. 결국 하지 않아도 될 말인지 진작에 했어야할 말인지 애매한 그 순간이 부녀의 갈등과 이해를 북돋는 이 장면에서 아버지와 장성한 딸의 화해는 조금 유예된다. 하지만 가장 가깝기에 오히려 너무나도 먼 가족이란 오묘한 관계이기에 서로서로 인생의 따가운 진실을 일깨워주는 면만큼은 더욱 인상적으로 남는다.

그렇다. 이런 이야기는 정말로 장르와 시대와 국가를 가리지 않고 끝도 없이 만들어져왔다. 이를 교훈이라고 일컫는다면 그 교훈도 다 엇비슷하다. 하지만 이렇게나 계속해서 설파하는 데는 이유가 있을 것이다. 육체의 상처는 자연 치유로도 서서히 아무는 데 반해 마음에 난 상처는 그렇지 않으니까. 그럼에도 살아가야 한다고 말한다. 짊어져야 한다고, 때로는 잊어야 한다고도, 용서해야 한다고도 말한다. 여기에는 지난한 고통과 상흔이 잔뜩 서려 있을 수밖에 없다. 결국 모두가 각자의 답을 찾는 수밖에 없는 걸지도 모르겠다. 800만 뉴욕 시민들에게 '800만 가지 죽는 방법'이 있듯이 100명에게는 100개의 답이 있을 뿐이다. 동서고금 수많은 현인과 좋은 작품들이 결국 그렇게 당연한 말을 에둘러 건네며 경고하고 조언하고 때로는 위무해왔다. 실은 그런 모든 것들이 우리가 답을 찾아가는 과정에선 그저 작은 힌트가 될 뿐인데도. 물론 힌트만은 아니다. 누구나 아파하고 있고 그럼에도 살아가려 한다는 사실만으로도 충분하다 생각될 때가 있으니까. 영원히 치유되지 않을 걸 알면서도 상처와 함께 살아가는 것. 그 당연한 진리가 실은 제일 어렵고 아프다. 그래서 때때로 되새겨야 하기에 이렇게나 많은 작품이 같은 교훈을 여러 방식으로 변주해 잊을 때마다 건네는 건 아닐까?

폐허를 딛다

복수 또한 상처를 이겨내는 방법 중 하나다. 그러나 모든 복수극의 결말이 같지 않듯 '폐허'로 남을 걸 잘 알면서도 이미 폐허가 되어버린 현재를 넘어설 재간이 없어 그저 떠밀리듯 나아가는 자도 있을 것이다. 픽션 속의 그런 처절한 존재들에 비하면 우리의 상황은 그나마 편한 건지도 모를 노릇이다. 만약 그보다 더 끔찍하다면 결국 누군가에게 혹은 아예 세상에 복수할 수밖에 없겠다는 생각이 절로 든다. 그러니 우리 모두는 상처를 이겨내기 위해 투쟁하는 사람들을 비웃을 자격이 없다.

먼 이야기만은 아니다. 지금도 누군가는 억울한 죽음을 당하고, 이를 위해 누군가는 평생을 바쳐 싸운다. 노동자와 장애인의 당연한 권리를 위해 싸우고, "태어나면서부터 흑돌을 양보받은 사람"에게 더욱 관대한 사회의 모순을 타파하기 위해 생을 내던진다. 상처를 이겨내는 많은 방법 중 하나는 결국 싸워나가는 것, 즉 투쟁이다. 그게 복수로 치닫든 그렇지 않든 싸우는 인간의 모습은 그래서 처연하지만 아름답다. 그래서 상처와 함께 살아가는 우리 모두의 삶이 엉뚱한 곳에서 좌초하지 않기를 바란다. 영원한 고통과 함께 살아가더라도 삶에는 충분히 살아갈 가치가 서려 있다는 것을 믿을 필요가 있다. 더불어 모든 복수자, 투쟁가의 삶 역시 폐허를 향하지 않길 바란다. 모두의 삶이 어느 순간 폐허를 밟고 일어섰으면 한다. 수많은 작품들이 지금도 응원하며 잊지 말라 일깨우고 있지 않은가.

모든 당연했던 것에 균열을 내다
〈더 글로리〉 파트2

" 어떡하시겠어요? 연진이를 내주고 스스로를 구하시겠어요? (…) 이대로 살인자가 될지 아님 명찰을 내주고 과실치사 정도로 끝낼지 아주 쉬운 결정이겠지만 어려운 척 고민해보세요. 마치, 모성이 있는 것처럼. "

- 〈더 글로리〉 15화, 동은이 연진의 어머니에게

문동은의 복수가 드디어 마무리됐다. 예상했던 대로, 아니 기대했던 그대로 최후의 그 순간까지 복수는 우아하고도 완벽했다. 동은이 짜놓은 판 위에서 모든 악인은 각자의 방식대로 각자의 파멸을 향했다. 그들에겐 모두 동은에게 용서를 빌거나 스스로 속죄하거나 그도 아니면 완전한 파멸만큼은 우회할 기회가 충분히 주어졌다. 하지만 무례하고 오만했던 그들은 자신의 욕망을 좇으면서 스스로 지옥으로 향했다. 동은이 던진 미끼는 단순하고 뻔했지만 욕망과 오만이 눈을 가린 탓인지 그 어느 하나 효과적이지 않은 것이 없었다. 무엇보다 그들의 선택이, 그들의 욕망이, 그리고 그들이 믿었던 사람들이 지옥을 선사하거나 함께 지옥으로 향했기에 그 쾌감은 더욱 극대화될 수 있었다. 결국 19살부터 인간이라는 지옥을 헤쳐 나온 동은이 그려낸 지옥도의 핵심 역시 인간이었던 것이다.

모두 복수극의 정해진 수순 그대로였지만 그럼에도 그들 각자의 지옥을 바라보는 쾌감 아닌 쾌감은 꽤나 주효했다. 모두 스스로 자기 무덤을 판 데다 각자의 악행과 추잡한 욕망대로 파멸을 맞이했기 때문이다. 손명오는 재물을 쫓아 친구를 협박하다 오히려 살해당했다. 다른 복수의 대상들의 고통에 비한다면 오히려 편안한 최후처럼 보일 법한 죽음이었지만, 그를 죽인 인물이 박연진이 아니라 오랫동안 그가 괴롭혔던 이였다는 점이 그의 죽음을 기어이 사필귀정, 인과응보로 끌어온다. 게다가 결코 곱게 죽지 못한 그의 시체는 몇몇의 비뚤어진 욕망에 의해 이리저리 떠돌다 의미심장한 장소에서 변사체로 발견된다. 그의 장례식에선 친구들이 살인미수에 가까운 악다구니를 벌이고, 소희의 어머니는 그의 영정에 음식을 던진다. 살아생전 비겁하고도 지저분했던 그의 성정에 어울리는 초라한 죽음조차 아직 멀었다는 듯 몇 번이고 흙발에 다시 짓밟힌 것이다. 약을 끊지 못했던 이사라는 너무나도 뻔한 함정에 스스로 걸어 들어가고 결국 최혜정의 목을 찌르면서 사회에서의 목숨을 스스로 끊는다. 이사라에게 목을 찔려 "남의 불행에 크게 웃던 그 입", 즉 목소리를 잃은 최혜정의 최후 또한 실로 적절하다. 남의 딸을 뺏어 아버지가 되고자 했던 전재준의 욕망의 끝 또한 한순간에 그에게 내쳐진 최혜정과 그간 날을 세운 하도영이 함께 빚어낸 죽음이나 다름없다. '우정만으로 우정이 되냐'는 이들 오랜 친구들은 그렇게 작은 인간관계 안에서 서로가 서로의 목을 죄며 각자에게 걸맞은 파국을 주고받았다.

그 밖에 자잘한 악인조차 각기 어울리는 최후를 맞았다. 이미 동은의 고교 시절 담임선생은 아들의 자랑거리에서 출세의 걸림돌로 전락하면서 아들에게 살해당했고, 사사건건 동은을 겁박하려 했던 동료 교사는 아이들을 불법 촬영하고 있다는 증거만으로 손쉽게 처단당했다. 이때 동은이 하예솔의 아버지인 하도영이 아니라 친부라 주장하는 전재준의 주먹을 빌렸던 것은 꽤나 재미있는 선택이었다. 덕분에 동은에게 있어선 다른 이와는 다른, 딱 그 정도의 악인이란 느낌을 자아냈기 때문이다. 그리고 늘 연진을 보호하던 신 차장은 자신이 수족처럼 부리던 부하들에게 살해당한다. 마치 하늘이 도운 듯 비가 내려 소리도 잘 들리지 않을 뿐 아니라 땅을 파기에도 용이한 그때에. 또 하나 기묘한 죽음도 빠뜨릴 수 없다. 죽은 소희의 넋을 위로한다는 것을 알지 못한 채 굿판을 벌이던 무당은 그간 연진과 연진의 어머니에게 협력한 방식 그대로 벌전무속에서 신이 내리는 가장 무서운 벌을 받아 급사했다. 그가 목도한 것은 아마도 안식을 이루지 못한 소희의 영혼이자 스스로 행한 악행의 업보였을 것이다. 그게 무엇이든 간에 이를 지켜보던 동은마저 놀랄 만큼 뜻밖의 죽음인 것만은 분명하다. 마치 우리 세상의 불공평한 신과 달리 〈더 글로리〉를 집필한 김은숙 작가는 이 정도의 불가해한 단죄는 가능하다고, 아니 필요하다고 말하는 듯하다.

당연했던 것들의 전복

특히 가장 주목했던 박연진의 최후는 살인범에게 어울리는 교도소행만으로는 결코 완성될 수 없었던 것이기도 하다. 그래서 우선 직장과 사회로부터 내쳐지고, 차례로 딸과 남편에게 버림받는다. 특히 딸을 위해 실체 없는 무속에 기대어 연진의 살인을 두 차례나 덮어준 어머니 홍영애의 배신이야말로 가장 뼈아픈 대목이다. 홍영애는 딸의 살인을 숨기기 위해 협박범을 과실치사로 가장해 죽이지만 이것이 빌미가 되어 다시금 동은의 손에 놀아난다. 딸을 내어주고 스스로를 구하느냐, 아니면 이제껏 그랬던 것처럼 스스로 희생해 딸만은 지킬 것인가. 사실 이제까지는 쉬운 결정이었을지 모른다. 어찌 되든 자신만큼은 표적이 되거나 희생양이 되는 일은 없었으니까. 그래서 더더욱 동은은 그를 자극했는지도 모를 일이다. "아주 쉬운 결정이겠지만 어려운 척 고민해보"라고, "마치, 모성이 있는 것처럼." 결국 홍영애는 연진이 살인범이란 증거일 연진의 명찰을 동은에게 내어준다. 그러나 명찰은 애초에 증거 효력이 없었을 뿐 아니라, 동은의 진짜 계획대로 그 은밀한 거래 현장에 딸 연진이 찾아와 어머니의 배신을 눈앞에서 목도한다. 변명의 여지 없는, 엄마의 완전무결한 배신이다. 무당이 연진에게 조심하라 했던, 이름에 이응 자가 들어간 이는 누구보다 이응이 많았던 '홍영애'였던 것이다.

　무당과 경찰과 교사의 힘을 빌려 딸을 지키려 했던 홍영애의 맹목적인 모성만이 아니다. 〈더 글로리〉의 결론에는 수많은 부모 자식들이 단지 핏줄로 연결된 인연만으로는 어찌할 수 없는 은원 관계로 복잡하게 얽혀 있다. 동은만 하더라도 그에게 어머니는 연진을 위시한 아이들보다도 더한, 가장 강대한 가해자다. 연진의 미래에 조그마한 생채기라도 내보고자 자퇴서에 힘겨이 새겨 넣은 자퇴 사유마저 돈 몇 푼에 팔아넘긴 모정은 현재까지도 끈끈하게 달라붙어 그를 줄곧 괴롭혔다. 교사로 자리 잡은 그를 한순간에 밀어낸 것도 다름 아닌 엄마였다. 동은의 엄마는 그렇게 연인이자 협력자인 주여정의 넓은 이해심이 아니고는 감당할 수 없을 천박함으로 다시금 그의 삶에 끈적하게 밀고 들어왔다. 동은이 어디에

숨든 등본 하나만 떼면 주소를 알 수 있다는 가족이란 지위를 십분 활용해서. 여전히 동은은 어머니를 향해 자신을 괴롭힌 그들과 손잡는 일만큼은 하지 않았어야 했다고 오열하지만, 그런 딸 앞에서 마치 약점이라도 찾아낸 양 불을 지르고 기묘하게 웃어대는 그의 정신은 이미 어머니의 것도 인간의 것도 아닌 듯 보인다. 결국 동은은 딸만이 할 수 있는 방법으로 그에게 통쾌하고도 건조한 마지막을 선사한다. 어머니를 정신병원에 수용할 권리는 가족인 딸에게 있으니 이 또한 멋진 대구법으로 느껴질 만하다.

물론 이런 모정만 있는 것은 아니다. 동은의 조력자였던 강현남의 동인은 오직 하나, 그의 딸뿐이었다. 언제나 남편에게 맞으면서도, 또 동은을 도우며 남편을 살해할 마음을 품으면서까지 그는 딸을 지키려 했다. 현남에게 딸은 그의 말 그대로 "하나밖에 없는 기쁨"이었다. 세상에서 가장 미운 존재인 남편과의 유일한 연결고리인 동시에 자신의 모든 걸 감내하면서 끝내 지켜내야 했던 존재였다. 무자비한 다른 어머니들에 비한다면 이런 현남이야말로 더더욱 모정이란 판타지의 한계를 확장한, 이 작품의 또 다른 주역이라 할 만하다. 더욱이 자신의 딸이 아닌 걸 알면서도 단 한 번의 망설임 없이 부정한 아내를 버리고 딸 예솔을 지키기로 결심한 하도영의 선택 역시 조금은 의외이면서 너무나 당연한 결론처럼 다가와 깊은 여운을 남긴다. 결국 어머니란, 아버지란 이런 이들

일 것이다. 단지 핏줄로 만들어진 것과 무관히 이런 이들이어야
할 것이다.

복수극의 최후에 새 길을 내다

복수가 끝난 후 아주 짧은 단란한 한때를 보내고 소희가 자살했
던 그 장소에서 투신하려 했던 동은의 결심은 의외였지만 충분히
짐작 가능한 것이기도 하다. 복수가 끝나고 난 뒤 남는 허망함, 그
리고 연진을 세상에서 고립시키기 위해 연진의 딸 예솔을 비롯한
주변인들에게 몹쓸 짓을 했다는 죄책감은 그를 건물 밖으로 밀어
내기 충분해 보인다. 무엇보다 그냥 모든 걸 덮고 다시 시작하기
엔 그의 오랜 '꿈'이었던 연진이 사라졌다. 복수가 완결된 후 남은
건 정말로 폐허처럼 느껴졌을 것이다.

재미있게도 그런 그를 만류한 것 또한 어머니다. 바로 주여정의
어머니 박상임. 그는 벼랑 끝에 선 동은을 향해 지옥에서 살고 있
는 자신의 아들을 도와달라 울부짖는다. 아들 여정에게 언제나 강
인한 의사이자 친구 같은 존재로 서 있던 박상임이었기에 대단원
에 가까워진 순간 가장 의외의 모습을 드러내면서 그 사랑은 더욱
절절하게 다가온다. 그리고 아들의 절망을 지켜봐달라는 그의 간
곡한 외침에 동은은 아이러니하게도 다시 삶의 이유를 얻는다. 여
정의 복수를 도움으로써 다시금 복수에 몸을 맡긴 채 살아가기로

결심한 것이다.

만약 복수가 끝난 후 동은에게 폐허만이 남았더라면, 이윽고 죽음으로 끝났더라면 그것은 당연한 수순처럼 느껴지긴 하겠지만 결코 달갑진 않았을 것이다. 그렇다고 오래오래 아무 굴곡 없이 행복하게 살았습니다 같은 무미한 여운만 남겼다면 더더욱 실망했을 것이다. 다행히 복수는 현재진행형으로써 큰 여운을 남겼다. 오랫동안 갈고 갈아온 복수를 수행하기 위해 교도소로 함께 들어가는 그들의 머리 위에 갑작스레 태양이 가려지고 큰 그늘이 지는 것은 너무나도 당연하다. 복수란 늘 그렇듯 편안한 길일 리 없을 테니까. 하지만 동은과 여정은 이제 혼자가 아니다. 어쩐지 처연하기만 했던 복수의 길을 걸으면서도 너무나도 상쾌한 결말처럼 느껴져 웃음이 나왔다. 또 다른 복수에의 길로 들어서는 초입에서 그들이 미소 지었던 것처럼 이제는 그들을 지켜보는 이들 누구나 웃으며 그들의 행복을 기대할 수 있을 것 같다. 폐허로 남지 않을 그들의 미래를 떠올려보는 것이 더욱 합당하게 느껴질 것이다. 복수극의 뒤에 당연하다는 듯 남겨지곤 했던 오랜 모순을 일소하는 듯한 결말이 실로 반갑다.

2022년 12월 30일 넷플릭스로 공개돼 학교 폭력과 그에 대한 복수극으로 깊은 인상을 남긴 드라마 〈더 글로리〉는 이렇듯 여러 차례 균열을 내며 사회적으로도 큰 파장을 일으켰다. 그 균열은 그간 모정, 가족, 교사, 친구라는 판타지 아래 가려져 있던 모든 것을 향한다. 그래서 부모다움에 대해 재고하게끔 이끌 뿐 아니라, 복수와 복수극의 의미마저 새로이 정련했다. 차디찬 겨울에 처음 찾아와 중간에 한 번 끊어낸 상업적인 결정마저 꽃봉오리를 맺을 즈음에 상큼한 복수를 건네기 위한 포석으로 보일 지경이니 이 또한 놀라운 균열처럼 느껴진다. 너무나도 우아하기만 한 복수였지만 그 우아함 또한 결코 납득 못 할 것은 아니었다. 연진에게 접근하기 위해 선택한 초등학교 교사라는 직업이 복수에는 거의 아무런 역할을 하지 못한 데 반해, 교사라는 직업이 본디 상징하고 추구하는 그대로의 모습을 꿋꿋이 지켜낸 또 다른 균열만큼은 이해할 만하다. 천박한 인간들 사이에서 함께 천박해지지 않고 끝끝내 우아하게 걸어가는 이의 뒷모습이 그저 서툴고 처연하기만 하지는 않다는 것을 잘 보여준 셈이다. 그만큼 드라마 곳곳에 담긴, 당연한 것을 당연하지 않게 만드는 힘은 무척 멋지다. 무엇보다 단지 폐허로만 남지 않아 너무나도 다행이다.

홍일점은 틀렸다
〈요술봉과 분홍 제복〉

> 과연 애니메이션 왕국은 이제껏 여자라는 이유만으로 부당한 취급을 받고 분에 못 이겨 눈물짓는 소녀를 적극적으로 그려왔던가? 조직의 차별 대우에 저항하는 여성 대원은 어떠한가? 상사, 동료, 시청자의 성희롱에 단호한 태도를 보여준 붉은 전사는 존재했던가? (…) 애니메이션 왕국은 소녀가 세상을 구원해 줄 것은 기대하면서 소녀를 구하는 일에는 무관심했던 것이다.
>
> - 〈요술봉과 분홍 제복〉 중

문예평론가 사이토 미나코가 쓴 〈요술봉과 분홍 제복〉의 원제는 〈紅一点論(홍일점론)〉이다. 여러 남자들 사이에 있는 여자 한 명을 뜻하는 '홍일점'이 대중문화에 뿌리 깊게 박혀 있는 현상을 분석하고 이를 비판한 사회학 저서이자 흥미로운 대중문화론이다.

그가 비판의 대상으로 삼은 것은 아동 매체라 할 수 있는 특촬물, 애니메이션, 위인전이다. 저자는 시대의 추이에 따라 각 매체의 유행과 본질이 변해가는 과정을 꼼꼼히 추적하면서 이에 서린 문제를 확증하는데, 명쾌하고 신랄할 뿐 아니라 무엇보다 위트 넘친다. 때때로 비아냥거림과 풍자를 섞어 정의와 상식에 반하는 부당함을 고발하나니, 과연 작가 히메노 가오루코가 이 책을 가리켜 "포복절도 오락 도서"라 할 만하다.

누구나 알다시피 우리의 현실 사회 어느 곳을 봐도 남녀의 비율은 비슷한 데 반해 유독 상위 계층만큼은 '남초사회'다. 사이토 미나코가 정의한 그대로 "다수의 남성과 소수의 여성"으로 이루어진 사회인 것이다. 자연히 여성의 역할은 처음부터 정해졌다는 듯 지극히 한정적인 경우가 많다. 우선 저자는 아동 매체를 크게 과학을 신봉하는 '소년 왕국'과 마법과 사랑으로 사적 세상을 구축하는 데 여념 없는 '소녀 왕국'으로 구분한다. 그리고는 각 작품에 등장하는 여성 캐릭터를 마법소녀(소녀 왕국 여주인공), 붉은 전사(소년 왕국 여주인공), 악의 여왕(악의 제국 여주인공), 성모(조연) 타입으로 구분해 거의 모든 여성 캐릭터에 예외 없이 적용되고 있음을 확인시킨다. 과학특수대(《울트라맨》)니 광자력연구소(《마징가Z》)니 할 것 없이 어느 곳에나 남성에게 허락받을 만한 여성 단 한 명만 배치한 '소년 왕국'이야 말할 것도 없고, 마법소녀를 내세워 오로지 사랑만 주억

거리는 '소녀 왕국' 또한 단조롭긴 매한가지다.

소년 왕국과 소녀 왕국 모두 1960년대 말 여성 캐릭터의 방향이 결정됐으며 1970년대 초에는 이미 스타일이 확고히 규정되었다. 이후의 작품은 이때 깔아놓은 레일을 따라가는 가운데 응용작 개발에 골몰한 결과다. 하지만 똑같은 시스템이 오래갈 리 없었으니 "마법소녀는 어느 틈엔가 발랄한 초등학생에서 자아실현을 고민하며 밤을 지새우는 소녀 아이돌로 변해버렸고, 남성 팀의 자랑스러운 홍일점 대원은 언제부터인지 팬티 노출로 먹고사는 성노동 전사로 전락해버렸다"는 신랄한 비판에 절로 폭소가 나왔다. 이후 〈미소녀 전사 세일러 문〉이 없었다면 정말 어쩔 뻔했나.

1979년부터 방영된 애니메이션 〈기동전사 건담〉은 여성 캐릭터의 숫자를 늘리는 데 성공했고, 실제로 이전에 비한다면 여성 캐릭터가 그럭저럭 다채로운 것도 사실이다. 저자 역시 이들을 "현실성이 없던 종래의 홍일점보다야 훨씬 나은 캐릭터들"이라 평한다. 하지만 결국 이들 또한 남자의 시선으로 바라본 여자 그 이상도 이하도 아니다. "세이라, 프라우, 미라이, 마틸다, 라라, 그 밖에 다른 여자들도 남자와의 관계 안에서만 숨 쉬고 있"는 탓이다. 그 증거로 이들 모두 남자 캐릭터와의 관계는 깊이 있게 그려지는 반면, 여성 캐릭터와는 어떠한 갈등이나 교감도 하지 않는다. 마치 〈도라에몽〉의 이슬이(시즈카)가 그 나이대 어린이치고 동성 친구 누구와도 어울리지 않는 것과 마찬가지다.

그런 면에서 〈신세기 에반게리온〉(1995)은 그동안의 이러한 애니메이션 세계를 뒤집고 패러디한 작품이라 할 만하다. 작품 내에서 중요 직책은 모두 여성이 도맡고 있는데, 그럼에도 한계는 분명하다. 가령 저자는 다음과 같은 면들을 지적한다. "레이는 자기희생을 상징한다. 레이가 걸레를 짜는 모습을 보고 '엄마를 보는 기분이었어'라고 말하는 신지도 웃기지만(걸레만 짜면 다 엄마냐), '죽을지도 몰라'라며 중얼거리는 신지에게 '너는 안 죽어. 내가 지킬테니까'라는 레이의 발언도 어처구니가 없다. 성모 역할을 14살짜리 소녀 전투 요원이 짊어지고 있는 것이다. 돌이켜보면 소년 왕국은 여성들에게 줄곧 아내, 어머니, 여자 형제 따위의 역할을 요구해왔다. 이는 가혹하다. 아내, 어머니, 여형제를 겸임하면서 조직 내 유일하게 남자가 부리기 좋은 부류에 속하는 레이. 그가 인공적인 클론이자 붕대를 감은 인형으로 조형된 것이 단순히 재미만을 위한 설정일 리 없다." 크으. 게다가 이들 조직은 유례없이 임무에 실패했기에 이 의외의 결과가 마치 여성들이 끼어든 결과인 양 아이러니하게 다가오기도 한다.

위인전 파트 역시 대다수의 남자와 극소수의 여성으로 구성된 일본 위인전 시리즈의 근본적인 한계를 짚는다. 현 마법소녀 애니메이션의 근간이라 할 만큼 모든 장르적 요소를 갖춘 잔 다르크를

필두로, 헬렌 켈러, 나이팅게일, 퀴리 부인(왜 그는 유독 부인이어야 하
냐는 비판이 빠질 리 없다)의 '삼대장'이 여전히 리스트에서 빠지지 않
는다. 모두 저자가 주장하는 그대로 남성 사회로부터 인정받을 만
한 조건에 부합하고 있기 때문이다. 구체적인 내용 역시 철저히
입맛에 맞는 부분만 발췌하고 있을 뿐이고.

뒤로 가려는 이들에게

사실 〈요술봉과 분홍 제복〉은 대중문화를 대표할 만한 작품들
을 명쾌하게 체계화하면서 이에 서린 문제를 위트와 풍자로써 문
제 제기하는 굉장히 재미있고 유익한 책이다. 이를 지적 유희로
칭해도 하나 어색하지 않을 만큼 광범위한 분석과 송곳 같은 유머
가 절묘하게 어우러진 저작이라 할 만하다. 하지만 그렇기에 잘
안다. 해설을 쓴 히메노 가오루코가 지적했듯이 이게 뭐가 재미있
냐는 사람 또한 분명 있다는 것을. 실제로 '페미니즘'이라는 단어
만 나와도 알레르기 반응을 보이거나 아예 대놓고 혐오하는 세력
이 한가득이지 않은가.

대표적으로, 20대 대통령 역시도 대선 토론 당시 "페미니즘은
휴머니즘의 하나"라는 엉뚱한 대답으로 헛웃음을 산 바 있다. 이
에 다른 후보들은 페미니즘이란 "여성의 성차별과 불평등을 현실
로 인정하고 불평등과 차별을 시정해나가려는 운동"이라며 지극

히 기본적인 정의로 다잡는가 하면, "놀라운 말을 들었다"고 그의 여성에 대한 인식을 대놓고 빈정거리기도 했다. 이뿐인가. 당선 후에는 외신과의 인터뷰에서 자신은 페미니스트라고 했다가 뒤늦게 그런 적이 없다며 마치 큰 오해라도 산 양 굳이 정정을 요구하는 해프닝도 있었다. 물론 이런 그의 편향된 시각과 당선 여부는 무관했다. 아무런 설명 없이 페이스북에 딱 일곱 글자, "여성가족부 폐지"를 올린 이후 급반등한 지지율이 시사하는 그대로, 평등한 사회를 만들기보다는 나를 포함한 몇몇을 다시금 우월한 지위로 되돌려놓자는 후진 세력의 지지를 얻는 것이 더욱 간편한 방법이었으니 말이다.

그의 당선을 뒷받침했다 평가받는, 채 마흔도 되지 않은 당시 여당 대표가 그 '후진 세력'의 선두 주자라는 점은 더욱 아이러니하다. 예전 같으면 재벌 같은 특권 세력과 날을 세웠을 젊은 정치인이 지금은 고작 여성이나 장애인 같은 사회적 약자를 적으로 삼는 게 그의 정치 노선 아닌가 싶을 정도다. 그에게 혐오는 표를 결집하는 아주 효율적인 수단인 것 같다. 실제로 아예 이런 비판적인 시각을 부정할 생각도 없는 듯하다. 그러니 그저 더 나은 사회를 위한 방향이 서로 다른 것일 수 있겠다 여기려 해도 어쩔 수 없다. 아무리 잘 봐줘봐야 강자의 공고한 위치를 지키면서 그동안 약자를 배려했던 것들을 다시금 빼앗는 행태나 다름없으니 말이다.

불평등을 직시하라

대중문화 역시 그렇다. 한편으로는 그게 뭐 그리 중요한 문제냐고 반문할 수도 있을 것이다. 하지만 아이들은, 또 청소년들은 여기에 영향을 받아 꿈을 설계하기도 한다. 성인이 된 지금에서야 꿈을 말한다는 게 구차하고 헛된 일인지 몰라도 그때는 그랬다. 돌이켜보자. 무엇을 보고 동경해 어떤 목표를 설정했는지. 한때 유행하던 드라마나 영화에 영향을 받아 특정 전문직의 꿈을 키웠다는 이야기는 아직까지도 어느 분야에나 적용되는 예다.

아마 그래서 어떤 애니메이션은 "여자라는 이유만으로 부당한 취급을 받고 분에 못 이겨 눈물짓는 소녀를 적극적으로 그려"오기도 했고, "조직의 차별 대우에 저항하는 여성 대원"과 "성희롱에 단호한 태도를 보여준 붉은 전사"를 담아내기도 했을 것이다. 재미있는 것은, 저자 역시 이를 알고 있다는 듯 당연히 그런 작품도 있다며 "꼬치꼬치 따지려 들고 자잘한 지식을 과시하는 사람들"에 대한 답도 미리 내놓았다는 점이다. 이건 전체적인 그림을 보자는 얘기라고. 참고로 성추행을 당했을 때 비명을 지르거나 뺨을 때리는 것을 '성희롱에 대한 저항'이라고는 할 수 없다고. 결국 전체 그림을 보건대 애니메이션 왕국은 주인공인 소녀에게 한없이 무거운 사명감만 짊어지게 했을 뿐 결과적으로 모든 소녀에게 무심했다. 남자아이들이 다양한 꿈을 키울 때, 일률적으로 아이돌로 답을 낼 수밖에 없었던 소녀 시청자를 다른 방향으로 이끄는 데는 애초에 관심조차 없었기 때문이다.

〈요술봉과 분홍 제복〉이 일본에서 출간된 것은 2001년이다. 이 책이 번역돼 우리나라에 소개된 것은 2020년으로 지금 시점까지 고려한다면 무려 20년이 넘는 시차가 존재하는 셈이다. 그럼에도 책이 적시하는 문제는 하나도 변하지 않았다. 제기하는 문제 모두에 충분히 공감할 만하다. 물론 아직까지도 여성가족부 폐지가 스스로를 구원한다고 여긴다면 이 책이 제기하는 문제는커녕 유머에조차 절대로 동감할 수 없을 테지만. 마땅히 성평등 사회를 지향해야 할 세상이 이제는 웬일인지 스스로 결핍에 시달리는 남자들에게 다시금 발목이 잡힌 형국이다. 그래도 어쩌겠는가, 계속해서 설득하는 수밖에. 왜곡된 대중문화에 설득당할지도 모를 어린 친구들부터라도 하나둘씩 구하는 수밖에. 대중문화에도 우리 사회에도 홍일점은 필요 없으니까.

약한 인간을 위한 피날레
〈신 에반게리온 극장판 :||〉

> "유이만이 나를 있는 그대로 받아들여줬다. 유이를 잃었을 때
> 나는 혼자 살 자신이 없어졌다. 처음으로 고독의 괴로움을 알
> 았다. 유이를 잃은 것을 견딜 수 없었다. 그저 유이의 품에서 울
> 고 싶었다. 그저 유이의 곁에 있는 것으로 자신을 바꾸고 싶었
> 다. 그저 그 소원을 이루고 싶었다. 나는⋯ 내가 나약한 까닭에
> 유이와 만날 수 없는 건가? 신지."
> "그 약함을 인정 못 하기 때문이라고 생각해요. 쭉 알고 있었죠,
> 아버지?"
>
> － 〈신 에반게리온 극장판 :||〉, 겐도와 신지의 대화 중

〈에반게리온 신극장판〉 4부작이 마침내 막을 내렸다. 정말 마침
내다. 마지막 편인 〈신 에반게리온 극장판 :||〉(2022)가 보여준 그대

로 이제야 모든 에반게리온이 모두에게 완벽한 안녕을 고한 것이다. 1995년, 26부작 TV애니메이션 〈신세기 에반게리온〉으로 처음 선보였던 〈에반게리온〉 시리즈는 그간 팬들의 열광적인 환호에 힘입어 세기말을 상징하는 작품에 머물지 않고 21세기까지 그 질긴 생명력을 뻗쳤다. 정해진 예산 덕에 라디오드라마와 사이코드라마를 뒤섞은 형식으로 선보였던 TV판의 25, 26화를 극장판에 걸맞은 규모로 구현한 〈엔드 오브 에반게리온〉(1997)으로도 팬들은 '엔드'를 인정할 수 없었던 탓이다. 〈엔드 오브 에반게리온〉의 막바지엔 아예 관객석을 향해 카메라를 돌린 듯한 연출로 이제는 '에바'가 아니라 너희들 자신의 삶을 되돌아볼 때라고, 골방에서 빠져나오라고 설득한들 먹힐 리 없었다.

〈에반게리온〉 시리즈가 작품 내내 천명한 것은 결국 사람과 사람 사이의 벽을 깨부수는 법이었다. 그래서 26화에서 신지가 모두와 연결되어 있으며 스스로의 의지로 이룰 수 있다는 단순한 진리를 깨닫고 모든 캐릭터에게 둘러싸여 축하받는 결말은 아리송했지만 나름 상큼한 결말로 다가올 만했다. 그래도 놔줄 수 없다고? 그래서 안노 히데아키 감독은 〈엔드 오브 에반게리온〉을 통해 작품 내내 비밀에 휩싸여 있던 '인류보완계획'마저 눈앞에 실현시켜 보였다. 인류 모두의 영혼이 하나가 되고, 여기 주인공인 신지와 아스카만 덜렁 남겨진 이런 세계가 너희가 원한 미래는 아니지 않냐며 전에 없던 암울한 아포칼립스를 현현한 것이다. 그럼에도 놔줄 수 없었던 모양이다. 이 정도 되면 창작자 입장에선 오히려 자신의 창작품에 발목이 잡힌 듯 보일 지경이다.

그래서 〈에반게리온〉은 결국 '신극장판'이란 이름의 새로운 4부작 극장판을 선보일 수밖에 없었는지도 모른다. 4부작의 첫 번째 작품인 〈에반게리온 신극장판: 서〉(2008)는 당시 유행하던 리부트reboot 개념과 차별화를 두기 위해 '리빌드rebuild 버전'이란 수식으로 작품의 취지와 의미를 설명했다. 다시 시작하는 것이 아니라 다시 쌓아 올린다는 것. 얼핏 말장난에 불과해 보이지만 지금에 와서는 의도했든 그렇지 않은 정말로 새로이 지었다는 말이 딱 어울린다. 물론 당시에는 그저 리부트와 구분하기 위해 사용한, 영악한 홍보 문구처럼 느껴질 만했다. 그만큼 〈에반게리온 신극장판: 서〉는 TV시리즈의 초반부를 영화 기술력의 획기적인 발전을 느낄 수 있는 작화로써 '다시금 쌓아 올린' 데에 그쳤기 때문이다. 서사의 큰 줄기는 그대로였고, 몇몇 사건들과 캐릭터의 등장 시점이 좀 더 빨라졌을 뿐이니.

그러나 2009년 선보인 신극장판의 두 번째 편 〈에반게리온 신극장판: 파〉에서는 '깨뜨릴 파破'를 제목에 넣은 그대로 지금까지 알고 있던 〈에반게리온〉의 이야기와는 조금 다른 세계, 다른 인물, 다른 사건을 펼치면서 그동안의 〈에반게리온〉을 영리하게 '깨뜨렸다'. 늘 자신 안으로 침잠하던 신지는 친구들에게 적극적으로 다가간다. 또한 아스카를 잃을 수 있다는 두려움에 한때 무너지기도 하지만 끝에 가서는 스스로 용기를 내는 소년으로 변모한다. 마침내 신지는 대단원에서 에바 0호기 안에 웅크리고 있던 레이를 건져내기까지 한다. 물론 이것이 도화선이 되어 인류의 마지막 보루로 자리한 조직 네르프가 그토록 막으려 했던 인류 종말의 신호 '서드 임팩트'가 일어난 것은 무척 아이러니한 일이었지만.

이후 다시 3년이 걸렸다. 2012년 선보인 세 번째 편인 〈에반게리온 신극장판: Q〉는 14년 만에 깨어난 신지의 시선 그대로 또다시 모든 것이 의문인 채로 바뀌었다. 네르프는 마치 인류의 적인 양 자리하고 있고, 신지의 상관이자 보호자였던 미사토는 네르프에 대항하는 새로운 세력인 '빌레'의 수장으로서 네르프와의 결전을 준비 중이다. 게다가 미사토는 신지가 다시 에반게리온 초호기에 타면 일으킬 수 있을 네 번째 임팩트를 차단하기 위해 언제든 그를 죽일 수 있도록 목에 폭탄을 장치하기도 한다. 그리고 일련의 사건 이후 신지는 다시 한번 절망하고 자기 안으로 웅크린다. 그동안 보아왔던 그 모습 그대로. 〈에반게리온 신극장판: Q〉는 계속해서 새로운 비밀을 쌓아가기 급급하다 결국 모든 해답과 결말을 다음 편으로 이양한다.

최최후의 방점

그러나 이번에는 3년 정도가 아니었다. 아예 안노 히데아키는 그사이 실사영화인 〈신 고질라〉(2017)를 연출하는 등 〈에반게리온 신극장판〉 시리즈의 결말을 보기 힘들 거라는 풍문은 곧 사실처럼 굳어졌다. 아마 안노 감독도 그간 생각이 많았던 것 같다. 어떤 결말을 선보여야 정말로 마무리 지을 수 있을지, 이번에야말로 최종의 최종 편임을 인정받을 수 있을지 고민에 고민을 거듭했던 것 같다. 그렇게 부유하던 프로젝트는 2021년, 무려 9년이 걸려 완성되었다. 신극장판의 완결 편인 〈신 에반게리온 극장판 ‖〉는 오래 기다렸던 만큼 제목의 도돌이표Da Capo가 암시하는 바와는 달리 작가의 변명이 되지 않길 바랐다. 누구라도 이전에 했던 이야기를 다시 풀어놓지 않기를 간절히 원했던 것이다. 어쨌든 모든 걸 차치하고서라도 완결을 낸 것만으로도 충분했다는 생각마저 들 법한 시간이었다. 그렇게 우여곡절 끝에 공개된 완결 편은 과연 완벽한 끝처럼 보이긴 했다. 이런 방법밖에 없었나 싶을 정도로 더 이상의 설명도, 해석도 더할 필요가 없었던 탓이다.

소년 신지는 아버지이자 네르프의 수장인 이카리 겐도 사령관의 인류보완계획을 저지하고자 그와의 독대를 통해 해결책을 이끌어낸다. 이것은 문자 그대로 '데우스 엑스 마키나deus ex machina'나 다름없다. '마이너스 우주'라는 가상 세계로 진입해 모든 것을 가정하는 게 가능해지면서 두 부자는 서로에게 자신의 모든 속내를 털어놓는다. 그러니까 인간 사이의 필연적인 벽인 'AT필드'가 관여하지 않는 곳에서 이제야 두 사람이 처음으로 마주한 것이다. 그리스 연극에서 최종 국면에 이르러 신이 강림해 모든 인간들의 복잡한 갈등을 단번에 해결했다는 데서 유래한 '기계장치의 신'이 결국 등장하지 않고는 다른 수가 없었던 탓일까. 그동안은 늘 신지를 비롯한 다른 중심인물들의 심리를 드러내는 공간이던 전차 객실 안에 처음으로 겐도가 초대되고 그의 과거와 속내가 적나라하게 드러난다. 그리고 이전까지 해석을 통해 충분히 짐작할 수 있었던 것들은 겐도의 설명을 통해 완벽히 구체화되고 곧 실체화된다.

겐도는 에두르지 않고 자신이 원하는 세계를 "AT필드가 존재하지 않는, 모두가 똑같이 단일한 인류의 마음의 세계"로 설명한다. "타인과의 차이가 없이 빈부도, 차별도, 다툼도, 학대도, 고통도, 슬픔도 없는 정화된 영혼만의 세계." 마치 이때 겐도는 우리가 늘 보아왔던 신지가 아닐까 싶을 정도다. 신지와 마찬가지로 늘 타인이 불편했던 겐도 역시 과거엔 카세트테이프를 들으며 헤드폰으로 바깥세상과 자신을 단절시켜왔다. 피아노 역시 그에겐 그런 것이었다. 공을 들이는 만큼 실력이 느는 피아노는 타인과 달리 "거짓도 배신도 없어서" 빠져들 수밖에 없었노라고 그는 말한다. 한

마디로 겐도에겐 "타인과 있는 것이 고통"이었다. 그의 고백을 들은 신지는 말한다. "나랑 똑같았네요, 아버지."

겐도의 입을 통해선 처음 듣는 이야기이긴 하지만, 이는 꼭 말을 해야 알 수 있었던 사실은 아니다. 그저 말을 함으로써 더욱 분명해졌을 뿐이다. 게다가 겐도가 모든 인류의 영혼을 단일한 마음의 세계로 초대한 이유는 다른 게 아니었다. 늘 무게 잡고 겉으로는 인류의 대의를 위해, 궁극적인 진화를 위해서라며 앞장서 네르프를 이끌었지만, 실은 그의 진짜 욕망이란 죽은 아내인 유이와 함께하고픈 것에 불과했다. 이번엔 아예 직접 말한다. 실은 겐도 자신이 원하는 세계란 "유이와 내가 다시 만날 수 있는 평온한 세계"라고. 바깥세상으로 통하는 유일한 통로나 다름없던 유이는 겐도에게는 절대적인 존재나 다름없었다. "유이만이 나를 있는 그대로 받아들여줬다. 유이를 잃었을 때 나는 혼자 살 자신이 없어졌다. 처음으로 고독의 괴로움을 알았다. 유이를 잃은 것을 견딜 수 없었다. 그저 유이의 품에서 울고 싶었다. 그저 유이의 곁에 있는 것으로 자신을 바꾸고 싶었다. 그저 그 소원을 이루고 싶었다." 그런 욕망을 품는 건 가능하다. 하지만 모든 인류를 여기 볼모 삼을 필요는 없었다. 그래서 그런 겐도를 보는 기분이란 무척 쓸쓸한 한편, 시답잖은 욕망에 휘둘린 인간의 가장 밑바닥까지 엿본 기분이라 굉장히 씁쓸했다.

단지 유이 때문이라는 건 이전 시리즈를 통해서도 충분히 알 수 있었다. 하지만 가장 어른인 척하던 겐도가 실은 가장 나약한 인간이었다는 것, 그것도 자신이 나약하다는 것을 인정할 수 없었기 때문에 그런 치졸한 욕망을 품을 수밖에 없었다는 것은 신극장판의 결론일지는 몰라도 수년간 품어온 의문의 답이라고는 생각되지 않았다. 하지만 신지가 조용히 아버지를 깨우쳐주는 그대로 "그 약함을 인정하지 못하기 때문"에 벌인 일이었다고 하니 조금은 납득할 수 있었다. 또다시 밖으로 나오라고, 타인을 두려워하지 말라고 이야기하는데 그 대상이 그렇게나 강대한 아버지로 군림하던 겐도였다니. 이때만큼 안노 감독이 얄궂게 느껴진 적은 없었던 것 같다. 에바에 매달리며 아직도 방구석에, 자기 세계에 틀어박혀 있는 너희들, 이제는 신지조차 아니야, 어느덧 겐도가 되었어, 라며 냉소하는 듯 보였기 때문이다.

개성, 궁극의 진화

모든 자아를 통일해야만 해소되는 문제이기에 우리는 더더욱 끊임없이 대화하고 소통하며 연대하고 교류해야 한다. 그럴 수밖에 없는 자신의 나약함을 인정하면 그뿐이다. 실은 일본드라마 〈이시코와 하네오: 그런 일로 고소합니까?〉(2022)에서 변호사 하네오가 지적했던 것과도 상통한다. 그런 약한 마음을 갖고서는 결코 강해질 수 없다는 악한에게 그는 반문한다. "약하면 안 되는 겁니까?"라고. 우리 사회를 구성하는 대부분은 실은 강함과 약함을 전혀 신경 쓰지 않는 보통 사람들이라고 말이다. 이는 우생학의 결론과도 같다. 우생학은 도덕적으로도 옳지 않지만, 과학적으로도 옳지 않았다. 우생학은 강한 사회를 만들기 위해 강한 인자만을 보전하고 열등인자를 제거해야 한다고 주장하는 이론이지만, 애초에 유전형질은 서로 다른 환경에 적응한 갖가지 결과에 불과하다. 다시 말해 우열은 그저 상대적인 것이다. 오히려 생태계의 안정을 위해서는 최대한의 다양성이 필요하다. 우리가 멸종 위기종을 보존하려 애쓰는 이유도 그 때문이고. 과학적으로 접근해 '다양성'을 연구하다 보니 세상에는 남성과 여성만 존재하는 것도 아니지 않는가. 그토록 강대했다던 공룡은 이미 오래전에 사라졌지만, 약한 인간들은 연대해 지금까지 지구의 주인으로 군림하고 있다. 모든 약함을 인정하고 각자 지닌 약점을 보완하기 위해 다른 인간들이 지닌 AT필드 너머로 소통해야 한다는 것은 너무나도 자명한 사실이다. 그 이야기를 하기 위해 총 27년이 걸렸다고 하면 어쩔 수 없는 노릇이지만, 이는 아무리 강조해도 모자람이 없는 격언이기도 하다. 또한 그렇게 생각하면 조금은 인정할 만한 결론, 완벽한 끝맺음처럼 느껴질 법도 하다.

2022년 화제작으로서 여러 화두를 던졌던 드라마 〈이상한 변호사 우영우〉도 인간의 본성이자 추구해야 할 궁극적인 목표인 다양성을 자폐스펙트럼장애를 가진 주인공 우영우(박은빈)의 삶을 통해 힘주어 웅변한다. 우영우는 최종회에 이르러 자신을 가리켜 "흰고래 무리에 속한 외뿔고래"와 같다고 말한다. 길 잃은 외뿔고래가 흰고래 무리에 속해 사는 모습이 꼭 자신과 같다고. "모두가 저와 다르니까 적응하기 쉽지 않고 저를 싫어하는 고래들도 많습니다. 그래도 괜찮습니다. 이게 제 삶이니까요. 제 삶은 이상하고 별나지만 가치 있고 아름답습니다." 사회 초년생으로 막 어른이 된 우영우에 비한다면, 어른이지만 한없이 아이로 수렴되는 '어른 아이' 이카리 겐도는 이 얼마나 어린가. 단지 약함을 인정하지 않고 스스로 인간 사이의 벽을 허물려 노력하지 않은 이의 결말은 여기에 정확히 대비된다.

이상하고 별나지만 가치 있고 아름다운, 인간의 개성은 〈신 에반게리온 극장판 ¦〉에서도 모든 인간의 영혼들이 각자의 모습 그대로 쏟아져 내리는 장면으로 구상화되며 다시금 힘을 더한다. 안노 히데아키 감독은 〈에반게리온〉 시리즈를 통해 계속해서 이런 이야기를 건네왔다. 〈신세기 에반게리온〉을 선보였던 제작사 가이낙스를 비롯해, 안노 감독이 속한 현 제작사인 스튜디오 카라, 가이낙스의 또 다른 분파인 트리거 모두 결국 작품을 통해 말하는 것은 인간의 무한한 의지였다. 게다가 그것은 늘 홀로 이룰 수 없는 것으로 그려지곤 한다. 갖가지 개성 있는 인물들의 싫고도 좋은 부분을 모두 인정함으로써 하나 되어 만들어내는 광경이야말로 인류가 추구해야 할 진화의 모습이지 않을까 말하고 있는 것이다. 마침내 전차에서 스스로 내린 겐도의 쓸쓸한 뒷모습은 그걸 뒤늦게 깨달은 어른의 약함이다. 동시에 이제야 인정함으로써 역사驛舍 밖, 실사로 구현된 세상 속으로 달려 나가는 신지와 마리를 통해 보여주는, 에바의 진정한 메시지이기도 하다. 그렇게나 오랫동안 〈에반게리온〉은 말해온 것이다. 그러니 이제는 확고부동한 안녕을 고하는 에바에게 팬들도 안녕을 건네야 할 때다. 마지막 완결 편에서 말한 그대로 이제는 에바가 필요 없는 세계로 진입해 에바를 가슴에 묻을 때다. 그러니 오랫동안 약한 인간을 응원했던 에바에게 아쉽고도 감사한 마음으로 고해도 되지 않을까. 굿바이, 모든 에반게리온.

장르소설이 시시하다고?
〈자물쇠 잠긴 남자〉

> "미스터리란 뭐든 답을 내는 소설이라고 생각하면 될까요?"
>
> "예. 그런 점이 비문학적이고 깊이가 없어 시시하다고 생각하는 사람도 있지만 이해해주지 않는다면 어쩔 수 없죠. 문학은 답이 없는 수수께끼를 다루지만, 미스터리는 답이 있는 수수께끼를 다루니까요."
>
> (…)
>
> "미스터리도 답이 없는 수수께끼를 그려보면 어떨까요?"
>
> "그건 이미 미스터리가 아닙니다. 이 세상에는 풀리는 수수께끼도 있다는 사실을 제시하는 게 미스터리니까요. 처음부터 풀리지 않는다는 걸 아는 수수께끼에 도전하는 건, 쓰기에 따라서는 얼마든지 대충 써도 되니 편하기야 하지요."
>
> - 〈자물쇠 잠긴 남자〉 중

요즘도 가끔 장르소설, 장르문학이라는 말이 낯설다며 그게 구체적으로 어떤 거냐고 되묻는 경우를 종종 마주하곤 한다. 그때마다 미스터리나 SF, 호러 소설 등을 통칭하는 말이라고 단출하게 말해주곤 하는데, 딱히 대단한 반응을 기대한 건 아니지만 어쩐지 대개는 시큰둥했던 것 같다. 관심이 있다거나 없다거나의 문제라기보다는 '단지 그것뿐인가' 의아해하는 반응이었다는 편이 더 적절할 듯하다. 듣고 보니 의외로 익숙하지만 막상 의식하고 음미해본 적은 없었구나 싶은 느낌이라고나 할까? 그래서인지 아직까지도 잊을 때마다 장르 본연에 대한 이야기를 풀어달라는 원고 청탁을 받곤 한다. 아주 새롭거나 굉장히 미시적인 이야기도 아니다. 그냥 일반적이고 개괄적인 이야기를 원하는 경우가 대부분이다. 그래서였는지 지금 와서 생각해보건대 그렇게 풀어놓은 이야기라는 것이 굉장히 이율배반적이었다는 생각마저 든다. 요컨대 해당 장르를 당신은 이미 알게 모르게 즐기고 있다, 그러면서 동시에 즐겨야 한다고 말해왔던 것이다.

영화기자 시절에도 기자들 대부분은 장르영화에는 상대적으로 관심이 덜한 것처럼 보였다. 소위 예술영화, 작가영화라는 작품에 대해선 할 얘기가 많은 반면 할리우드 블록버스터는 은근히 낮잡아 보는 시선을 기자라면 누구나 은연중에 품고 있는 것 아닌가 생각됐다. 일례로, 보통 제작사·배급사 위주로 담당이 정해지는 영화지의 특성상 자기 담당사 작품을 다른 기자에게 뺏기고 싶지 않은 미묘한 경쟁 심리가 존재하기도 했는데, 그중 블록버스터는 종종 예외로 취급하는 경우가 많았다. 당시 〈에반게리온 신극장판: 서〉가 개봉했을 때 마땅히 쓸 사람이 없어 담당도 아닌 내게 할당된 것은 아닐 것이다. 할 사람이 없었다기보다는 그저 하겠다는 사람이 없었을 뿐이다. 한 선배 기자에 따르면 더 옛날에는 아예 영화지 안의 팀 구성을 국내영화 팀과 해외영화 팀으로 분리했는데 이때 거의 대부분의 기자들이 국내영화 파트를 지망했다고 한다. 요즘이야 해외영화 제작진과 접촉하는 것이 어렵지 않지만 당시만 해도 요원한 일이었으니, 그렇다면 배우도 만나고 감독도 만날 수 있는 국내 파트가 훨씬 매력적이었다는 것이다. 게다가 할리우드 영화라고 해봤자 그저 그런 장르영화가 대부분 아닌가. 이후에도 이런 공기는 크게 달라지지 않았던 것 같다. 어쩌면 알게 모르게 이어져 내려온 전통 같은 것일 수도 있고. 덕분에 크게 장르를 가리지 않았음에도 때때로 이런 괜한 반발 심리 때문에 나는 남들이 경원하는 장르영화에 더욱 매력을 느꼈던 것 같다는 생각마저 든다.

호러의 본질

그중 사람들을 설득하기 위해 여러 번 힘을 주어 이야기했던 장르는 단연 호러, 즉 공포였다. 공포恐怖란 문자 그대로 '두려움'과 '무서움'을 뜻한다. 그리고 그간 두려움은 극복해야 할 것, 무서움은 피해야 할 것으로 여겨지곤 했지만, 이런 정론은 수많은 호러 콘텐츠와 이를 즐기는 사람들 앞에 곧 무력해졌다. 공포란 인간이 느끼는 감정 중 가장 강렬한 데다 결코 느끼고 싶지 않은 감정 중 하나로 긴장과 불안의 가장 높은 층위에 위치하기에 현실에선 결코 맞닥뜨리고 싶지 않은 게 당연하다. 그러나 이것이 콘텐츠로 이어졌을 때는 이야기가 완전히 달라진다. 흔히 공포 콘텐츠를 즐기는 사람들의 심리를 안도감에서 찾곤 하는데, 반은 맞고 반은 틀린 말이다. 공포물 안에 도사리는 온갖 혼란과 극단적인 상황을 지켜보는 사이 영화관이나 안락한 거실이 주는 익숙한 안도감을 새삼 실감할 수는 있다. 하지만 호러 콘텐츠를 즐기는 이유를 단지 안도하기 위해서냐고 반문한다면 '고작' 그런 이유만은 아니라는 것을 곧 깨닫게 된다.

우선 공포물에서는 모든 것을 가정假定하는 게 가능하다. 현실에 존재하지 않는 다양한 상황과 사건이 벌어지는가 하면, 때로는 귀신이나 악마, 요괴, 원혼, 요정, 좀비, 마녀, 괴물이 아예 실재한다고 가정한다. 그리고 이 모든 가정은 안온한 일상을 순식간에 전복함으로써 보는 이의 마음속에 강렬한 소요를 불러일으킨다. 불가사의한 존재에게 목숨을 위협당하거나 괴이한 사건으로 말미암아 기존의 강고했던 체계가 흔들리는 경험은 현실에선 쉽게 상정할 수 있는 것이 아니다. 또한 다양한 정신이상 증세와 극단적인 폭력은 모두 현실을 훌쩍 넘어서는 상상력으로 말미암아 공포 콘텐츠에서는 그 어떤 장르보다 극대화되어 표현된다. 흔히 괴팍한 악취미 정도로 폄하당하기 일쑤인 기괴한 크리처 디자인이나 현실 밖 손에 닿지 않는 세계를 상상하며 구축한 위협적인 공간만 보더라도 금세 알 수 있다. 공포라는 울타리 안으로 들어오는 순간 반대로 인간의 상상력을 가로막는 장벽은 사라진다. 내로라하는 감독들의 필모그래피에 공포영화가 한두 편씩 껴 있고, 재능 있는 신인 감독이 데뷔작으로 공포영화를 택하는 것 또한 그런 이유 때문이다. 일정 정도 호러 마니아 수요를 확보할 수 있다는 장점도 있지만, 무엇보다 다른 장르에서는 볼 수 없는 독창적인 연출 기법을 보여주고 분방한 상상력을 과시하는 데 공포 장르는 그야말로 안성맞춤이다.

그렇다고 공포물이 늘 별세계 이야기만을 하는 것은 아니다. 감정과 상상력을 극단까지 밀어붙인 나머지 우리의 현실과는 완전히 괴리된 상황을 구현할지라도 그 기저에는 누구나 공감할 만한 인간 본연의 욕망이 자리한다. 이를테면 과도한 연정, 맹목적 추종, 무차별적인 혐오, 도를 넘어선 물욕이나 색욕, 지배욕, 폭력 지향적 태도, 살인 충동 등 온갖 뒤틀린 욕망이야말로 대부분의 공포 장르가 조명하는 인간의 본성이다. 당연히 연쇄살인마나 귀신은 필수 요소가 아니다. 인간이 가진 죄책감과 불안을 자극하거나 인물 간의 불신을 조장하고 갈등을 부채질하는 것만으로도 평범한 일상은 단숨에 뒤집힐 수 있으니까. 실은 에드바르 뭉크의 〈절규〉가 명화로 꼽히는 것도 같은 이유 때문일지 모른다. 스스로를 미스터리와 호러의 샴쌍둥이라 일컫는 작가 아야츠지 유키토의 대표작 〈어나더〉에서 어느 캐릭터는 피가 쏟아져 내릴 것 같은 그림의 무시무시한 붉은 하늘빛을 콕 집어 "모든 것이 불안해서 견딜 수 없는, 그런 기분을 폭로해주는 듯한 그림"이라 말하기도 한다. "그래서 좋아"한다고. 불안해져서 좋다? "불안이란 건 안 그런 척해봐야 소용없잖아. 너도 그렇잖아? 다들 분명 그럴 거야"라는 대답 또한 공포 안에 도사린 온갖 불안정한 요소의 의미를 잘 설명해주는 듯하다. 그리고 어쩌면 가장 가까이에 있음에도 어쩐지 희미했던 이 숨겨진 풍경을 바라보기 위해 우리는 그 섬뜩한 세계를 거울삼아 대신 응시하고 있는지도 모를 일이다. 게다가 알다시피 인간의 본성을 관찰하는 일은 무척 재미있는 일인 데다 반드시 필요한 작업이기도 하지 않은가.

게다가 최근 호러 장르는 점점 더 구획이 모호해지는 추세다. 그간 호러의 전유물로 생각했던 이형의 존재들은 다른 장르에도 속속 이식되어 이제는 '호러'와 '호러 외' 장르로 나누는 일이 거의 무의미해졌다. 이미 서구에서는 호러, SF, 판타지 등의 요소를 지닌 장르소설을 뭉뚱그려 SFSpeculative Fiction, 즉 '사변소설'로 통칭한다. 즉, 호러는 전통적인 방식 그대로 장르를 구획하는 동시에 오늘날 대중문화의 가장 주요한 코드로 통한다. 인간이 지닌 숨겨진 면면을 발굴하는 호러 장르 본연의 태도 역시 더 이상 두려움 恐과 무서움怖만으로는 설명되지 않는다. 서스펜스를 부러 즐기려는 심리는 처음부터 공포물 특유의 극진한 재미에서 찾는 게 옳다. 그러니 공포는 극복해야 하는 것일지 몰라도, 공포물은 어떤 방식으로든 그냥 즐기는 게 당연하다.

순수문학 위 미스터리

　미스터리 역시 비슷하다. 신본격 미스터리를 대표하는 작가 중 하나인 아리스가와 아리스는 〈자물쇠 잠긴 남자〉를 통해 미스터리 본연의 매력이나 가치를 등한시하거나 폄하하는 외부의 시선에 대해 굳이 지면을 할애해 답을 내어준다. 작가의 이름과 같은 극 중 화자인 미스터리 소설가 아리스가와 아리스는 한 선배 소설가의 질문에 흔히 순수문학이라 불리는 소설과 미스터리문학의 차이를 비교하며 대수롭지 않다는 듯 미스터리의 핵심을 짚는다. 아리스가와의 답에 선배 소설가는 "미스터리란 뭐든 답을 내는 소설이라고 생각하면 될까요?"라고 재차 정확한 답을 요구한다. "예.

그런 점이 비문학적이고 깊이가 없어 시시하다고 생각하는 사람도 있지만 이해해주지 않는다면 어쩔 수 없죠. 문학은 답이 없는 수수께끼를 다루지만, 미스터리는 답이 있는 수수께끼를 다루니까요." 답이 없는 수수께끼란 무엇일까? "어떻게 살아야 하나, 사랑이란, 우정이란 무엇인가"만이 아니라 "세상이란, 사회란 무엇인가, 가족이란 무엇인가, 용서란 무엇인가" 등 주제는 얼마든지 있다. 인생이란, 죽음이란, 복수란, 젊음이란, 아름다움이란, 역사란 무엇인가. 그야말로 끝도 없다. 이런 것들은 답이 정해진 물음이 아니기에 결국 문학 작품이 종결된 이후에도 계속해서 독자의 생각을 부추긴다. 아리스가와의 말마따나 "독자의 사고가 확장되거나 심화되면 그만인 겁니다. 읽고 나서 오히려 의문이 부풀어오르는 경우도 있지요. 문학 작품을 끝까지 읽고 '유일한 답이 아니잖아'라고 화내는 사람은 없습니다"라는 싱거운 통찰 그대로다.

하지만 미스터리는 다르다. 이런 진상은 용납할 수 없다는 반응은 약과 중의 약과다. 그중에는 이렇게 "풀리는 수수께끼만 쓰니 문학적이지 못하고 천박하다고 생각하는 사람"도 있다. 그렇다고 다른 문학처럼 답이 없는 수수께끼를 다룰 수는 없는 노릇이다. 이미 그건 미스터리가 아니다. "이 세상에는 풀리는 수수께끼도 있다는 사실을 제시하는 게 미스터리니까요. 처음부터 풀리지 않는다는 걸 아는 수수께끼에 도전하는 건, 쓰기에 따라서는 얼마든지 대충 써도 되니 편하기야 하지요." 결국 답을 내어줄 수밖에 없는 미스터리 장르의 핵심을 공격하며 이를 가리켜 "문학적이지 못하고 천박하다"고 하는 것은 반대로 순수문학을 가리켜 답이 없는 이야기를 대충 써낸 소설이라 하는 것과 마찬가지인 셈이다.

물론 내가 미스터리 장르를 좋아하는 이유는 다른 게 아니라 오히려 굉장히 문학적이기 때문이다. 실은 어떤 장르보다도 그럴 때가 많다. 미스터리는 인간의 악의에 기저를 두는 동시에 인간의 합리성에 기대면서 극단적인 감정과 예리하게 정련된 이성을 모두 아우르는 장르다. 당연히 진득한 드라마와 개성 있는 캐릭터가 담겨 있는 것은 물론이고, 허를 찌르는 서사는 기본에, 아무도 응시하지 않은 사회의 그늘과 인간의 심연을 들여다보는 등 어떤 장르보다 진폭이 넓고 무엇보다 깊다. 답을 내어주기 때문에 문학적이지 않다는 지적은 단지 미스터리라는 장르적 특성에 기인한 답에 불과하다. 그러니 이미 답을 정해놓고는 천박하다, 저속하다 하는 의견이라면 무시하는 게 낫다. 아리스가와 아리스가 하고픈 말도 당연히 그것이었을 것이다.

〈자물쇠 잠긴 남자〉만 하더라도 충분히 알 수 있다. 이 작품의 미스터리는 호텔에서 의문사한 남자의 진짜 사인만이 아니다. 호텔 관계자들 사이에 숨겨진 관계는 물론 살아생전 늘 선하고 넉넉한 인상이던 노인의 인생이 어쩐지 자물쇠를 잠가놓은 양 아무것도 알 수 없다는 점이 우선 그렇다. 게다가 어렵사리 자물쇠를 열고 들여다본 그의 인생은 한 사람이 일생에 한 번 겪기도 힘든 부침을 여러 번 겪었던 과거가 자리하고 있다. 이는 단지 놀라움을 안겨주는 데 그치지 않고 그가 호텔에서 몇 년씩이나 은거하듯 생활한 진짜 이유로 이어지며 한 인간이 평생에 걸쳐 마음에 묻었던 후회와 그에 따른 만회를 단번에 아우른다. 그러니 단지 수수께끼의 재미만은 아니다. 수수께끼는 이미 도처에 있다. 그중에는 결국 명탐정에 의해 풀리는 것도 있지만 결코 풀리지 않고 독자의 마음을 할퀴어 생채기를 내는 것도 여럿이다. 그것을 간과한다면 미스터리소설은 거의 아무것도 아닐지 모른다.

장르소설의 극의極意

미스터리 장르가 건네는 메시지야 무궁무진하지만 그중 가장 확실한 교훈은 하나다. 범죄라는 극단적인(물론 어떤 경우에는 아주 소소하기도 하지만) 악행에 근간을 두는 장르라지만 그렇다고 그 교훈이 '사람을 믿지 마라'는 아니다. 믿을 사람 하나도 없다는 말도 틀린 것은 아니지만 그보다는 스스로 본 것, 자신이 믿는 것만으로는 거의 아무것도 알 수 없다는 편이 더 적절하다. 이를 근간으로 하는 하나의 진실이란 바로 사람은 쉽게 변하지 않는다는 것이다. 그래서 미스터리는 한 사람의 외모는 물론이거니와 습관, 경험,

기호, 욕망이나 목적 또한 동일한 기조를 유지하고 있다는 전제 위에 추리를 전개하기 마련이다. 게다가 이런 미시적인 면에만 그치지도 않는다. 사람은 쉽게 변하지 않기 때문에 결국 집단이나 사회가 변하는 것도 늘 더디기 마련이다(여기에 힘을 기울인 미스터리 장르는 하드보일드나 사회파 미스터리라는 명칭으로 분류되기도 하는데 이 또한 당연하다는 듯 이미 커다란 줄기를 이루고 있다). 내가 미스터리에서 배운 가장 큰 교훈도 역시 그것일지 모른다. 사람은 쉽게 변하지 않는다는 것. 이를 인정한다면 꽤 많은 정보를 얻을 수 있고 많은 오해 또한 일소할 수 있다. 물론 이것조차 절대적인 교훈은 아니다. 아주 드문 경우이긴 하지만 스스로를 변화시킨 사람도 분명 있기 마련이다. 때때로 우리가 그곳에서 희망을 발견하고 또 갈구하는 이유다.

어디 이뿐인가. SF 장르가 말하는 것은 단지 과학적 상상만이 아니다. 그 안에는 다양한 방식으로 인간을 탐구하고자 하는 시선이, 경이가 담겨 있다. 판타지 장르는 또 어떠한가. 인간이 아닌 다양한 이종족, 지성체를 가정한 채 피할 수 없는 전투나 전쟁을 그려낸 다채로운 서사시 안에는 인간이란 다소 평범한 존재를 객관화한 다양한 해석이 지금 나 자신을, 우리 사회를 새로이 바라보게끔 이끈다. 무협 장르가 추구하는 의와 협의 의미는 우리 현대 사회에서만이 아니라 강호 세계에서도 늘 위협받는 가치다. 손쉽게 악을 추구하는 무리들 가운데서 갈대처럼 흔들리면서도 스스로 추구한 가치를 다잡는 협객의 면모를 바라보는 사이 느껴지는 것은 단순히 쾌감만은 아니다. 오히려 그 고뇌와 좌절이 무협의 핵심은 아닐까?

나는 문학文學이라는 말보다는 소설小說이라는 다소 겸손한 표현을 더 좋아하는데, 학문에 방점을 찍은 듯한 문학보다는 '작은 이야기' 쪽이 더 다소곳한 느낌도 들거니와 오히려 반어적으로 더 큰 이야기 같단 생각으로 이어지기 때문이다. 모든 장르소설 또한 마찬가지다. 늘 그렇듯 밑도 끝도 없이 낮잡아보는 시선은 언제나 게으르고 잘 모르는 자들의 편협한 의견일 뿐이다. 그러니 장르 안에 담긴 세계가 실로 무궁하다는 것을 이미 아는 이라면, 아니 지금이라도 알고 싶은 이라면 당당히 어깨를 펴도 좋다. 누가 뭐라든 장르소설은, 장르영화는 이미 충분히 깊고 끝내주게 멋지니까.

극일克日의 시대를 맞이하며
〈기동경찰 패트레이버〉

> "어떤 식으로 주간지를 만드는지 아나? 좋은 점은 헐뜯고 나쁜 점은 비방한다. 승자의 흠을 들추어내 서민의 질투심을 완화시키고, 패자의 약점을 찔러 대중들에게 어떤 우월감을 준다. 이게 우리나라 사람들의 쾌감의 원칙에 제일 잘 어울린다, 이 말씀."
>
> "추하군요."
>
> "때문에 독재자와 혁명가가 출현하기 힘들지. 어때, 좋은 나라 이지 않나?"

- 〈기동경찰 패트레이버〉 중

문득 한국영상자료원에서 출간하는 잡지 〈아카이브 프리즘〉에 기고한 글이 떠올랐다. 쉽게 말해 비디오 시대를 회고하는 특집이었는데, 여러 필자들이 비디오 전성시대를 풍미했던 상징적인 작품과 키워드를 선정해 그 가치를 풀어놓는 게 해당 회차의 골자였다. 다양한 작품과 키워드를 그러모아 그 자체로 작은 사전을 목표한 듯했는데, 쟁쟁한 분들이 비디오 시대란 이름하에 영화 역사를 회고하는 가운데서도 아마 뒤늦게 부족한 부분을 발견해 '땜빵'이 필요했던 것 같다. 그 부족한 부분이란 바로 일본 작품, 그중에서도 서브컬처 쪽이었다. 대놓고 요청받은 건 아니었지만 이미 〈러브레터〉(1999)니 〈링〉(1999)이니 다 리스트에 있는 마당에 유독 일본 작품 위주로 꼽아달라 했던 건 그런 이유 때문 아니었을까.

어쨌든 편집자와 몇 번의 상의 끝에 나는 로버트 저메키스의 〈백 투 더 퓨쳐〉 시리즈와 피터 잭슨의 〈천상의 피조물〉(1994)을 제외하고는 전부 일본 작품으로 추려 원고를 썼다. 그렇게 고른 키워드 및 작품은 미야자키 하야오를 위시한 스튜디오 지브리를 비롯해 〈신세기 에반게리온〉〈자이언트 로보: 지구가 정지하는 날〉(1992~1998), 〈소녀혁명 우테나〉(1997), 〈무사 쥬베이〉(1993, 해적판 비디오 제목은 〈수병위인풍첩〉), 〈공각기동대〉(1995), 〈퍼펙트 블루〉(1997), 〈지구방위대 후뢰시맨超新星フラッシュマン〉(1986~1987)이었다. 특촬물 한 작품을 제외하고는 전부 '재패니메이션'이란 이름으로 당대 세계를 휘어잡은 리스트로도 보일 법하다. 그래서였을까. 원고를 쓰면서 내게는 어쩐지 비디오 시대라기보다는 그냥 일본이 문화

적으로 가장 융성했던 시기처럼 보여 여러모로 화려했던 시절을 되돌아보는 시간처럼 느껴지곤 했다.

그도 그럴 것이 지금 일본 문화는 과거의 높은 위상과는 많이 달라졌다. 특히 젊은 세대가 느끼는 일본 문화의 위상은 정말로 많이 달라진 듯하다. 소위 태어나 보니 선진국이었다는 지금 세대가 느끼는 일본 문화란, 만화나 애니메이션, 게임 등이 여전히 잘 나가는 건 어느 정도 알겠지만, 딱 그 정도뿐. 그 분야 세계 최고라는 데에는 다소 의아함을 보이더니, 우리 때는 제이팝J-pop을 즐겨 듣고 일본 아이돌을 동경하고 그래서 일본어를 공부하던 사람들이 많았다는 이야기에는 생경함마저 보였다. 게다가 한때 일본만화는 누구나 즐기는 문화로 교양인이라면 반드시 읽어야 할 필독서 수준의 작품도 여러 권이었지만, 지금은 그 자리를 온전히(그리고 얄팍하게) 한국 웹툰이 대신하고 있다 해도 과언이 아니다.

영화 분야 역시 우리 영화가 유수의 세계 국제영화제에서 줄줄이 수상하다 이제는 아예 미국 아카데미 시상식에서 작품상과 감독상을 받을 정도로 성장해버렸다. 상황이 이럴지니 한때 일본영화가 우리 문화를 잠식할까 두려워 아예 극장에서 상영을 금지했었고 그런 와중에도 대학가를 중심으로 암암리에 일본영화 주요작들이 크게 유행했다는 사실은 아예 믿지 못하겠다는 투였다. 실제로 세계적으로 일본영화가 각광받았던 시기는 분명 있었다. 그러나 지금은 이미 과거, 그것도 한참 전 일이 되어버렸다. 게임은 지금도 세계적으로 선두를 다투는 분야라고는 하지만 딱히 게임을 즐기는 사람이 아니면 와닿지 않는다. 한마디로 우리에게 일본 문화는 이제 하위문화 중에서도 더더욱 하위문화가 된 것이다. 불과 몇십 년 전 누구나 일본 문화를 즐기고 동경하고 나아가 넘어서리라 목표했다는 것이 더더욱 아득하게 다가올 만하다.

물론 지금도 일본 문화는 여전히 힘이 있다. 단지 우리나라 대중문화가 세계적으로 연이어 히트를 치면서 상대적으로 잠깐 상쇄된 것처럼 느끼는 건지도 모를 일이다. 그럼에도 영화의 경우 일본영화의 힘이 과거보다 떨어진 건 분명하다. 반면 그사이 한국 영화는 질적·양적 발전을 동시에 이루었다. 일본 애니메이션이 현지에서도 점점 더 마이너 취향, 즉 '아니메 오타쿠'를 겨냥하는 태도를 취하면서 국내에서도 점차 소수 문화로 굳어지는 경향이 눈에 띄게 증가했다. 출판 대국으로서 지닌 힘은 여전하지만 상대적으로 독서층이 매우 빈약한 우리에게는 큰 영향으로 다가오진 않는다. 아마 그래서 특히 문화계 종사자들에게 있어서만큼은 일본이란 나라가 여전히 경계하고 배우고 협력해야 할 주체로 남아 있는 것일 테다. 괜스레 의식하며 스스로 라이벌로 삼은 동시에 기어이 어떤 부분만큼은 본받아야 할 대상으로 여길 수밖에 없었던 문화. 영원히 앞서갈 수 없다고 생각하면서도 가장 지근거리 목표로 삼았던 일본의 오늘은 여러모로 생각할 거리를 많이 던져주는 듯하다.

현 일본의 시스템을 겨누다

1988년, 처음부터 미디어믹스 형태로 기획된 〈기동경찰 패트레이버〉에서도 일본 문화 특유의 힘은 잘 드러난다. 이 만화는 당시로부터 겨우 10년 후의 미래인 1998년을 배경으로 한다. 1998년이라고 하니 지금 우리에게조차 까마득한 지난 세기 과거인 데 반해, 작품의 배경은 '레이버'라 불리는 탑승형 이족 보행 로봇을 산업용 장비로 널리 활용하는 고도의 테크놀로지가 보급된 세계지만 여전히 유선전화로 통화하는 등 미래보단 오히려 현재로 수렴되는 듯 보인다. 심지어 작중 유일한 미래 지표인 레이버 역시 마법의 산물 같은 게 아니어서 장점만큼 결점 또한 많은 로봇으로 등장한다. 게다가 실은 이조차도 작품의 주역이랄 순 없어 더욱 그렇게 느껴질 법하다. 그보다는 결국 1998년 도쿄를 무대 삼으면서 경직된 관료 문화, 자본주의의 폐해 등 일본 사회를 속속들이 들여다보려는 작품의 태도와 이를 비판하고 풍자하는 진득한 주제가 더욱 눈에 띈다.

레이버라는 그럴듯한 주체를 창조하고서도 결국 시트콤부터 범죄극, 정치 드라마에 이르기까지 사람의 이야기를 풀어놓는 데 여념 없는 이 작품엔 여러 개성 있는 인물들이 왁자한 소동과 악랄한 범죄에 핍진한 힘을 불어넣는다. 그중에서도 특차2과 제2소대의 대장 고토 키이치는 의뭉스러운 어른의 매력을 단숨에 보여주는 인물로 단연 첫손에 꼽을 만하다. 평소에는 느긋하다 못해 나태하고 무능한 공무원의 전형처럼 비치던 그는 막상 사건이 터지면 누구보다 빠르게 핵심에 다다른다. 늘 알 듯 모를 듯한 멍한 얼굴을 하고 있다 막상 사건이 터지면 실리는 물론 명분까지 챙기는 부분에서는 정말로 이 사람이야말로 진짜 어른이구나 싶어 감탄이 절로 나온다.

여기에 최강의 레이버 '그리폰'을 앞세워 특차2과를 저격하는 샤프트 엔터프라이즈 기획7과의 수장 우츠미 과장이 특별한 악역으로서 고토를 위시한 제2소대와 멋진 대립각을 이룬다. 우츠미 과장은 늘 어린아이 같은 장난스러운 성격을 앞세워 여러 사람들을 농락하는 인물이다. 마치 배트맨을 심심풀이 삼아 괴롭히는 조커 같은 이라고나 할까. 늘 웃음을 띠고 있는 표정 때문에 얼핏 만만한 인물처럼 보이지만 과감한 결단력과 발군의 창의력, 그리고 어린아이 특유의 천진난만한 잔인함을 앞세워 자신의 목적을 하나하나 달성해나간다. 고토 키이치와 우츠미 모두 기획7과의 비밀스러운 테러가 거듭될수록 이 작품에 범죄 스릴러적인 측면을 크게 부각하는 주역으로 활약한다. 이는 작품 후반부, 2소대와 기획7과의 공방전이 작중 가장 훌륭한 클라이맥스를 이루는 직접적인 이유이기도 하다.

그뿐만 아니라 이 둘은 노회한 어른의 시선 그대로 레이버로 대변되는 자본주의 체제의 핵심을 건드리는 데도 탁월한 통찰력을 보여준다. 고토 소대장은 주인공 이즈미 노아를 예로 들며 아이들의 꿈이란 기본적으로 '운전사'가 되고 싶었던 게 아닐까라고 말한다. 그러고는 "그런 게 점차 자본가가 되려는 꿈을 꾸며 틀어지게 되는 거야"라는 답을 들려주더니, 그럼 자본가의 꿈은 뭐냐는 질문에는 "월급을 안 줘도 되는 종업원"이라고 답한다. 한편 우츠미 과장은 특종이라는 미명 아래 추악한 기사를 폭로하는 주간지의 시스템에 대해 이렇게 말한다. "좋은 점은 헐뜯고 나쁜 점은 비방한다. 승자의 흠을 들추어내 서민의 질투심을 완화시키고, 패자의 약점을 찔러 대중들에게 어떤 우월감을 준다. 이게 우리나라 사람들의 쾌감의 원칙에 제일 잘 어울린다, 이 말씀. (…) 때문에 독재자와 혁명가가 출현하기 힘들지. 어때, 좋은 나라이지 않나?"

일본에게 없는 것

사실 고토와 우츠미, 두 사람은 동류의 인간에 가깝다. 단지 한 사람은 공무원이 되어 체제 안에서 냉소하고, 다른 하나는 체제를 조소하면서 전복을 꾀할 뿐이다. 그리고 레이버를 단순한 로봇이 아닌 극단적 자본주의의 산물로 해석하는 〈기동경찰 패트레이버〉는 이 둘을 통해 일본 사회의 시스템을 정면 비판한다. 버블 경제로 대변되는 자본주의의 위선을 겨냥한다. 물론 우츠미 과장이 지적한 주간지의 시스템이 어디 일본만의 것일까. 다만 우리의 경우는 언론이 "승자의 흠을 들추어"낸다기보다는 애초에 승자에게 복속된 형태에 가까우며, "패자의 약점을 찔러 대중들에게 어떤 우월감을 준다"기보다는 패자에게 연민을 보내거나 아예 배제하려는 태도로 일관한다는 차이가 있을 따름이다. 어쩌면 이런 차이가 독재자와 혁명가의 출현 여부를 갈랐을까? 그건 알 수 없지만 독재와 혁명을 경험한 우리와 달리 일본은 민주주의 체제 이후에도 비교적 안온하고 무탈한 정치 환경을 유지해왔다. 이를 비교하면 그 차이는 굉장히 분명해진다. 게다가 독재와 혁명을 기준 삼지 않더라도 늘 요동치는 정치 환경과 여기 적극적으로 참여해온 시민 의식의 성격만큼은 일본 내에서도 여러 작품을 통해 늘 제기되는 문제이기도 하다.

이는 특히 일본이 강조하는 '일본 국민은 민도民度가 높다'는 일본식 표현에도 잘 드러난다. '민도'란 우리 식으로 말하면 국민성 정도로 해석할 수 있는데, 말하자면 애초에 태어나길 시민 의식이 뛰어난 민족이라는 설명이다. 특히 정치인들이 많이 사용하는 말이니 크게 의미를 둘 건 아닐지 몰라도 이는 창작품에도 여러 방식으로 거론될 만큼 현 일본을 지배하는 하나의 신화임엔 틀림없다. 나카야마 시치리의 미스터리소설 〈연쇄 살인마 개구리 남자〉에는 시민들이 무차별 살인범의 표적이 될지도 모른다는 두려움 때문에 경찰서를 침입하는 사건이 벌어진다. 후속작인 〈연쇄 살인마 개구리 남자의 귀환〉에서는 특유의 국민성 때문에 일본에서는 폭동이 일어날 수 없다고 말하는 이에게 베테랑 형사 와타세는 전작의 이 사건을 들어 반박한다. 그러고는 에두르지 않고 과거 일본의 두 가지 실패를 덧붙인다. "국민이 모두 제정신이 아닌 양 전혀 승산이 없는 전쟁에 돌입한 게 불과 70년 전 이야기야. 거품경제도 마찬가지고. 너도나도 땅과 주식만큼은 영원히 가격이 오를 거라고 아무 근거도 없이 믿었어. 당신이 말하는 만큼 이 나라의 인간들은 냉정하지도 현명하지도 않아." 이는 후반부 다시 한번 같은 근거를 들어 반복되기까지 한다. "사람은 말이야, 미칠 때는 자각 증상이 없어. 일본은 야마토다마시大和魂, 일본 고유의 정신, 지혜를 가리키는 용어가 있어서 전쟁에서 지지 않는다, 땅값과 주가는 영원히 오른다라는 소리가 무슨 법칙처럼 통했어. 조금만 생각하면 말도 안 되는 헛소리임을 알 텐데 말이야. 전쟁을 시작할 때 쌍수를 들고 찬성한 인간들, 버블 사태에 춤을 춘 인간들도 그때는 진심으로 잘했다고, 옳다고 믿었어. 한 개인이 아니고 한 지자체도 아니야. 일본이라는 나라 전체가 허구를 믿고 왜곡된 논리를 따랐던 거야." 소설 내에서 벌어진 가상의 사건을 두고 펼쳐진 대화지만, 그럼에도 지울 수 없는 역사적 과오에 현 일본의 위태한 상황을 대입하는 순간 '민도가 높다'는 말의 허상만큼은 충분히 감지할 수 있다. 독재나 혁명과는 무관했던 일본의 정치 현실을 되돌아볼 때 이는 그저 일본 정치인들이 즐겨 사용하는 달콤한 수사에 불과하다는 것을. 그도 아니면 말 잘 듣고 안온한 현재에 안주하기 일쑤인 일본 국민에 대한 비아냥거림이거나.

요 근래 그런 점들이 현재의 변화와 차이를 만든 것은 아닐까 종종 생각하곤 한다. 실은 그런 정치적 지형의 차이가 지금의 역전으로 이어진 것처럼 느껴졌기 때문이다. 일례로, 평소 누구보다 '국뽕'은 경계하면서도 이것만큼은 잔뜩 취할 수밖에 없었는데, 바로 '임을 위한 행진곡'이 홍콩, 대만, 미얀마 등의 민주화 운동 현장에서 불린다는 사실을 알게 됐을 때다. BTS도 봉준호도 여기 비할 순 없었다. 마치 민주화 운동의 국가적인 선배로 군림하는 듯한 우리의 현재야말로 극일克日을 부르짖던 과거에는 결코 넘어설 수 없을 거라 생각했던 일본과 마침내 호각을 이루는 단계까지 다다랐다 느껴지는 직접적인 이유는 아닐까 싶을 정도로. 어찌 됐건 이런 거친 현대사가 결국 우리 문화가 발전하는 데 밑바탕이 된 건 분명하지 않을까.

과거 우리가 일본을 동경하면서 동시에 경계했던 만큼 일본은 여전히 좋은 문화를 꾸준히 만들어내는 저력 있는 나라다. 그런 일본의 젊은 세대가 한국 문화를 동경한다는 사실은 그래서 더 기분 좋은 일로 다가온다. 그러니 일본 문화가 몰락했다는 몇몇 성급한 선언과 진단은 전혀 달갑지 않다. 특히 일본 문화에 크게 빚지고 있는 세대에게는 더욱 그럴 것이다. 뭐가 됐든 서로 적대하는 일만큼 불필요한 것도 없다. 서로 혐오하고 폄하하는 분위기 또한 멍청한 일이다. 결국 우리도 그들도 앞으로 계속 협력하고 경쟁해야 할 가까운 파트너이자 라이벌일 수밖에 없다. 그러니 극일의 시대를 접하고 얻은 이 기분 좋은 격세지감만큼이나 넓은 아량과 혜안으로 서로의 문화를 받아들였으면 한다. 그리고 하나 더 일본에 바라는 게 있다면, 싸우고 저항해도 괜찮다는 거다. 민주주의국가인 만큼 정말로 '민'이 '주'가 되어 민도의 성격 자체를 바꿔나가는 일 없이는 큰 변화를 이루기도, 다시금 도약하기도 어려울 것이다. 그렇게 '민도가 높다'는 말의 의미를 새로이 정련할 수 있다면 또 한 번 거대한 물결을 일으킬 수도 있지 않을까?

단지 콘텐츠를 '소비'할 뿐
〈영화를 빨리 감기로 보는 사람들〉

> 이 책을 집필하면서 취재 상대나 미팅 상대를 만날 때면 "인터넷은 인류를 전혀 행복하게 만들어주지 못했군요" 하고 투덜거렸다. 빨리 감기의 배경에 자리한 온라인 동영상 서비스의 작품 공급 과도도, 메신저의 공감 강제력도, 남의 떡이 커 보이는 SNS도, 인터넷 경찰의 존재도, 모든 '답'이 가장 짧고, 가장 빠르며, 실질적으로 무료로 손에 들어오는 환경도, 전부 인터넷이 제공한 것이 아니냐며 말이다.
>
> - 〈영화를 빨리 감기로 보는 사람들〉 결론 중

막바지이긴 했지만 내가 대학을 다닐 때만 해도 영화에 대한 학생들의 관심은 그야말로 절정이었다. 앞다퉈 좋은 영화를 보고 추천하는 것을 넘어 영화 용어나 기법, 영화사를 공부하는 것조차 너무나도 당연했다. 덕분에 영화 평론이 가장 전성을 누렸던 시절이지 않나 생각되기도 한다. 당시 누군가는 이 현상을 가리켜 그간의 학생운동이 영화 공부로 '변질'되었다고 평하기도 했는데, 내 생각은 조금 다르다. 결국 모두가 영화를 파고들면서 영화를 통해 세계를 인식하고 인간을 연구하며 현실 안에 숨은 그림자를 응시하는 법을 알게 모르게 익혔다고 생각하면 그것 역시 결국은 세상을 바꾸기 위해 스스로를 성장시키는 방법이 아니었나 싶기도 하니 말이다.

그래서인지 이를 변질된 운동 정도로 보는 시각은 지금에 와서는 거의 의미가 없어 보인다. 조금 양보해 당대 현실과 교묘히 담합해낸 결과로는 볼 수 있을지도 모르겠다. 그렇게 보면 조금은 비겁하게 느껴지기도 하는데 사실 시대의 분위기가 그만큼 달라져 있었다. 온갖 분야에서 문화가 전면에 나서고자 발 구르는 듯했다. 그중 가장 도드라진 것이 영화였고. 그 시절 영화는 그만큼이나 찬란했다. 그래서 더더욱 마냥 영화 안으로 도피한 것이 아니라 자신도 모르는 사이 영화를 통해 나아가기 위해 영화를 공부했던 것처럼 느껴진다. 정말로 그런 시대였다.

물론 그것도 반짝 한 시절에 불과했다. 이미 내가 막 잡지사에 들어갔을 때조차 누구나 쇠락기라는 것을 인식하고 있을 정도였다. 선배들은 과거 영화 잡지가 잘나가던 호시절을 떠올리며 믿어지나는 식으로 추억했으며, 그사이에도 유수의 잡지들이 연이어 폐간했다. 결국 모든 것이 웹으로 이동하면서 그간 종이 잡지가 상징하던 것들이 다 사라지는 듯한 느낌을 받았다. 그러니까 웹으로 장소를 옮겼다기보다는 그냥 증발했던 것이다.

팝콘 무비도 필요하고 장르영화의 중요성도 누구보다 잘 이해하고 있지만, 더 이상 사람들은 그 이상의 관심을 갖지 않는 듯 보였다. 물론 영화 잡지를 만드는 사람의 책임도 있을 것이다. 일례로 관객들은 전부 다 변했는데 아직도 20년 전 포맷을 그대로 고수하고 있으니 이제는 누구도 관심을 두지 않는 것은 아닐까. 게다가 디지털 네이티브 세대는 아예 모든 것을 웹부터, 그리고 웹으로만 접한 탓인지 그 감각의 차이는 굉장히 놀라울 정도다. 특히 현재 서비스 중인 OTT 대부분이 빨리 감기, 즉 1.5배속으로 플레이할 수 있는 기능을 지원하는 점과 이를 적극 활용하는 이들이 있다는 사실은 나로선 너무나도 충격적이었다. 영화를 안 보면 그만이지 빨리 봐야 할 이유가 도대체 뭐란 말인가. 이를 가리켜 영화를 감상한다고 할 수 있을까? 도대체 어떤 사람들이 영화를 빨리 감기로 보며, 왜 그렇게 보는지 궁금하지 않을 수 없었다.

왜 빨리 감고 뛰어넘을까?

잡지 편집자 출신 칼럼니스트인 이나다 도요시가 쓴 〈영화를 빨리 감기로 보는 사람들〉은 여기에 정확한 해답을 내어준다. 쉽게 말해 이 책은 영화를 빨리 감기로 보는 사람들에 대한 양적·질적 조사를 통해 현상을 적시하고 연역법으로 그 기저에 깔린 생각과 환경을 여러모로 읽어낸다. 나아가 우리가 'Z세대'라고 부르는 젊은 세대들이 가진 공통된 감각과 사고 체계를 파헤치는 사회학서이자 콘텐츠 트렌드의 변화 원인을 짚어내는 대중문화론이라고도 할 수 있다.

우선 새로운 현상을 Z세대의 목소리로 듣는 것부터가 흥미로웠다. 빨리 감다 못해 건너뛰며 보는 시청 행태에 대한 변부터 무척 새로웠다. "제가 길다고 느꼈다면 만든 사람의 의도가 제대로 전달되지도, 통하지도 않았다는 증거 아닌가요? 의도가 느껴지지 않으니 건너뛸 뿐이지요." "침묵을 즐길 수 있을 만큼 표현에 공을 들인 작품이 없으니 건너뛰는 것도 잘못은 아니다." "등장인물의 말이 느리거나 관심 없는 인물이 나오면 건너뛴다." 이런 의견은 "너무 많아 셀 수가 없을 정도"란다. 심지어 자신이 좋아하는 작품조차 자주 건너뛰며 본다는 한 대학생은 "그 콘텐츠에서 필요 없고 재미없다고 느껴지는 부분은 동영상 편집하듯이 자체적으로 컷하면서 본다"고도 말한다.

이들이 작품을 이렇게 감상하는, 아니 이나다 도요시의 표현을 빌리자면 이렇게 '콘텐츠를 소비'하는 이유는 다양하지만, 그중에서도 이슈를 공유하고 따라가기 위해 이런 감상 방식을 선호한다는 변에서는 조금 안타까운 마음마저 들었다. 그러면서도 이들은 같은 작품을 반복 시청하고 있었기 때문이다. 이는 빨리 감기, 건너뛰기를 애용하는 것과 모순되는 행위는 아닐까? 저자는 딱 잘라 "모순되지 않는다"고 결론 내린다. "새로운 걸 보는 데는 체력이 필요해요. 처음 접한 작품을 빨리 감기로 본 탓에 남들이 하는 이야기를 따라가지 못해서 자꾸 생각하게 되는 게 귀찮고 피곤해요. 그럴 바에야 잘 알고 있는 걸 반복해서 보는 편이 기분 좋죠"라는 인터뷰가 모든 걸 대변한다. 그리고 여기에 "그럼 처음부터 보통 속도로 집중해서 보면 되지 않느냐는 말이 목구멍까지 올라왔지만 이 역시 '시간 가성비가 좋고 빨리 결말을 알고 싶어서'라는 대답으로 수렴되리라"는 저자의 체념이 뒤따른다.

이는 애니메이션 제작사 젠코의 대표이사인 마키 타로의 지적처럼 "관객이 유치해지고 있다"는 지표일지도 모른다. 그는 요즘 들어 이해하기 쉬운 이야기를 만들어달라는 요청이 많아졌다고 하소연한다. "설명이 없어 이해하기 어렵다는 이야기를 들으면 기본적으로는 패배감밖에 안 들어요. 그래도 분명히 말하죠. '이해하기 쉽게 만들어달라'는 건 '재미있게 만들어달라'와 같은 말이 아니라고. 재미가 덜해도 좋으니 이해하기 쉽게 만들어달라는 이야기라면 받아들일 수 있는 거고요." 그렇게 해서 이해하기 쉽게 만든다면 "긴박감이나 재미가 사라지는 건 당연하고, 일일이 설명해 주면 보는 사람의 생각이 거기서 멈추"기 때문에 결론적으로 작품의 질이 떨어지고 재미가 덜하다는 게 그의 생각이다. "이해하기에 살짝 어려운 정도로 만들어서, 조금은 시청자들이 따라오도록 해야 재미가 있어요." 그러니 그의 말마따나 "점점 더 편한 것만 추구"하는 경향을 관객이 유치해진 탓으로 볼 수도 있을 듯하다. "이해를 못 하는 게 자기 탓은 아니길 바라는 거죠. 그러니 이해하지 못하면 불친절한 작품 탓으로 돌려요"라는 그의 항변에 더해 애초에 마음이 불편해지는 작품을 꺼리는 경향마저 '유치하다'는 말에 어울려 보인다. 그만큼 Z세대는 "'체험을 따라가는 것'에서 가치를 찾는" 반면 "알 수 없는 앞날이나 예상하지 못한 일을 '스트레스'로 받아들이는 경향이 강하다"는 결론은 꽤나 유의미해 보인다.

물론 이것 또한 다른 세대에 비해 상대적으로 인터넷을 많이 사용하면서 체득한 성향임에 틀림없다. 수용자에겐 누구나 작품을 해석할 자유는 물론 오독할 자유마저 있다. 그럼에도 Z세대는 "'틀리는 것'을 극단적으로 두려워한다." "알지 못하는 누군가로부터 엄격하게 비판받거나 비웃음을 사는 참상을 지겹도록 봐왔기 때문이다." 그래서 미리 범인을 알아두는 등 스포일러를 '숙지'한다. 단지 "'정답'을 알고 싶어서." 하지만 빠른 정답만 원한다고 그들을 비판할 수만은 없다. 누구든 상처받는 일은 달갑지 않다. 게다가 지금 갑자기 유치한 관객이 많이 생긴 것은 아닐 것이다. 과거에도 유치한 관객은 많았다. 단지 이를 작품 탓으로 돌릴 수단이 없었을 뿐이다. 그래서 지금만큼 과잉 대표되며 도드라지지 않았을 테고.

상황이 이럴지니 평론이 필요할 리 없다. 어떤 작품에 매료되면 그 작품의 감독이나 작가, 배우의 전작을 찾아보고 싶기 마련이지만, 영화를 빨리 감기로 보는 사람들, 즉 '시간 가성비'를 중요시하는 이들에게는 애초에 이런 욕구가 없기 때문이다. "봐야 할 작품 리스트만 다 보면 목적은 달성"한 것이나 다름없으니까. 이 현상을 분석한 한 연구소 직원은 여기에 꽤 심한 독설을 보탠다. "그들로서는 일차적 목표를 달성했으니 더 이상 파고들 필요가 없죠. '개성'을 얻었고 자기소개서에 적을 거리도 생겼으니까." 게다가 다른 사람들이 어떻게 느꼈는지조차 그다지 중요치 않다. "원하는 건 중립적이고 객관적인 동시에 자신에게 유용한 정보와 해설이지, 어느 개인의 소감이 아니"기 때문이다. 이를 저자는 "일종의 타자 시점의 결여"로 분석한다. 이들에게 평론이라는 타자의 시점은 완전히 무의미해진 것이다. 그러니 매번 인생 같은 막연한 걸 걸고 '인생맛집'이니 '인생영화'니 해가며 점점 더 센 표현으로 상찬만 거듭할 따름이다.

여전히 비평은 필요하지만

가끔 그런 면에서 자괴감까지는 아니지만 아쉬움을 느낄 때가 종종 있다. 내가 쓰는 모든 글이 평론을 목표한 글은 아니지만 저자가 정의한 그대로 평론은 "어떤 작품에 관한 이야기면서 실은 글쓴이가 '자기 자신'에 대해 이야기하는 글"이다. 그래서 "평론이야말로 작품에 대한 다면적인 관점을 제시하고, 이해를 심화"하는 글인 이유다. 하지만 평론의 경우 글보다는 말이 더 힘이 있는 듯하다. 내 경우에도 팟캐스트 방송을 시작한 다음부터 그제야 사람들이 관심을 가지기 시작했다는 느낌을 받을 정도였다. 누가 글을 읽는 건지 감도 잡을 수 없이 그저 꾸역꾸역 썼을 때와는 달리 방송에서 주절거린 말에는 너무나도 큰 관심을 가져주는 것이 아닌가. 이후 다행히도 그 관심이 글로 이어지기도 했다. 물론 그와 동시에 그조차도 빨리 감기로 듣고 있다는 청취자의 댓글도 함께 볼 수 있었지만.

〈오라, 달콤한 장르소설이여〉를 출간하기로 한 것도 실은 그런 약은 이유 때문이었다. 굉장히 짧은 분량으로 장르소설을 소개하고 나아가 작품에서 중점이라 생각되는 부분을 그 나름대로 담고 있지만 이는 일반적인 평론의 분량에는 미치지 못하는 글임이 분명하다. 나 역시도 처음부터 이를 '소품' 정도로 생각했다. 그러면서도 요즘의 독자라면 이런 '숏폼'에 관심을 가질 거란 계산이 있었다. 그렇게라도 장르소설에 대한 관심을 환기할 수 있다면 그역시 좋은 일이라는 명분도 있었다. 그래서 지금 와서야 드는 생각이긴 하지만, 한편으로는 너무 일찍 그런 (일종의) 패배주의에 기댄 것은 아닐까 싶기도 하다. 평론의 종말을 인정하고 싶지 않으면서도 결국 마구잡이로 콘텐츠를 소비하는 시대에 편승하고픈 얄팍한 욕망 또한 함께 품고 있었구나 싶었던 것이다. 물론 3년 이상 꾸준히 읽고 써온 글을 묶어낸 것 자체에 후회 같은 걸 할 리없지만, 단지 시대를 탓할 수밖에 없는 내 부족함은 여전히 쓰고도 떫다.

결국 이 모든 게 웹에서 시작된 것이기도 하고 모든 게 웹 때문이기도 하다. 저자 역시 그런 결론을 내렸다. 아예 책의 말미에선 "이 책을 집필하면서 취재 상대나 미팅 상대를 만날 때면 '인터넷은 인류를 전혀 행복하게 만들어주지 못했군요' 하고 투덜거렸다"고 고백한다. "빨리 감기의 배경에 자리한 온라인 동영상 서비스의 작품 공급 과도도, 메신저의 공감 강제력도, 남의 떡이 커 보이는 SNS도, 인터넷 경찰의 존재도, 모든 '답'이 가장 짧고, 가장 빠르며, 실질적으로 무료로 손에 들어오는 환경도, 전부 인터넷이제공한 것이 아니냐며 말이다." 시간 가성비가 중요한데 작품은너무나도 많고, 그런 와중에도 사람들과 소통해야 하니 망신당하지 않을 정확한 정보에만 집중한다. 여기엔 견식이랄 게 없다. 평론이 종언을 고한 것이 아니라 마치 시대가 평론에 종말을 선언한 모양새다. 하지만 그럼에도 누군가 읽고 있다는 걸 잘 안다. 읽지 않더라도 써야 한다는 것 역시도. 대사가 아닌 행동으로도 이미지와 심상은 전달되며, 침묵에조차 이유가 있고 의미가 있는 것처럼. 영상을 빨리 감을 수는 있어도 얻는 것은 아주 느릴 것이다. 여전히 그렇게 생각한다. 책의 마지막, 다방면으로 원인을 분석해놓고도 여전히 거기엔 반발할 수밖에 없다는 듯 저자의 단말마 같은 물음이 귓가에 맴도는 듯하다. "영화를 빨리 감기로 본다니 대체 어찌 된 일일까?"

실패를 전제한 스포츠
〈원아웃〉

> 프로야구 선수란 야구를 하는 게 직업이 아니야. 이기는 게 직업이지.
>
> - 〈원아웃〉 중

　보통 야구를 좋아하는 사람치고 축구까지 좋아하는 사람은 많지 않다. 둘의 성격은 그 정도로 다르다. 아니, 실은 완전히 정반대다. 야구에 비한다면 축구는 한없이 정직한 스포츠다. 한 골 한 골 넣어 차곡차곡 1점씩 점수를 쌓는 데다, 게임 시간이 정해져 있고, 룰도 단순하다. 무엇보다 선수에게 원하는 신체 조건과 운동 능력도 이상적인 형태가 정해져 있는 편이다.

　반면 야구는 한 번에 4점까지 낼 수 있는 일발 역전이 가능한 게임이다. 일찍이 〈H2〉의 쿠니미 히로가 말했듯 "마지막 쓰리 아웃을 잡기 전엔 야구는 끝나지 않"는다. KBO리그는 12회말까지로 연장을 제한하고 있지만 메이저리그는 정말로 밤을 새고 해가 뜰 때까지 기어이 승패를 가른다. 쓰리 아웃이 되기 전까지는 무한정 점수를 낼 수도 있다. 그야말로 "타임아웃이 없는 시합의 재미"가 오롯이 담겨 있는 스포츠가 바로 야구다.

게다가 이대호 같은 거구의 선수와 김선빈 같은 단신 선수가 한 그라운드 안에서 각자의 몫을 해내는 아주 '이색적인' 스포츠이기도 하다. 느린 선수도 나름의 몫을 해내며, 느린 공으로도 얼마든지 삼진을 잡을 수 있다. 반대로 단지 빠른 것만으로는 거의 아무것도 되지 않는다. 애초에 야구는 스피드를 겨루는 경기가 아니다. 빠르다는 게 여러모로 훌륭한 장점으로 작용하는 건 분명하지만 그 밖에 다른 장점으로 승부하는 수많은 선수들이 여기 대적한다. 또한 속임수가 운동 능력을 압도하는 가장 대표적인 스포츠이기도 하다. 그러니 그 정점에 선 프로야구 경기는 그렇게 고르고 골라 선별된 우수하고 독특한 장기말이 한데 모여 자웅을 겨루는 일대 격전지 그 자체라 할 만하다.

프로야구 선수라는 형벌

프로야구를 볼 때 주로 응원하는 팀에 열광하는 건 사실이다. 하지만 그와 동시에 선수들의 입장과 감정에 이입해 고심하고 상상하는 재미 또한 주요 관전 포인트 중 하나다. 말하자면 이들이 얼마나 고된 직업을 택했으며 얼마나 힘든 상황에서 분투하고 있는지를 살피면서, 이를 '전장'에 던져진 한 명 한 명의 각자도생 생존기로도 바라보곤 하는 것이다. 그러다 보면 야구만화 〈원아웃〉의 주인공인 토쿠치 토아의 대사 "프로야구 선수는 야구를 하는 게 직업이 아니야. 이기는 게 직업"이라는 말에 절로 고개가 주억거려진다. 〈원아웃〉이 대놓고 노력과 근성이라는 기존 스포츠물의 대전제를 뒤집어버린 작품이라고는 하지만 실제로 프로야구 선수들의 하늘과 땅 같은 대우 차를 보면 '이기는 게 직업'이란 의미를 충분히 납득할 수 있다.

우선 프로야구 선수의 최저 연봉은 3000만 원이다. 반면 FA자유계약 선수제도, 일정 시즌 혹은 경기에 출전해야 자격을 획득할 수 있다 계약을 통해 4년 150억 원, 나아가 그 이상의 금액을 보장받는 경우도 허다하다. 여기에 일본 리그나 메이저리그에 진출하면 그 액수는 다시 몇 곱으로 늘어난다. 2022년 KBO리그에 소속된 선수들(이 중 신인과 외국인 선수는 제외) 527명의 평균 연봉은 1억 5259만 원이다. 같은 나이 다른 직업군과 비교하면 결코 적지 않은 액수지만 선수 한 명씩 따지고 들면 개중엔 혼자서 몇백 명분의 연봉을 받는 선수도 있는 셈이다. 또한 보다시피 프로야구 선수는 한국에서 단 600명 남짓만이 차지할 수 있는 직업이기도 하다. 매년 이 자리는 경쟁을 통해 유지되거나 뒤바뀐다. 예컨대 신인 선수가 들어오면 당연히 방출되는 선수도 있기 마련이다. 시합을 뛸 수 없을 만한 큰 부상은 문자 그대로 치명적이다. 더욱이 매년 이뤄지는 연봉 산정은 호봉제가 아니라 철저히 성과제다. 덕분에 한 시즌을 망친 경우 연봉이 반 토막 나는 경우도 심심치 않게 벌어진다. 이기지 않고 그냥 야구만 해서는 가히 직업을 유지할 수조차 없는 구조라 할 만하다.

심지어 내부 진입 장벽도 높다. 커리어가 충분치 않은 선수의 경우 하루 경기를 망치면 더는 기회가 주어지지 않는 편이다. 우리 사회가 경력 있는 신입을 원하는 심리라고나 할까. 경력 없는 신입에게 한 타석 찬스가 주어지는 일도 드물건만, 앞으로 몇 번 돌아올지 모를 절호의 기회를 맞았을 때 비로소 자신의 가치를 보여줘야 다음 기회도 얻을 수 있다. 물론 고르고 골라 1군에 선 선수들과 겨루는 판에서 자리를 차지하고 성적을 내는 일이 녹록할 리 없다. 어렵사리 1군 선수가 됐다 해도 또다시 주전 경쟁에 뛰어들어야 할 뿐 아니라, 궁극적으로는 다른 팀과 겨뤄서 이겨야 한다. 그러니 시즌 레이스에서 1등을 한 팀조차 승률이 채 7할이 되지 않는 것일 테다. 더욱이 회사의 임원진이 경영의 책임을 아래로 떠넘기고 보신하는 것과는 달리 선수들은 자신이 만든 결과를 그저 수용하는 수밖에 다른 방법이 없다. KBO리그는 팀당 한 시즌에 144경기나 치르고, 월요일을 제외하고는 거의 매일 경기를 한다. 에두를 것 없이 선수들은 정말로 매일매일 분명한 승패의 결과와 온몸으로 마주하고 있는 것이다.

높은 연봉을 받는다는 장점 또한 독이 될 때가 있다. 이는 곧 팬들의 기대 혹은 비난으로부터 자유로울 수 없다는 걸 의미하니까. 그 연봉에는 이미 터무니없는 지탄을 감수해야 하는 비용까지 더해진 거란 지적은 분명 사실이다. 특히 야구팬들은 왠지 모르게 자기가 응원하는 선수에게 더 가혹한 편이다. 10년 가까이 1군과 2군을 왔다 갔다 하며 그저 그런 선수로 남은 이를 향해 더 늦지 않게 용접 기술을 배우라느니 학원을 끊어주고 싶다느니 하는 감정적인 비판도 서슴지 않는다. 조선의 4번 타자라 불리던 이대호 선수조차 팀의 연패 중엔 팬에게 치킨 상자를 맞은 적이 있다. 성숙해진 팬 문화를 치켜세우는 와중에도 이렇듯 불미스러운 일은 언제고 벌어지기 마련이다.

상황이 이럴지니 야구 외적으로 물의를 일으킨 선수가 한순간에 야구판에서 사라지는 것은 전혀 이상한 일이 아니다. 야구로 보답하겠다는 무적의 변명도 옛일이 됐다. 팬은 선수의 연봉을 보장해주는 기반이긴 하지만 도덕적 해이마저 감싸주는 팬은 이제 단연코 없다. 팬만 보고 야구를 한다는 선수들의 마음이 어디까지 진심인지는 알 수 없지만, 단지 자신을 좋아한다는 의미로만 받아들이는 선수는 별로 없을 것이다. 뭐가 됐든 그저 자신의 등을 떠미는 천사이자 악마로 느껴질 테니까.

　은퇴 후 진로조차 험난하다. 일류 선수나 돼야 마흔 가까이 선수로 뛸 수 있을 뿐 대부분의 프로야구 선수는 30대, 더 이르면 20대의 이른 나이에 다른 진로를 모색해야 한다. 명예로운 은퇴역시 선택받은 아주 소수의 특권일 따름이다. 설 자리가 없어지면 그게 곧 은퇴다. 은퇴 후 운 좋게 프로 구단의 몇 안 되는 코치 자리를 제안받는다 해도 연봉은 다시 최저부터 시작이다. 외부의 시선으로 보면 너무나도 이상한 일이지만 프로야구판에서는 그게 기본이란다. 선수 시절 높은 커리어를 앞세워 잘 풀린 몇몇은 중계방송 해설자 자리를 내정받기도 하지만 이 또한 새로운 경쟁 체제 안에 진입한 것에 불과하다. 경쟁에서 밀려나면 누구라도 소리소문 없이 사라진다. 결국 대부분은 야구 언저리를 이런저런 식으로 맴돌거나 아예 다른 일을 택할 수밖에 없다. 은퇴한 야구 선수들이 유난히 유튜버로 활동하는 일이 잦은 건 적당한 유명세와 더불어 다른 일을 하기에는 유독 부족한 이력 때문일 것이다. 누구나 마찬가지겠지만, 결국 제2의 인생을 시작하는 일 또한 각고의 경쟁을 통해 결정된다. 하지만 아직 인생의 절반도 살지 않은 시점에서 그런 '제2'를 모색해야 한다니. 프로야구 선수라는 화려한 직업 뒤에 감춰진 그림자는 이토록이나 어둡다.

승패 그 이상의 것

한마디로, 백척간두에 서서 줄타기를 벌이는 이들을 보며 승부의 세계를 매일 대리 체감하는 데 야구는 그야말로 최적화된 스포츠다. 아마 대부분의 사람들이 알게 모르게 스포츠에서, 그리고 야구에서 그런 승패의 세계를 대신 '만끽'하고 있는지도 모를 일이다. 우리는 완벽한 제삼자이기에 그 과정과 결과를 맘 편히 즐길 수 있는 셈이니까. 아마 그렇기 때문에 프로야구 선수는 그렇게나 많은 돈을 받고 뛰는 것은 아닐까. 아주 잘해봤자 마흔까지 유지할 수밖에 없는 직업인 걸 알면서도 중간에 도태되지 않기 위해 온갖 수단을 강구하고 모든 노력을 기울여 승부에 임한다. 재능이 압도하는 세계라고는 하지만 단지 재능만으로는 살아남을 수 없는 그라운드를 바라보며 그렇게 범인으로서 안도하고 위로받고 때로는 용기를 얻기도 한다. 이기는 게 직업인 이들을 바라보면서 무심코 인생의 어느 순간을 대입하는 것 또한 아마도 그런 이유 때문일 것이다.

그러니 단지 승리에서만 감동을 받는 것은 아니다. 실제로 가장 큰 감동조차 개중 많이 이긴다는 일류 선수에게서 얻는 것은 아닌 것 같다. 어차피 야구는 7할이 패배로 이루어져 있다. 야구는 열 번 타석에 서서 일곱 번 아웃당하고 세 번 안타를 치는 3할 타자가 일류로 평가받는 스포츠다. 얼핏 투수에게 무조건 유리한 것 같지만 야구는 아주 '인간적인' 경기라 투수는 매일 연투가 불가능하다. 그래서 한 팀당 선발투수는 최소 다섯 명은 필요하며, 구원으로 올라온 투수가 3일 연속 투구라도 할라치면 이를 지시한 코치진은 '선수 혹사'라는 비난에 시달려야 마땅하다. 과거 무쇠팔 최동원은 롯데 자이언츠에 처음 우승을 안겨준 주역으로서 1984년 한국시리즈 일곱 경기 중 무려 다섯 차례 등판해 4승 1패라는 전무후무한 기록을 세웠다. 그야말로 선수 관리 개념이 전무했던 야만의 시대였기에 만들어진 아픈 진기록이다. 알다시피 이후에도 그런 식의 기용은 계속됐고 그 여파로 최동원 선수는 고작 서른에 전설로서 은퇴할 수밖에 없었다.

게다가 어차피 최동원이든 선동열이든, 한 시즌 내내 홈런 하나 맞지 않는 투수는 없다. 결국 어떻게든 자신이 가진 것만으로 이기고자 하는 이들을 보면서 오히려 이기는 것보다는 지지 않는 법에 대해서 고민케 되는 것은 그 때문이다. 〈원아웃〉은 수단과 방법을 가리지 않고 이기는 법을 강조했지만, 실은 매번 이기지 않더라도, 그렇게나 지고 지고 또 지더라도 다시 지지 않으려고 발버둥 치는 선수들을 보면서 더욱 많은 것을 보고 느낄 수 있었다. 때때로 쾌감과 고양감을 넘어선 뭉클한 무언가까지도.

만화 〈허니와 클로버〉에서 괴짜 천재 모리다는 말한다. "부모가 자식에게 가르쳐야 하는 건 '넘어지지 않는 방법'이 아니라 오히려 인간은 넘어져도 몇 번이든 다시 일어설 수 있다는 거 아니야?!"라고. 144경기, 매 이닝, 매 타석 승부하면서 다음엔 이기기 위해 다시 일어서는 그들에게서 힘을 얻는 것은 그 때문이다. 금수저 물고 태어나지 못한 현실을 비관하며 공정 타령에 목매는 대신 다시금 칼을 갈며 도전하기 때문이다. 가끔은 우리 역시 의식하지 못한 사이 날마다 빠듯한 기록경기를 치르고 있다는 생각이 들 때가 있다. 그런데도 야구와 달리 승패는 눈에 잘 들어오지 않는다. 그 보이지 않는 결과는 어쩌면 다음 회, 먼 훗날로 유예되고 있는 것은 아닐까. 피땀 흘려가며 겨루는 야구를 보고 있노라면 그런 생각이 든다. 모든 패배하는 이들에게서, 패배가 필연적인 야구에서, 이류 삼류 선수들에게서 보이지 않는 인생의 단면을 엿보고 배우는 이유다.

환상 속의 그대에게

DEAR YOU IN ILLUSION

독설록 讀說
毒舌錄

늙음 아닌 나이 먹음에 대하여
〈장송의 프리렌〉

"스승은 언제나 판단이 무척 빨랐어. 마치 뭔가에 쫓기기라도 하는 것처럼."

"인간은 수명이 있으니까. 우리보다 훨씬 죽음과 가까이 있지. 인생에는 중대한 결단을 내려야 할 때가 여러 차례 있고, 그 아이들은 그걸 미룰 수 없는 거야. 우리는 그것을 100년 후에 하든, 200년 후에 하든 상관없어. 천 년을 빈둥거린들 아무 지장도 없지. 우리의 시간은 영원에 가까우니까. 프리렌, 인간이 처음으로 문명이라 할 만한 것을 쌓은 후 긴 세월이 흘렀다. 이제부터는 시대가 가속할 거야. 겨우 천 년. 겨우 천 년 안에 인간의 시대가 찾아올 거다. 엘프는 인간에게 뒤처진다. 수련을 게을리하지 마라, 프리렌. 만약 너를 죽이는 자가 있다면, 그것은 마왕 아니면, 인간의 마법사일 거다."

> "기대되네, 제리에. 앞으로 많은 마법사와 여러 가지 마법을 볼
> 수 있을 테니까."

- 〈장송의 프리렌〉, 엘프 프리렌과 제리에의 대화 중

아마존프라임 시리즈 〈반지의 제왕: 힘의 반지〉(2022)는 영화 〈반지의 제왕〉 〈호빗〉 시리즈의 시점으로부터 수천 년 전 과거를 배경으로 하는 작품이다. 수천 년이라고 하니 과연 이걸 프리퀄 작품이라 해도 되나 싶을 만큼 아득한 간극처럼 느껴지지만, 이를 엮는 건 단순히 미들어스Middle-Earth, 가운데땅, 중간계라 불리는 J. R. R. 톨킨이 창조한 시공간만은 아니다. 이는 엘프 소녀 갈라드리엘이 등장하는 순간 아주 분명해진다. 기시감 강하게 풍기는 이 이름은 수천 년의 시간을 넘어 전해지거나 이어받은 것이 아니다. 〈호빗〉의 시대를 거쳐 〈반지의 제왕〉에도 등장했던 갈라드리엘은 이 세계에 태곳적부터 존재했던 인물이다. 어쩌면 상상 속 존재인 엘프가 대개 고귀하고 지적이며 성스러운 이종족의 이미지로 각인된 것은 평범한 인간으로서는 가늠조차 되지 않는 무궁한 시간, 오롯이 그에 대한 경외감 때문은 아닐까.

만화 〈장송의 프리렌〉의 주인공 프리렌 역시 그런 종류의 엘프다. 고귀하고 성스러운 이미지와는 조금 멀지만, '장생종長生種'으로서 오랜 시간 쌓은 방대한 지식에 안주하지 않은 채 끊임없이

배우며 성찰하려는 태도로 인간과 대치된 존재로서의 엘프의 의의를 더욱 진득하게 북돋는 인물이다. 영원히 존재할 수 있지만 그럼에도 그대로 존재하길 거부하는 프리렌처럼, 이야기 역시 통상적인 수순을 완전히 뒤집는다. 모험의 시작이 아닌 모험의 끝에서 문을 열어 용사와 함께 마왕을 토벌하고 돌아온 후에도 이어지는 인생, 그 일종의 후일담을 다루는 것이다. 용사 힘멜의 말마따나 마왕을 쓰러뜨렸다고 끝은 아니다. 그 이후의 인생이 더 오래 남았을 뿐 아니라 원래 "인생이란 시들기 시작한 이후가 의외로 긴 법"이다. 그렇기에 모험이 끝난 후 반추하는 힘멜과의 여정은 천 년 이상 살아온 엘프 프리렌에게도 점점 각별한 의미를 띤다.

처음엔 프리렌도 다른 엘프들과 마찬가지로 인간과의 관계에 그저 냉소적이기만 했다. 인간 제자에게 이것저것 가르쳐봐야 금방 죽어버린다며 이를 가리켜 에두르지 않고 "시간 낭비"라 일컫는 식이다. 힘멜 일행과 함께했던 10년간의 모험 역시 너희들에겐 일생일대의 모험이었는지 몰라도 "내 인생 전체에선 100분의 1도 안 돼"라며 단호하게 선을 긋는다. 50년마다 한 번 지나가는 에라 유성군을 동료들과 바라보면서도 무심하게 다음 50년 후를 기약하는 그의 시간 감각으로는 100년도 채 살지 못하는 인간을 이해하기란 너무나도 어려워 보인다. 반대로 영원에 가까운 삶을 여기 대입해본들 그의 권태를 이해할 수 있을까?

하지만 50년이 지나고 다시금 쏟아지는 에라 유성을 바라보면서 그는 비로소 깨닫는다. 이미 노인이 되어버린 동료들과 부러 일주일이나 걸어 유성군이 잘 보이는 곳을 찾아가 만끽한 한때는 이제 다시 돌아오지 않는다는 것을. 이윽고 이어지는 힘멜의 장례식에서조차 얼떨떨한 감각에 그는 눈물 한 방울 흘리지 못한다. 이런 프리렌을 두고 매정하다며 수군거리는 소리를 듣고서야 그는 말한다. "하지만 난 이 사람에 대해 아무것도 모르고, 고작 10년 함께 여행했을 뿐"이라고. 그러고는 "인간의 수명이 짧다는 걸 알고 있으면서도 왜 좀 더 알려 하지 않았을까"라며 그제야 왈칵 후회의 눈물을 쏟는다. 이후 프리렌은 힘멜과 함께했던 여행, 그 10년간의 발자취를 다시 밟아나간다. 그것도 과거 또 다른 동료였던 하이터의 권유에 응해 앞서 "시간 낭비"라 했던 말을 물리고 전쟁고아인 페른을 제자 삼아 함께 여행하기로 한다.

영원의 반성, 인간의 후회

〈장송의 프리렌〉은 애초에 회고에 초점이 맞춰진 드라마다. 살아생전 용사 힘멜은 단지 마왕을 토벌하겠다는 최종 목적만을 위해 전력 질주한 것이 아니라, 여행 중 몸을 의탁한 곳 어디에서든 크고 작은 선행을 베푸는 데 주저함이 없었다. 그런 이와의 여행이었기에 프리렌이 과거 여정 하나하나를 다시 밟아나가며 마주하는 추억은 새삼 여러 울림을 남긴다. 더욱이 이는 후일담이라기보다는 이후 또 다른 후일담이 기다리고 있을 새로운 모험처럼 보이기도 한다. 시간의 덧없음과 더불어 시간의 소중함을 함께 이야기하기 위해 일상의 여러 광경을 한 장면씩 포착한 몽타주montage 기법을 그 어떤 만화보다 자주 사용한 것은 그런 이유 때문일 것이다. 무엇보다 영원불멸의 존재로 하여금 이를 관조하는 것이 아니라 스스로 체화하도록 한 묘책이 실로 빛을 발하는 순간이다.

비교적 짧은 인생을 살아가는 인간 캐릭터들의 성찰은 그래서 더 각별한 의미를 가진다. 어느덧 황혼에 접어든 나이 든 마법사들 간의 얽히고설킨 은원도 그런 종류의 것으로 그려진다. "우리는 인간이야. 살 수 있는 시간은 한정되어 있지. '언젠가' 같은 때는 우리 인생에 존재하지 않아. 참으로 어리석어. 나도 뎅켄도 그렇게 간단한 것을, 이 나이가 먹도록 모르고 살았다니. 나도, 뎅켄에게 은혜를 갚아야 하는 것을 쭉 미루기만 하고 있었지. 언제든지 할 수 있다. 언젠가 그가 정말 어려운 처지에 빠졌을 때 손을 내밀면 된다고. 언제 영원한 이별이 찾아올지 누구도 모르는 일인데. 우리에겐 지금 이 순간밖에 없어." 정말로 그렇다. 굳이 엘프까지 갈 것도 없다. 문득 정신을 차려보니 얼마 전까지도 눈이 오는 것 같더니 갑자기 무더위가 시작된 듯한 기분이 들 때가 있지 않던가. 그사이 어영부영 뭔가 하기는 했는데 성과라 할 만한 건 별로 없어 보인다. 그날그날 주어진 일을 하다 보니 올해 달력도 벌써 반 넘게 뜯겨나갔구나 싶은 허망함은 곧 불안감으로 이어지기도 한다. 허송세월을 보낸 건 아니지만, 그렇다고 매일매일 전투적으로 살아온 것도 아니라 이런 헛헛한 마음은 언제라도 뜨뜻미지근한 상태 그대로다.

재미있게도 이런 감각은 나이를 먹으면 먹을수록 더 강화되는 듯하다. 3살 아기에게 1년은 전 생애의 3분의 1이지만, 50살 중년에게 1년은 50분의 1에 불과하다. 나이를 먹을수록 시간이 빨리 간다고 느끼는 것은 단순히 상대적인 감각의 차이라기보다는 오히려 필연적으로 몸에 밴 감각에 더 가까운 셈이다. 결국 나이를 먹는다는 것이 늙는다는 말과 완벽한 동의어가 아니듯, 같은 시간을 보내면서도 누구는 세월을 보내고 누구는 세월을 채우는 것이야말로 각자 지닌 상대적인 감각과 관점에 기인하는 것일지도 모르겠다.

인생을 대하는 수십 가지 방법

일본드라마 〈양산형 리코: 프라모델 걸의 인생 조립기〉(2022)는 이런 인생의 필연성을 프라모델의 매력에 빗대어 설명하기도 한다. 어차피 완성형이 정해진 프라모델을 뭐 하러 만드냐는 사람은 어디에나 있다. 하지만 같은 모델이라도 완성된 형태는 제각각이다. 작게 보면 단지 만듦새에서 비롯되는 차이이기도 하지만, 도색이나 디테일 추가, 개조 등 수많은 부가 요소와 개개인의 취향이 더해지면서 결과물의 형태가 완전히 달라지는 것 또한 프라모델의 특성 중 하나다. 극 중 모형점 사장 야지마의 입버릇 그대로 "프라모델은 자유다." 건담을 분홍색으로 칠하든 자쿠를 형광색으로 칠하든 상관없다. 처음부터 정해진 방식 같은 건 없으니 그저 하고 싶은 대로 즐기면 그만이다. 모두가 머릿속에 완성된 형태를 그려놓고 조립하지만 각자 다른 노선을 걸으며 전혀 다른 결과를 내는 인생에 빗대도 꽤 그럴듯하게 다가오는 대목이다.

물론 나이 먹음을 한계로 인식하는 태도는 노쇠한 육체에 따른 필연적인 결과에 가깝다. 요 몇 년 사이 창작물에서 '회귀'가 유행처럼 자리 잡은 데에는 그런 이유도 무시할 수 없을 것이다. 젊은 시절로 돌아가 그때의 치기 어린 실수를 만회하고 새로이 도전한다는. 하지만 몇 번이고 인생을 다시 사는 '회귀물'은 그저 '지금 알았던 것을 그때도 알았더라면'에 기대어 너무나도 쉽게 실패를 되돌리고 기회를 잡는 데 불과하다는 생각이 든다. 그보다는 노회한 어른이 앞일을 예측하고 심중을 꿰뚫는 면면이 훨씬 멋지다. 피곤하게 과거의 한때로 돌아가 또다시 새로운 길을 모색하느니 아직까지는 앞으로의 미래가 더 궁금하기도 하고.

일본드라마 〈브러쉬 업 라이프〉(2023)가 몇 번이고 인생을 다시

사는 주인공을 내세우면서도 이를 영웅 서사는커녕 막대한 부나 운명의 짝에조차 기대지 않은 것이 새롭게 느껴졌던 것은 그 때문이었다. 처음에는 어릴 적 친구들과 늙어 죽을 때까지 함께하기 위해 몇 차례 인생에서는 아예 전 생애를 바쳐 노력한다는 그 욕망을 쉽게 이해할 수 없었다. 하지만 몇 번을 살든 늘 정직하게만 살아가는 주인공 콘도 아사미(안도 사쿠라)의 올곧은 성정은 이를 곧 납득시킨다. 이런 것도 인생이구나. 아니, 실은 이런 게 인생이구나 싶은 깨달음이 불현듯 덮쳐온다. '브러시업brush up, 복습'하면 할수록 인생이란 아주 대단한 게 아니라는 것, 드라마틱한 무언가에 기댈 필요 없다는 것, 인생의 핵심은 아주 가깝고도 단순한 데 있다는 것을 조용히 웅변하는 듯했다. 과거 문화를 복기하며 작품 전반에 걸쳐 발산하던 노스탤지어마저도 시청자를 자극하는 효과적인 배경이기 이전에 끝내 작품의 메시지로 수렴하는 훌륭한 기저처럼 느껴졌다.

아사쿠라 아키나리의 〈9번째 18살을 맞이하는 너와〉는 18살인 채로 9년째 학교를 다니는 고교생 후타와의 미스터리를 다룬 청춘 미스터리소설이다. 나이를 먹지 않고 학교를 다니는 후타와를 누구도 이상하게 여기지 않는 가운데 과거 함께 학교를 다녔으나 현재는 서른을 앞둔 마제가 고교 시절을 회상하며 후타와가 왜 나이를 먹지 않기로 했는지 그 비밀을 캐는 게 작품의 골자다. 판타지를 가미하면서까지 나이를 중심에 둔 이야기니만큼 나이라는 '구획'의 불가해한 면면을 곳곳에서 적시하는 것 또한 특별한 점 중 하나다. "학년별로 계급이 드러나도록 강제로 색이 다른 실내화를 신기고, 교사들은 모든 권위의 정점에 선 상징으로 일반 신발을 신"고, "외부인에게는 외부인의 증표로 슬리퍼를 주"는 이유는 별다른 게 아니다. "암암리에 교사들은, 어른들은, 나아가 이 나라는, 네 나이에 따라서 너에 대한 태도를 바꾸겠다고, 차별하겠다고, 선언해온 거"라며 이를 "일종의 선동"으로 해석하는 식이다. 몇 차례 반복되며 의미를 쌓아가는 한 교사의 통찰 그대로 "나이는 그 사람의 성격, 능력, 본질보다 훨씬 앞자리를 차지하는 얄미운 놈"인 게 분명하다. "무슨 일을 하건 나이가 제일 먼저 결정권을 잡거든."

반면 나이를 먹는 건 공평한 일이기도 하다. 갑자기 좀비에게 점령당한 바깥세상을 피해 쇼핑몰 안으로 도피한 젊은 남녀의 일상을 다룬 만화 〈살아남은 6명에 의하면〉은 어차피 "인생은 고민덩어리"라며 "후회도 고민도 쌓일 대로 쌓"일 뿐 아니라 이는 "나이를 먹을수록 무거워"지는 것이라고 나이를 정의한다. 그러니 "침울해졌을 때의 대처법" 같은 건 애초에 존재하지 않는다면서, 바로 그 원천의 공포를 이겨내고자 "인간은 다 같이 나이를 먹는 거"라는 비관인 듯 달관 같은 말로 시간의 무상함에 공정함을 대입시킨다.

어쨌든 나이를 먹는다는 게 인간의 한계를 의미하는 것도 아닐 뿐더러 한계에 점점 다가선다는 의미와도 조금 다르다. 〈장송의 프리렌〉에서도 결국 몇몇 인간은 그 짧은 생애 동안 엘프조차 하지 못한 것들을 이뤄낸다. 프리렌의 스승인 플람메가 대표적인데, 그는 짧은 수명을 가진 인간 마법사였음에도 결국 온 세계 사람들이 마법을 쓸 수 있었으면 좋겠다는 자신의 바람을 이뤄낸 마법사로 남았다. 오래전 엘프 제리에는 그런 플람메의 꿈을 비웃었다. 마법을 소수의 권능으로 보지 않은 관점도 너무 파격적이어서 유치하게 느껴졌을 뿐 아니라, 애초에 마법을 수단으로 보지 않고 진심으로 마법을 좋아해 떠올린 이상이었다는 점도 그의 비웃음을 살 만했다.

무엇보다 고작 인간 주제에 그런 야망을 가진 것이 못내 못마땅했을 것이다. 그 이상을 비웃으며 제리에는 이렇게 말한다. "구역질이 다 났어. 어린 계집아이처럼 귀여운 꿈이지. 꿈에 불과한 게 사실이니까. (…) 솔직히 나는 그런 시대는 아주 먼 미래고, 그 아이가 실현하기 불가능한 일이라고 생각했어." 그러나 플람메는 제리에의 조소를 아랑곳하지 않고 자신의 이상을 이뤄냈다. 작중 시점상 현재 플람메는 이미 죽은 지 오래지만 "인류 마법의 시조"로 불리며 여전히 추앙받는다. 엘프가 보기엔 "마치 뭔가에 쫓기기라도 하는 것처럼" 살아온 플람메는 "천 년을 빈둥거린들 아무 지장도 없"는 엘프와 달리 "인생에는 중대한 결단을 내려야 할 때가 여러 차례 있고" 수명이 있기에 그걸 미룰 수조차 없는 인간의 숙명 그대로 이를 성실히 수행했던 것이다. 도도하고 고압적인 제리에마 저도 프리렌에게 "겨우 천 년 안에 인간의 시대"가 올 거라며 "엘프는 인간에게 뒤처진다"고 경고한다. 그러고는 "만약 너를 죽이는 자가 있다면, 그것은 마왕 아니면, 인간의 마법사일 거"라며 인간의 짧은 생애가 가진 힘을 인정하는 조언을 건넨다. 대부분의 판타지 작품에 스민 인간 찬가 그대로 다른 지성체보다 한없이 약한 인간의 힘이란, 죽는다 해도 완전히 사라지지 않고 세대를 계승하며 발전하고 진화하는 것임을 그 역시 영원에 가까운 세월을 통해 인정하지 않을 수 없었기 때문일 것이다. 그래서 그보다 훨씬 전에 이런 인간의 힘을 체득한 프리렌으로서는 자신을 넘어서게 될 거란 두려움보다는 "앞으로 많은 마법사와 여러 가지 마법을 볼 수 있"다는 기대감이 더욱 앞서는 것일 테다.

나이와 시간의 본질

알다시피 시간은 한계만이 아니라 동시에 또 다른 가능성을 쥐여주기도 한다. 만화 〈골든 카무이〉의 최종 권에서 머리에 칼을 맞고도 필사적으로 적을 베던 노병 히지카타 토시조는 마침내 최후를 맞이하면서 이런 말을 남긴다. "이제야 겨우 재미있어질 판이었는데…. 그 시절보다 더 날뛰어보겠노라고…. 내 인생의 봄날은 이제부터 시작이라고…. 참으로 원통하다"고 말이다. 그렇게 엷은 미소를 띠고 눈을 감는 그에게서 느낀 건 다름 아닌 '청춘'이었다. 나이는 숫자에 불과하단 상투어엔 이미 질린 지 오래지만, 본받을 만한 어른이 아직도 청춘이라는 듯 활기를 띤 모습을 보고 있노라면 정말로 그건 아무것도 아니라는 생각은 종종 든다. 나이는 때때로 "그 사람의 성격, 능력, 본질보다 훨씬 앞자리를 차지하는 얄미운 놈"이긴 하지만 그만큼 무한한 가능성을 내재한 수치이기도 하다.

물론 여전히 누군가에게 나이란 가차 없이 줄어들기만 하는 가능성의 지표이기도 할 것이다. 오승호 작가의 미스터리소설 〈폭탄〉의 무차별 테러범 스즈키 다고사쿠가 말하는 그대로 가능성이란 "시간이 갈수록 점점 줄어"들어 하루가 다르게 절망감을 안겨주는 것일지 모른다. 그는 그래서 고등학교 야구부 소년들의 땀과 활약을 직시할 수 없다고 말한다. 프로야구 선수라는 꿈은 49세인 자신은 결코 이룰 수 없으니까. 뭐, 그렇게 사는 사람도 있을 것이다. 결국 실제 역사를 뛰어넘어 죽는 순간까지 청춘을 구가하고야만 〈골든 카무이〉의 70대 청년 히지카타 토시조가 될지, 세상은 너무나 불공평하다며 다 부숴버리겠다고 폭탄을 터뜨려대는 스즈키 다고사쿠의 마음으로 살지는 자신이 정하는 것 아니겠는가. 아무리 매 순간 누구나 똑같이 나이를 먹는다 할지라도 나이란 본래 그런 것이다.

첫 타석은 잊자꾸나
〈소녀불충분〉

> 길을 잘못 든 녀석들도, 실패해서 사회에서 탈락한 녀석들도, 제대로—아니, 제대로는 아닐지도 모르지만, 그럭저럭 즐겁게, 재미있게 살아갈 수 있다.
> 그것이 이야기에 담긴 메시지였다. (…)
> 당연한 이야기지만 그런 '이야기'는 실재하지 않는다. 어디에도 없다. 세간에서 말하는 '이야기'는 죄다 나 같은 인간에게는 냉정해서, 올바르도록, 강해지도록, 깨끗해지도록, 일반적이 되도록, 정상적이 되도록 이야기한다…. 모두와 사이좋게 지내라고, 타인을 배려하라고, 특정 계층의 인간에게는 도저히 불가능한 무리한 요구를 한다. 그때의 U에게 그런 교훈 같은 이야기, 설교 같은 이야기는 도저히 할 수 없었다.
>
> - 〈소녀불충분〉 중

라이트노벨 작가 니시오 이신이 10년 차 때 집필한 〈소녀불충분〉은 기묘한 창작법을 전면에 내세운 소설이다. 우선 초장부터 이 책을 쓰기까지 무려 10년이나 걸렸다고 너스레를 떤다. 그만큼 마음에 담아둔 시간이 길었다는, 펜을 쥐기까지 참으로 고심했다는 작가들의 흔한 상투어처럼 보일 법도 하다. 하지만 그는 이 10년이 정말로 정말이라는 양 힘주어 '변명'하기 시작한다. 사실은 전혀 쓰고 싶지 않았던 것이며 원래는 무덤까지 가지고 가려 했던 일이라고 말이다. 그러면서 10년 전 자신이 직접 겪은 사건을 이제야 풀어놓게 된 계기하며, 그럴 수밖에 없었던 자신의 괴팍한 성격과 습관과 그동안의 개인사까지 하염없이 나열한다.

아마 니시오 이신의 작품을 본 적 있다면 이런 화자의 장광설은 그가 사용하는 흔한 기법임을 단박에 알 수 있을 것이다. 헛소리꾼 이짱을 화자로 내세운 데뷔작 〈잘린머리 사이클〉부터 그의 모든 작품이 그랬다. 그런 '특기'가 〈소녀불충분〉에선 더더욱 강조된 나머지 아예 이 작품은 결코 소설이 아니라는 주장에서부터 시작하고 있는 셈이다. 이를 증명하기 위함인 양 시종 의식의 흐름처럼 이야기를 서술하는가 하면, 자신의 유약함과 나약함, 어리석음 따위를 잊을 만하면 다시금 풀어놓는다. 그렇게 30페이지 가까운 분량으로 이 이야기를 하기로 마음먹게 된 변명 아닌 변명에, 여전히 해도 되는지 갈등에 갈등을 거듭하다 마침내 10년 전 그 사건을 꺼내놓는다. 자신의 인생에서 유일하게 내세울 만한 아주 기이한 사건이라는 그 '실제 체험'을 말이다.

스트레인저 댄 픽션

그가 겪은 일이란 한 소녀에 관한 사건이다. 때는 10년 전 소설가를 지망하던 대학생 시절로 거슬러 올라간다. 작가는 10년이나 된 일이라 자세한 것은 정확히 알 수 없다는 이유로 구체적인 묘사는 선별적으로 배제하면서도 유독 당시 느꼈던 자신의 기묘한 심상에는 한껏 집중하며 이야기에 핍진함을 더한다. 그는 여느 때와 마찬가지로 자전거로 등교하던 중 휴대용 게임기에 집중하며 걷는 두 아이를 목격한다. 이때 두 아이 중 하나가 게임에 집중한 나머지 빨간불에 횡단보도를 건너다 사고를 당한다. 그의 말마따나 아이의 형체는 뿔뿔이 흩어져 그야말로 산산조각 났으니 뇌리에 뚜렷한 생채기를 낸 것은 너무나도 당연해 보인다.

하지만 정작 그가 말하고자 한 대상은 사고를 당한 아이가 아니라 그 뒤를 따라오던 다른 소녀였다. 뒤따라오던 아이는 친구가 죽은 것을 바라본 다음 다시금 게임에 집중한다. 그리고 잠시 뒤 게임기를 가방에 집어넣고 나서야 울면서 "친구의 머리처럼 보이는 조각"을 향해 달려간다. 뭇사람들에게 소녀의 외침은 너무나도 무구해 더욱 비통하고 안타깝게 느껴졌을 것이다. 하지만 작가는 분명히 보았다. 그 소녀가 게임을 정확히 '세이브'한 다음 게임기를 완벽히 가방에 수납한 채 달려갔던 것을.

그 기묘한 감각이 채 사라지기도 전인 일주일 후, 이번에는 작가에게 큰 사고가 닥친다. 달리던 자전거 바퀴에 쇠 파이프가 끼어 길바닥에 내동댕이쳐진 것. 그런데 당연히 쇠 파이프라 생각했던 물체는 초등학생이 쓰는 리코더였고, (뒤늦게 깨달은 사실이긴 하지만) 이 사고를 실행한 것은 일주일 전 목격한 그 소녀였다. 게다가 소녀는 쓰러진 그에게 접근해 집 열쇠를 훔쳐 그의 집에 몰래 숨어 있다 귀가한 그를 칼로 협박하고 '유괴'해 자신의 집에 감금한다. 어엿한 성인이 초등학생 아이에게 이런 일까지 당한 게 과연 개연성이 있냐는 반문은 작가의 집요하기까지 한 소심함에 더해 이 모든 일이 실제 겪은 사건이라는 주장에 가로막힌다. 심지어 그가 소녀의 집 창고에 감금된 일은 '자발적 감금'이란 말이 어울릴 만큼 기묘한 일주일로 묘사된다. 그리고 그는 그 일주일 동안 소녀의 진실을 알게 된다. 독자의 예상과는 달리 소녀는 사이코패스 같은 것이 아니었다. 그저 비뚤어진 어른들에 의해 기구하고도 비참하게 생활할 수밖에 없었던 어린아이였을 뿐이다.

이후 작가는 소녀가 이야기를 해달라던 부탁에 하염없이 자신이 꾸며낸 이야기를 건네며 이 아이를 다잡았노라 말한다. 그 이야기란 이런 것이다. "말에만 의존해서 가까스로 살아가는 소년과 세계를 지배하는 청색 머리카락의 천재 소녀 이야기", "여동생을 병적으로 아끼는 오빠와 매사의 모호함을 도저히 용납하지 못하는 여고생의 이야기", "지혜와 용기만으로 지구를 구하려 하는 초등학생과, 성장과 성숙을 꿈꾸는 마법소녀의 이야기" 같은 것들. 차례로 '헛소리꾼 이짱' 시리즈, 〈괴물 이야기〉로 문을 연 '이야기' 시리즈, 〈신본격 마법소녀 리스카〉를 지칭하는 것으로, 모두 니시오 이신의 작품이다.

그렇게 매치할 수 있다는 것도 독자의 즐거움 중 하나지만, 더 중요한 것은 스스로 평가하는 자신의 작품의 궤에서 찾을 수 있다. "목적도 없고 거의 공통점도 없는 이야기들이었지만, 뿌리가 되는 테마는 하나뿐"이었으니, 길을 잘못 든 녀석들도 제대로는 아닐지 몰라도 그럭저럭 즐겁게 살아갈 수 있다는 것. 아마도, 그러니 너도 살라고, 살아도 된다고 이야기하고 싶었던 것일 테다.

미리 말하자면, 수기 형식으로 쓴 이 작품은 당연히 소설이다(작품의 결말부에서 아주 재기 넘치는 방식으로 이를 확증한다). 10년이나 소설을 써왔던 것을 자축하며 자신의 작품 세계를 정리한 듯한 내용이면서, 그동안 쌓아온 자신의 경력 전체를 그대로 작품의 리얼리티로 활용한 특별한 작품이었던 것이다. 그래서 그가 그간 소설을 통해 전달하고픈 메시지만큼은 더욱 분명히 알 수 있다. 온갖 판타지 요소를 더해 기이한 모험에 독자를 초대하며 그가 하고팠던 말은, 작중 거의 모든 캐릭터들이 그러했듯이 실은 실패한 인생을 되돌리는 방법도 있다는 것이다. 현실은 픽션보다 고달픈 탓에 되돌린다는 것이 불가능할지는 몰라도, 어찌 됐든 "즐겁게, 재미있게" 살아가는 것만큼은 가능하다는 그런 이야기. 그래서 그의 캐릭터들은 내내 시큰둥하고 무기력해 보이지만 그래도 살아가는 것일 테고, 그들의 활약 아닌 활약에 동참하면서 독자는 즐거움에 더해 때때로 활력을 얻을 수 있었는지도 모를 일이다.

성공이란 신기루 뒤편에는

누구나 마찬가지일지 모르겠지만, 나 역시 대개는 인간과 인생을 긍정하는 편이라고 자부하는 편임에도 때때로 그런 인간에게 완전히 절망할 때가 있다. 최근 인류애를 잃은 몇몇 순간도 어떤 사건들 때문이었는데 그 맥락은 매번 거의 비슷한 것 같다. 그냥 잘 사는 것만도 버겁건만 마치 남보다 '잘살기' 위해 사는 듯한 사람들이 너무나도 많아진 탓이다. 내 노력에 대한 보상에 공정이란 이름으로 집착하지만, 다 함께 잘 산다는 개념은 없는 그런 사람들 때문에 벌어지는 약자들의 악다구니가 그래서 조금은 지겨울 때가 있다.

몇 년 전 인천국제공항 비정규직의 정규직 전환 채용 문제에 대한 것 역시 그랬다. 몇몇 사람들은 공정의 기치를 앞세워 접근했지만, 사실 사안에 비판적인 사람들의 속내는 '왜 나보다 못한 것들이 좋은 자리를 차지하냐'는 악의로 그득했기 때문이다. 물론 '나보다 못한 것'의 기준 또한 절망스럽긴 매한가지였다. '나보다 낮은 등급의 대학을 나왔으니 나보다 많은 노력을 기울이지도 않았을 것' 정도로 보였으니 말이다. 결국 수능 점수로 줄 세웠던 우리 사회의 원죄이기도 하지만, 자신의 노력엔 한없이 관대하면서 남의 노력에는 전혀 박수 쳐줄 준비가 되어 있지 않은 일면 또한 엿볼 수 있는 대목이다. 이와 더불어 고작 수능 점수 따위로 인생이 좌우될 거라 믿고 그래야 된다고 생각하는 소위 명문대생들의 '상대적 박탈감'이 마치 공정성을 해한 절대적 근거인 양 제시되기도 했다. 이를 무책임하게 확산했던 언론이 오히려 공정의 가치를 해한 것은 말할 것도 없다. 그들이 말하는 공정이 단 한 번의 시험으로 모든 것이 결정되는 그런 사회가 아니라면 말이다.

한 번 쓰러지면 결코 재기할 수 없는 사회, 단 하나의 노선을 죽 달려갈 뿐 중도 탈락은 실패로 간주하는 사회이기 때문에 아마도 자살률 세계 1위의 오명은 근시일 내에 사라지긴 더더욱 어려워 보인다. 그보다 절망적인 것은 성공의 가치를 무조건 부각하기만 하는 사회 분위기다. 사실 그냥 재미있고 즐겁게 사는 것도 굉장히 어려운 일이다. 그럼에도 그러한 지향은 언제나 뒷전에 놓인다. 아니, 외려 폄훼되기 일쑤다. 심지어 사회가 바라던 노선에서 벗어났다면 즐길 자유도 권리도 없다고 생각하는 모양이다.

3루에 태어난 것까지는 뭐라고 할 수 없지만 자기가 3루타를 친 줄 알면 곤란하다는 말이 있다. 많은 사람들이 이 말에는 대개 공감했던 것 같다. 소위 '금수저'를 겨냥한 적절한 비판이었기 때문일 것이다. 그렇다면 여기에 2루타 정도로 이야기를 더할 수도 있을 듯하다. 가령 첫 타석에 2루타를 쳤다손 치자. 홈런까지는 아니어도 데뷔 타석에서 신인 타자가 보여줄 수 있는 가히 최상의 퍼포먼스다. 이를 사회에 적용해보자면, 수능 시험에서 고득점을 올려 명문대에 진학한 정도가 될 것이다. 하지만 인생에는 이후에도 많은 타석이 남아 있다. 그다음 타석 때 나는 첫 타석에 2루타를 쳤으니 2루에서 시작하겠다고 우기는 게 3루에서 태어난 사람들의 '3루타 자의식'과 뭐가 다를까. 첫 타석에서 삼진 아웃을 당했거나 내야 땅볼을 친 사람에게도 어김없이 다음 타석은 돌아온다. 게다가 엄밀히 말해 모두가 제로 베이스에서 시작한 게 아니었던 첫 타석 때는 아직 준비되지 않은 타자들이 더 많았을 터. 그로 인해 어이없이 방망이를 휘두르고 고개 숙일 수밖에 없던 타자에게도 다음 기회는 주어져야 한다. 그것이야말로 공정한 게임, 공정한 인생 아닐까.

하물며 그 게임이 인생이라면 모두가 홈런을 칠 필요도 없다. 적당히 나쁜 볼을 골라 진루하는 것도 가능하다. 하필 자기 타석

때 무지막지한 강투수를 만났다면 아예 다음 타석을 기약해도 되고. 니시오 이신의 작품을 관통하는 테마 그대로, 길을 잘못 든 녀석들도 그럼에도 그럭저럭 재미있게는 살아갈 수는 있으니까. 적당히 벌고 아주 잘 살면 그만이니 말이다.

아직 최선을 다하지 않았을 뿐?
〈도박묵시록 카이지〉

> 서른이 되든, 마흔이 되든, 놈들은 계속 착각을 하는 거야. 내 진짜 인생은 아직 오지 않았다, 라고. '진짜 나'를 사용하지 않았기 때문에 지금은 이 정도라고…. 질리지도 않고 계속 그렇게 착각하다가 결국은 늙고…, 죽는다. 그 순간 싫어도 깨닫게 될 거야. 지금까지 살아온 모든 것이 통째로 '진짜'였다는 것을. 사람은 가짜로 살고 있지도 않고, 가짜로 죽을 수도 없어.
>
> - 〈도박묵시록 카이지〉, 토네가와의 말 중

〈오징어 게임〉(2021)이 세계적으로 정점을 찍으면서 목숨을 건 서바이벌 게임 장르가 주류 무대로 편입된 건 사실이지만, 그럼에도 〈도박묵시록 카이지〉가 이 분야 정전이라는 사실에는 변함이 없을 듯하다. 하릴없이 방구석에 드러누워 세상은 불공평하다며 오로지 한탕 노릴 생각에 여념 없는 한심한 주인공 이토 카이지. 그가 도박선 에스포와르호에 올라 '한정 가위바위보'라는 단순한 게임에 다짜고짜 먹이로 던져진 후 맞이하는 절체절명의 순간, 그리고 몇 번의 기지를 발휘해 벼랑 끝에서 기어오르는 광경에는 기묘한 쾌감이 서려 있었다. 그건 멋진 주인공을 향한 동경과는 전혀 다른 감정이었다. 오직 인간성과 선의만을 앞세워 게임에서 승리한 성기훈(이정재)과는 달리 마지막 순간까지 발버둥 치는 자만이 건져낼 수 있는 오기, 집념, 나아가 광기 같은 것들이었으니까. 모두 그간 잊고 있거나 애써 밀어내고 있던 감각으로, 그 덕에 극한 상황에서야 느낄 법한 생경한 감정과 판단에 더더욱 몰입할 수 있었을 것이다. 그런 와중에 나약한 인간들의 느슨한 연대에도 슬쩍 힘을 싣는가 하면, 결코 정답인지 확신할 수 없는 계략을 '필승법' 삼아 수라장을 헤쳐 나갔다. 그러니 처절한 감정이 그대로 처절한 재미와 상통했다 해도 결코 과언은 아닐 듯하다.

실제로 〈도박묵시록 카이지〉가 남긴 명장면은 수두룩하다. 배에 오르자마자 무승부로 이 상황을 넘길 수 있다는 달콤한 꾐에 빠져 한순간 먹잇감으로 몰락한 순간하며, 패배자들을 모아 다시금 그 상대에게 복수하는 전개는 전혀 예상할 수 없는 것이었다. 심지어 그렇게 약자들을 이끌어 온갖 계책을 발휘했지만 결과는 스스로 자처할 수밖에 없던 희생에 더해 나 몰라라 뒤돌아선 동료들의 배신이었다. 또한 카이지는 도박 게임의 주최자인 제애그룹의 간부 토네가와와 벌인 'E카드' 승부에서는 패배할 때마다 고막을 파고드는 바늘이 장착된 귀를 자해를 가장해 미리 몰래 잘라내는가 하면, '친치로' 게임의 속임수를 역이용해 마침내 지하 노역장 안의 권력 구조를 전복하기도 했다.

루저를 향한 악한의 일갈

물론 주인공 카이지의 부침에 모든 방점이 찍혀 있는 것은 아니다. 한정 가위바위보 게임 참가를 앞두고 웅성거리는 군중을 향해 "Fuck you"를 내뱉으며 등장한 토네가와가 대표적이다. 그는 고작 백수 청년과 카드 게임 한 판 벌이면서 상대방의 신체 신호까지 몰래 읽는 비열한 악당의 면모를 한껏 과시하는 한편, 카이지에게 패배한 후엔 상관인 회장의 명령에 따라 뜨거운 불판 위에서 무릎 꿇고 사죄하는 일명 '철판 도게자土下座'를 기구의 도움 없이 해내며 퇴장한 기개 있는 악인이기도 했다. 이후 스핀오프 〈중간관리록 토네가와〉에서 원작을 비튼 개그만화의 주인공으로 분한 것은 뜻밖이었지만, 그것 역시 토네가와라는 악인의 원천적인 매력에서 기인한 것이었다. 바로 세상의 법칙을 모두 꿰고 있다는 듯 교묘하게 약자를 현혹하고 청춘을 농락하기 일쑤인 '어른'이라는 것 말이다.

토네가와는 "돈은 생명보다 무겁다"는 연설로 참가자들을 독려한 이래 세상을 축소한 작중 도박판에서 절대자처럼 군림했다. 참가자들로 하여금 눈물을 흘리며 승리를 다짐하게 하는 그의 언변은 끝내 카이지가 응수하듯 실은 그저 승자로서 거들먹대는 것에 불과할지도 모른다. 그럼에도 '인간 경마' 편에서 외나무다리를 건너는 이들을 향해 주억거리는 그의 대사는 성공한 어른이 아니라 인생의 선배가 건네는 조언으로 충분히 되새길 만하다. 빌딩 사이에 철근을 놓고 건너가 앞서가는 상대를 밀쳐낸 후 맞은편에 다다르기를 종용하는 인간 경마가 고작 E카드 게임으로 넘어가기 위한 막간극 정도로 기억되는 건 직접 다리 위에 서지 않으면 체감할 수 없을 지극히 단순한 룰 때문일 것이다. 반면 이를 지켜보며 내뱉는 토네가와의 대사는 에두르지 않고 정말로 피부를 찌르는 듯하다. 온통 '진짜'로만 채워져 있는 그 진실은 너무나도 무겁다. 게다가 그 함정에는 누구라도 한 번쯤은 빠져본 적 있을 것이기에 더더욱 쓰디쓴 격언처럼 다가오기 마련이다.

"지금의 나는 '진짜 나'라고 할 수 없다, 언젠가 '진짜 나'를 사용하기만 하면 이 세상 따위 아무것도 아니다." 내뱉고 나면 참으로 낯간지러운 말이지만, 자신을 독려하기 위해, 아니 나 자신을 속이기 위해 스스로의 잠재력을 과대 포장하는 용도로는 충분하다. 그만큼 흔한 자기 다짐이기도 하고. 그도 아니라면 언젠가 그런

'나다움'을 찾는답시고 이를 일종의 고민과 성찰, 나아가 성장으로 정의하기라도 했을 것이다. 그렇다면 언젠가 한 번은 주절거렸을 그 낯간지럽고도 흔한 문장으로 다시 한번 자문해보자. '나다운 게 뭔데?' 다들 알다시피 애초에 그런 건 없다. 존재하지 않는다. 그냥 "계속 착각을 하"고 있을 뿐이다. 그렇게 "내 진짜 인생은 아직 오지 않았다"라고, 아직 최선을 다하지 않았을 뿐 곧 "'진짜 나'를 사용"할 거라며 실은 "질리지도 않고 계속 그렇게 착각"하는 것에 불과하다. 토네가와의 말 그대로 "사람은 가짜로 살고 있지도 않고, 가짜로 죽을 수도 없"지 않은가. 지금 살고 있는 모든 게 통째로 진짜이듯 우리는 언제나 통째로 진짜 나를 사용하고 있다. 진실이 가혹한 만큼 깨달음이 늦으면 늦을수록 되돌릴 방법은 없다. "계속 그렇게 착각하다가 결국은 늙고…, 죽"을 테니까.

'진짜 나'라는 허상

파고들면 새로운 이야기는 아니다. 노력을 강조하는 이야기야 정말 끝도 없이 많다. 대부분의 소년만화가 건네는 메시지 또한 아이러니하게도 거의 그렇고 말이다. 보통은 혈통이나 타고난 재능에 의해 우열이 가려지는 걸 독자 누구나 알고 있는데도, 일본의 1등 소년만화지인 〈주간 소년 점프〉는 여전히 "우정, 노력, 승리"를 슬로건으로 내세우고 있을 따름이다. 노력한다고 누구나 성공할 순 없지만 성공한 사람은 누구나 노력했다느니 하는 말 또한 언젠가 우리를 '노오력'하라며 밀어붙이곤 했다. 어쩌면 세상은 변하고 변해 최선을 다하자는 당연한 말마저 철 지난 열혈 취급받는 때가 된 것도 같다. 하지만 그럼에도 진실은 쓰고도 잔혹하다. 불공정을 탓할 수밖에 없는 환경은 인정한다. 그게 때때로 진짜 나를 사용할 기회마저 유예한다는 것도 잘 안다. 그러나 절망하고 있을 틈은 없다. 더욱이 토네가와의 이야기처럼 시시각각 한 발짝 앞으로 달아나는 미래만 기약할 수도 없는 노릇이다. 투표 때마다 정치권을 향한 양비론으로 스스로의 '가오'만 세우는 것과도 엇비슷하다. 뭐가 됐든 인생에는 좀처럼 허세를 부릴 틈 역시 없기 때문이다.

에디슨이 한 "천재는 1퍼센트의 영감과 99퍼센트의 노력으로 만들어진다"는 말은 흔히 알려진 것과는 달리 실은 노력을 강조하는 격언이 아니다. 에디슨이 전하고자 했던 것은 그것과는 정반대로 영감이 떠오르지 않는 한 아무것도 이룰 수 없다는 것, 즉 1퍼센트의 영감이야말로 결과를 만들어내는 가장 중요한 요소라는 점을 강조하기 위한 것이었다. 말인즉슨, 에디슨에게 있어 노력은 그냥 상수常數였다는 것이다. 그에게 노력은 천재든 범인이든 당연히 해야 하는 것이었을 뿐이다.

물론 최선을 다한다 한들 어찌 인간이 후회가 없을까. 하지만 인간이 어찌할 수 없는 무언가와 인간이 어떻게든 할 수 있는 무언가를 정확히 느낀 것만으로도 우리는 위안받는 나약한 존재다. '진짜 나'를 찾아 헤매는 쓸모없는 고행에 목을 매거나 그저 애틋한 자신을 위무하는 데 여념 없기보다는, 지금의 나를 인정하고 매달리는 게 속 편하다. 꼴사납게 발버둥 치는 모습 또한 그냥 진짜 나이기도 하고. 어쩐지 노력을 강조하는 수많은 격언들이 토네가와 '선배'의 독설 앞에 모두 무의미해지는 느낌이다. 처음부터 세상은 온통 진짜뿐이어서 우리 모두는 언제나 진짜 자신의 얼굴로 다른 사람들 앞에 서곤 했던 것이기에. 그러니 가면이란 말조차 무색하다. 상대가 마주하고 있는 지금 이 순간의 모든 것이 진짜 당신이다. 아직 최선을 다하지 않았다면, 앞으로도 최선을 다하지 못할 것이다. 혹은 않을 것이다. 서른이 되든, 마흔이 되든, 나아가 쉰이 되든. '진짜 나'는 이미 오래전부터 외나무다리 위를 걷고 있다.

그저 나의 산을 오를 수밖에
〈중쇄를 찍자!〉

> 네가 바라보고 있는 건 남의 산이잖냐? 너는 네 산을 올라야지.

- 〈중쇄를 찍자!〉 15권 중

"난 너한테 증명할 게 없어." 영화 〈캡틴 마블〉(2019)에서 "네 힘으로 날 이기면 인정해주겠다" 말하는 욘로그(주드 로)에게 '캡틴 마블' 캐럴 댄버스(브리 라슨)는 이렇게 뇌까리며 광선을 날린다. 사실 여태 격투기로는 멘토였던 욘로그를 제대로 이긴 적 없던 캐럴이기에 이때야말로 자신을 '증명'할 절호의 기회처럼 보이기도 한다. 하지만 예상은 정말로 기분 좋게 빗나갔다. 그동안 캐럴이 지닌 잠재력을 마치 감정에 휘둘리는 양 치부하며 늘 냉정해지기를 요구했던 욘로그에게 같은 방식으로 응할 필요는 애초에 없었으니까. 그래서인지 저 멀리 나자빠진 그를 향해 내뱉는 이 명대사는 온갖 시점에서 다시금 일어서는 캐럴을 보여주는 시퀀스 이상으로 이 영화의 특별한 인장처럼 각인되기 충분했다. 무언가를 증명하지 않으면 인정받지 못할 것 같던 그가 이제야 자신 있게 뿜어내는 힘은 단순히 광자 엔진 폭발로 갖게 된 슈퍼 파워만은 아닌 듯하다. 그저 나 자신으로 존재하는 것, 누군가에게 나를 증명할 필요가 없다는 것, 바로 이 명제야말로 초능력을 압도하는 진짜 힘이다. 도대체 나다운 게 뭐냐고 반문하곤 했던 자성을 가장한 오래된 농담조차 꽤나 무색해지는 순간이다.

이는 마블 시네마틱 유니버스MCU 드라마 〈미즈 마블〉(2022)의 10대 주인공에게 다시 한번 계승된다. 의기소침해 있던 파키스탄계 미국인 소녀 카말라(이만 벨라니)는 늘 당당하게 자신의 길을 걸어가는 듯 보이는 단짝 친구 나키아에게 묻는다. "어떻게 넌 쉽게 해내는 것 같지?" 이에 나키아는 답한다. "쉽다고? 절대 쉽지는 않지. 난 평생 너무 백인 같다거나 외국인 같다는 취급을 받았어. 항상 불편함과 불쾌감이 뒤섞인 기분을 느꼈지. 처음에는 사람들 입을 다물게 하려고 히잡을 썼어. 근데 생각해보니까 누군가에게 뭔가를 증명할 필요가 없더라. 히잡을 쓰면 나다워져. 목표가 있는 사람이 되지." 누군가에게 증명할 필요가 없다고 깨닫는 순간 히잡 또한 스스로의 정체성이 된 것이다. 결국 의미를 부여하는 건 자신일 뿐, 우리는 누군가에게 자신의 존재를 증명할 필요가 없다. 몇 번 해봐서도 알겠지만, 실은 증명해봤자 그 순간뿐이기도 하고.

이런 대표적인 서사 덕에 〈캡틴 마블〉과 〈미즈 마블〉 모두 페미니즘을 전면에 내세운 작품으로 알려지며 일각의 반발을 사기도 했다. 그게 왜 반발할 일인지는 잘 모르겠지만, 두 작품 모두 명백한 미러링을 통해 억압받는 여성을 드러내고 이를 전복하기 위한 여러 대사와 장치를 동원한 것은 분명하다. 그리고 이는 '나를 증명할 필요가 없다'는 서사를 통해 뒷받침되고, 마침내 완성된다. 더욱이 이는 단순히 여성에게만 한정되는 이야기가 아니다. 인정 욕구에 얽매여 스스로 인정 투쟁을 벌이며 부러 괴로운 삶을 사는 사람들 누구에게나 해당하는 말일 테니까. 프란치스코 교황이 말했던 행복의 십계명 그 첫 번째에 자리한 문구 역시 "자기 방식의 삶을 살고, 다른 사람의 삶을 인정하라"는 것이지 않았는가. 그 말 그대로 모두가 각자의 방식대로 각자의 인생을 사는 게 가장 행복해지는 길이다. 더불어 남의 방식과 인생을 존중하는 것 또한 병행되어야 할 테고.

이기는 인생? 지지 않는 인생?

하지만 말처럼 쉽지만은 않다. 자본주의란 원래 경쟁을 전제한 시스템이라며 매 순간 등 떠민 탓에 그동안 우리는 왠지 모르게 출발선에 선 채 신호가 울리면 동시에 달려야만 했던 것 같다. 서로 협력하거나 응원하며 달린 것도 아니다. 대개는 누군가를 앞서 가기 위해 달렸던 터라 때로는 금세 고꾸라지고 지치기 일쑤였다. 실은 이기기 위해 태어난 것도 아닌데. 그저 각자의 산을 오르면 그만일 뿐인데도 말이다. 모두가 각자의 노선에서 최선을 다하면 그뿐일 텐데도 늘 경쟁에 내몰렸으며 지는 순간 도태되는 거라 여겨왔다. 아니, 착각했다. 돌이켜보면 모두 별것 아니었던 것 같은데 괜스레 그 순간만큼은 마음을 빼앗겨 스스로를 불행하게 만들었던 시간처럼 느껴지기도 한다. 웹툰 〈송곳〉에서 가장 기억나는 대목 역시 비슷하다. 1등한테 상 주는 걸 뭐라 하는 게 아니다, 문제는 1등을 하지 못하면 벌을 주는 데 있다는 그 말이 그렇게나 폐부를 찌른 것도 마찬가지 이유 때문이다. "패배는 죄가 아니오! 우리는 달리기를 하는 게 아니라 삶을 사는 거요. (…) 우리는 벌받기 위해서 사는 게 아니란 말이오!" 우리의 국가나 정치 공동체가 "평범함을 벌주기 위해 존재하는 게 아니"라면 말이다.

만화 〈중쇄를 찍자!〉 역시 경쟁을 말하는 듯 실은 같은 이야기를 하고 있단 생각이 들었다. 세상 사람 모두가 프로라는 기치를 전면에 내세운 〈중쇄를 찍자!〉는 출판계를 중심에 둔 채 정말로 온갖 분야의 전문가를 소환한다. 만화가와 만화 편집자부터 시작해 마케터, 인쇄 담당자, 포토그래퍼, 서점 직원, 데이터 전문가에 이르기까지, 여기엔 각자의 분야에서 분투하는 프로들이 그야말로 즐비하다. 그중 가장 치열한 부문을 꼽으라면 역시나 극의 중심에 있는 만화가일 것이다. 가장 많은 돈을 버는 한편 가장 많은 노동력과 창의력을 요구하는 직업이라 독자들이 보내는 지대한 인기 없이는 현상 유지조차 힘들 테니까.

그만큼 만화가 각자의 위치 또한 천차만별, 천양지차다. 작중 소년만화지에서 100만 부 반열에 오른 작가 타케미 소타 정도라면 스스로 이룩한 현재에 자족할 만도 하다. 하지만 그는 소년지가 아닌 청년지에서도 인정받고 싶은 데다, 심지어 그 청년지에서 제일 잘나가는 만화가보다도 앞서가고 싶다. 실은 그게 눈을 멀게 하고 일을 고달프게 하는 것을 알지 못한 채 그는 그렇게 한참을 헤맨다. 그러다 선배 만화가 타카하타 잇슨의 조언에 곧 깨닫는다. 잘나가는 어느 만화가를 목표한 자신이 무척 어리석었다는 것을. 그가 "바라보고 있는 건 남의 산"이었다는 것을. "너는 네 산을 올라야지"라는 그 단순한 조언에 타케미는 그제야 제자리를 찾는다.

더불어 그간 자신을 끌어준 편집자인 아이카와를 맹신한 탓에 결코 인지할 수 없었던 묘한 위화감의 정체도 함께 깨닫는다. 그때는 미처 알지 못했지만 인터뷰에서 자신을 치켜세워주기 위해 아이카와가 했던 별것 아닌 말, 그러나 다른 동료들을 무참히 깔

아뭉개는 발언에 그는 화가 났던 것이다. 타카하타 잇슨의 지적으로 조금 뒤늦게 알아채긴 하지만, 그 역시 자신의 힘으로 자신의 산을 등반했듯 동료 만화가들 역시 그래왔다는 것을 잘 알고 있기 때문이다. "산은 내 힘으로 오르는 수밖에 없어. 내가 믿어온 것만이 나를 지탱해준다. 마음이 불편했던 건, 내 동료들을 무능한 인간 취급했기 때문이다." 타케미 역시 과거 한 번은 실패했던 만화가로서, 중도에 펜을 놓은 만화가들 모두가 "다들 고군분투하며 힘겹게 그 산을" 오른 사람임을 누구보다 잘 알고 있기 때문이다. 그런 그들을 향해 "영 자라지 않는 녀석"이라 말했던 아이카와 편집자 자신은 과연 어디에 서 있기에 그런 소리를 하는 거냐고 마침내 반문할 만하다. 그저 각자의 산이 있을 뿐이니 모두의 등산에 실패란 있을 리 없다. 그러니 남의 등산법이나 결과를 평가하고 비웃는 사람이라면 스스로를 과신하고 누군가 위에 군림하려는 사람에 불과해 보이기도 할 것이다. 마치 아이카와 같은.

그 산에 경쟁자는 없다

누구나 인정받고 싶고 그래서 때때로 스스로를 증명하고 싶을 때가 있다. 하지만 나의 산을 오르면 그뿐이라는 말을 듣고는 이상하게 편안해졌다. 어차피 등수를 가르는 일은 이제 별로 일어나지 않을 것이다. 물론 가끔은 싸워야 할 때도 있고 이겨야 할 때도 있겠지만, 인생이라는 거대한 흐름 앞에 그건 아주 작은 국지전에 지나지 않는다. 승승장구하던 운동선수가 은퇴 후에 거짓말처럼 몰락하고, 무명 선수가 스스로 스포츠라는 울타리 밖에서 더 멋진 성과를 내는 광경을 우리는 몇 번이고 보아왔다. 그래서 바로 그것이 인생이라는 것을 잘 안다.

만화 〈가지〉에 수록된 단편 '수트케이스의 철새'에서 프로 로드 레이스 선수들조차 비슷한 대화를 나눈다. 선수 누군가 한탄 조로 말한다. "내년엔 그만둘까 싶어. (…) 가족도 못 만나고, 이것도 저것도 못 먹고, 아득바득 포인트 타령." 이에 다른 선수는 "이기기 위해서 달리는 거"라고 맞받더니 아예 "이기기 위해서 사는 거"라고 강조한다. 그 말을 들은 누군가가 이내 반문한다. "살기 위해서 돈이 필요한 거지. 어느 누구도 돈 때문에 사는 건 아니잖아?"라고. 네가 말하는 것은 "인생을 위해 산다"라는 역설만큼이나 어리석다는 얘기다.

그렇다고 경쟁을 완전히 피하는 것은 불가능할지 모른다. 하지만 이제는 경쟁할 필요가 없는 데서까지 아득바득 달리고 싶진 않다. 그런 마음을 먹은 후에도 문득문득 나의 산을 오른다는 사실을 망각할 때가 있다. 앞서가는 이를 질투하기도 하고, 무심결에 뒤에 선 자를 비웃기도 한다. 하지만 모두 다 무용하다. 그저 자신에게 증명하면 그만이다. 증명할 대상은 부모도, 가족도, 친구도,

상사도 아니다. 남의 등산을 비웃을 사이에 각자의 산을 오르면 그뿐이다. 되도록 지치지 않고, 가능하다면 오래오래.

신神 또한 인간의 도구일 뿐
〈베르세르크〉

> 기도하지 마! 기도를 하면 손이 놀잖아! 네가 쥐고 있는 그건 뭐야!
>
> - 〈베르세르크〉 21권, 가츠의 대사 중

중학교 때까지 살던 동네를 떠나 새로운 곳으로 이사 가 고등학교에 진학했을 때 조금 놀랐던 기억이 있다. 살면서 교실 안에 아는 사람이 한 명도 없는 학급도 처음 접해봤지만, 서울 외곽 중에서도 가장 변두리였던 이곳에선 반 아이들 대다수가 기독교 신자라는 사실에도 적잖이 당황할 수밖에 없었다. 처음엔 이 친구들이 종교에 꽤 심취(?)해 있구나 하는 생각에 조금 의아해하는 정도였다면, 알아갈수록 종교가 생활과 가치관의 근간을 이루고 있다는 점을 생경하게 받아들였던 기억이 난다.

실제로 야간 타율학습이 끝나고 하교하던 중 학교 언덕에서 내려다본 어둠 속에는 붉은 십자가가 그렇게나 많을 수 없었다. 세상에 이렇게 교회가 많을 수 있을까 싶어 우선 놀랐고, 그 숫자 그대로 교회가 사람들의 삶에 치밀하게 스며든 동네라는 점에 또 한번 놀랐다. '십일조'라는 말은 그저 성경에나 있는 거라 생각했지만 여기서는 그렇지 않았다. 시험 기간에조차 일요일, 아니 주일만큼은 반드시 교회에 가야 하는 학생들이 너무나 많았다. 대부분의 음식점 역시 일요일이면 문을 닫는다. 나에겐 늦잠을 자도 자도 모자랄 일요일이건만 꼭두새벽부터 들려오는 찬송가에 뒤척여야 했던 것 역시 결코 좋은 기억은 아니다.

심지어 듣는 음악에서도 충격받은 적이 있다. 친구들끼리 서로서로 카세트테이프를 바꿔 듣는 일이 예사여서 이때 비로소 알게 된 CCM 문화는 정말로 낯설고도 충격적이었다. CCMContemporary Christian Music, 즉 '현대 기독교 음악'이라며 친구들이 들려주던 음악은 멜로디나 분위기도 내 취향과는 멀었지만, 특히나 '주님'이나 '은혜' 같은 어휘를 앞세운 얌전한 가요라는 느낌 또한 꽤나 의아했고 나아가 오싹했다. 그러니까 그걸 정말로 좋아서 듣고 심지어 따라 부른다는 사실을 평범한 고등학생이 받아들이기엔 너무나 어려웠다. 한동안은 놀리는 것도 어느 정도지 장난이 지나치다고 생각했을 정도였다. 정말로.

아주 괴상한 비유겠지만, 그들에겐 신이 아이돌이었다. '우상idol'
이란 본디 뜻과 비교하면 더욱 망측한 비유일 수 있는데, 그것보
다는 현대적인 의미, 무대 위의 아이돌과는 꽤나 흡사해 보였다.
사실 이 모든 게 외부인의 눈엔 대개 불필요하거나 부수적인 것에
불과해 보이는 데 반해, 어느 누군가에게는 삶의 중심이자 지향점
이라는 사실이 퍽 수상하고도 이상하게 느껴지는 점 또한 비슷하
지 않은가. 누구에게나 거리낌 없이 권장하고 단지 그것만으로 자
신들만의 커뮤니티를 공고하게 이루고 있다는 것마저도 생소했
다. 예민하게 굴고 싶진 않았지만, 그런 분위기가 당시 내게는 그
만큼 이질적으로 다가왔다. 그간 내게 종교는 기호에 불과했지만
누군가에게는 공기라는 사실이 말이다.

그렇다고 그 전까지 전혀 종교와 완벽히 무관했냐 하면 또 그건
아니다. 어릴 적엔 아주 친한 친구가 꼭 같이 가자고 해 천주교 성
당에서 주관하는 청소년 캠프에도 갔었고, 또 별로 친하지 않았던
친구의 꾐(?)에 빠져 교회에도 몇 번 나갔었다. 대부분 어떤 일이
있었는지는 잘 기억나진 않지만, 유독 무언가 의식을 치르는 과정
만큼은 역시나 괴상하게 느껴졌었다. 긴 시간을 할애해 부러 '설
교'를 듣고, 이상한 가사로 된 노래를 하고, 그사이 무수히 일어서
고 앉고를 반복하는 그 '형식'만큼은 도저히 이해할 수 없었다.

그래서 특히 재미있는 건 그 '균열'에 위치한 아이들이었다. 어

디나 마찬가지겠지만 교회나 성당에도 늘 신실한 청년만 있는 것은 아니다. 믿음을 의심하는 자는 곧 종교와 자신이 서 있는 위치에 스스로 균열을 내기 마련이다. 내부의 시선을 피해 울타리 밖으로 벗어나 객관적으로 바라본 종교란 대체로 그렇게 이상하게 보일 법하다. 종교에 투신한 성직자라면 그럴 수 있다지만, 아니 그래야만 한다지만 종교인이라는 이유만으로 강요당하는 규율과 규칙은 여전히 납득하기 힘들다. 특히나 기독교 신자들의 공고한 세계관을 뚫긴 더더욱 힘들다. 이 넓은 우주에 오로지 지구인만 존재할 뿐 외계인조차 있을 수 없다는데, 진화론조차 창조론에 비해 비과학적이라는데 무슨 얘기를 더 하겠는가. 그보다는 변변한 직업도 없는 목사 아들이 비싼 외제 차를 굴리는 데 충격받아 종교와 가까스로 절연했다는 '현타' 에피소드가 균열을 내기엔 더 적절해 보인다. 실제로 그제야 비로소 '인간'에게 눈을 돌리는 이들도 꽤 많은 듯하다.

신과 맞서는 인간

미우라 켄타로의 필생의 역작이 된 만화 〈베르세르크〉는 현존하는 대중문화 작품 중 가장 종교에 적대적이며 비판적인 텍스트 중 하나다. 특히 '단죄 편'에 이르면 아예 맹신과 광신이라는 이름으로 변질된 중세 기독교 세계관을 그대로 가져와 신의 이름을 지우고 이를 인간의 힘으로 다잡는다. 역병, 전쟁, 기아에 시달리는 뭇사람들에게 종교는 마르크스의 말 그대로 "인민의 아편"에 불과해 보인다. 메시아를 기다리는 이들에게 성직자들은 신을 앞세워 오로지 믿음과 헌신만을 강요한다. 이를 의심하거나 무조건적으로 따르지 않으면 이교도로 낙인찍혀 고문당하고 잔인하게 처형당할 따름이다.

〈베르세르크〉의 주인공 가츠는 한마디로 말해 이를 대검으로 박살 내는 인간의 대표자다. 그는, 인간을 초월한 자, 신의 대행자, 즉 사도使徒라 불리는 이에 대한 원한과 복수심을 동력 삼아 이들 초월자들에게 인간의 힘을 각인시키는 주역으로 작품 내내 활약한다. 그래서인지 스스로를 가리켜 신이라며 으스대는 이들을 힘겹게 쓰러뜨리는 가츠를 보며 느끼는 건 단순한 쾌감 그 이상의 것에 가깝다. 이를테면 "인간이라는 게 너의 한계"라며 인간의 미약한 힘을 비웃는 치들을 향해 오로지 인간의 힘만으로 맞서 이겨내는 장면에는 신이 없어도 살아갈 수 있는 인간의 가장 본질적인 토대마저 느껴진다.

악령과 맞닥뜨린 일촉즉발 상황에서도 가츠는 공포에 질린 성직자 파르네제에게 일갈한다. 신에게 기도하지 말라고. 두 손 모아 기도를 할 바에야 지금 "네가 쥐고 있는" 그 횃불을 휘두르라고 말이다. 신에게 의탁하지 않고 오로지 인간의 힘으로 헤쳐 나가야 한다는 이 말이 "도망쳐서 도착한 곳에 낙원이란 있을 수 없는 거야"라는 이 작품의 대표 명대사보다 더욱 상징적인 말처럼 느껴지는 것은 그 때문이다. 손을 놓고 기적을 바랄 바에야 주먹을 쥐고 휘두르는 게 낫다. 어쩌면 그게 미약한 인간이 늘 우선시해야 할 행동은 아닐까. 이렇듯 '단죄 편'은 내내 힘주어 종교가 인간의 힘을 오히려 억누른다 말한다. 기도는 신에게 나의 바람을 전달하는 것이 아니라, 그저 자신의 마음을 다스리는 법에 불과하다고. 마음을 가다듬었다면 다시금 스스로의 힘으로 일어나 맞서 싸우는 수밖에 없다고 말이다.

　종교의 본질은 본디 하찮은 인간이 조금이라도 더 바르게 살기 위한 한 가지 방편에 더 가깝다는 생각이다. 사실 바르게 사는 법은 누구도 알 수 없는 것이기에 조금이라도 더 정형화하기 위해 시간을 들여 여러 교리가 탄생했을 것이다. 그래서 어떤 종교는 정해진 시간에 하루에도 몇 번씩 기도를 올려야 하고, 또 어떤 종교는 육식이나 술을 금하기도 한다. 모든 사람들을 사랑으로 대하라는 것도, 고통으로 점철된 생에 자비로운 마음으로 임하라는 것도 마찬가지일 것이다. 그러나 지금 종교는 바르게 살기보다는 잘 살기 위한 지침에 더 가까워진 듯하다. 인간이 복을 바라는 게 잘못된 것은 아니지만, 기복신앙으로 변질된 현대의 종교는 마치 세금을 내지 않는 비즈니스에 더 가까워진 듯한 모양새다. 사회에

봉사하며 신의 이름으로 가난하고 약한 이에게 헌신하는 삶이 나쁠 리 없다. 하지만 그런 종교의 진짜 본질, 바르게 살기 위한 가르침은 어느새 돈 앞에 무력해지곤 했다. 스님들이 종파 내에서 권력 다툼을 벌이고, 목사가 누구보다 많은 부를 쌓고, 신부가 아이들을 은밀하게 추행하는 종교의 추악한 면을 단지 극소수의 이례적인 사례라고 단정할 수 있을까? 오히려 종교는 인간의 욕망과 결탁해 온갖 더러운 것을 무마하는 용도로 사용되고 있지는 않은가. 실은 세상 어떤 신이라도 결코 인간 위에 군림할 수는 없을 텐데도.

종교라는 모순

대학 때 들은 종교학 수업에서 한국 종교학의 거두라 불리는 교수는 이렇게 말했다. 이때까지 자신은 수백 가지의 종교를 연구했지만 크리스트교만큼 특이한 종교는 보지 못했다고. 우리 교리를 절대적으로 믿어야만 교인이라고 말하는 종교는 크리스트교가 거의 유일하다는 대목이 유독 기억에 남는다(여담이지만, 강의 마지막 날에서야 교수 자신 역시 기독교 신자라고 고백해서 꽤 놀랐던 기억도 난다). 그게 사실이든 아니든, 기독교가 현존하는 종교 중 가장 보수적인 세계를 강요한다는 것만큼은 분명해 보인다. 이는 기독교 근본주의가 비판받으면서도 언제고 공고한 지위를 누리는 미국에서조차 마찬가지다.

아마존프라임 드라마 〈더 보이즈〉(2019)에서는 늘 선을 넘는 작품의 인장 그대로 미국의 기독교 근본주의를 작정하고 날것의 말로 비판한다. 이를테면 주님을 가리켜 "엄청난 망나니"라고 칭하는 식이다. 그러고는 "아이들을 아프게 하거나 대학살에 흥분하고. 총체적 난국은, 인류에 대한 해결책으로 자기 아들을 널빤지에 못 박아 죽이는 거였고요. 그게 바로 망나니짓"이라고 부연한다. 피식 웃음이 나오는 대목이기도 하지만 한편으로는 2천 년 전에 살던 사람들의 생활 방식과는 완전히 달라진 우리 세상에 있어 성경의 가르침 또한 변화하지 않을 수 없다는 것을 적시하는 메시지이기도 하다. 아직까지도 2천 년도 훨씬 전 그 옛날 사고방식 그대로 동성애조차 금기시하다 못해 적대시하며, 다른 종교나 신은 결코 인정할 수 없으니 네 이웃을 '골라서' 사랑하라는 말을 그대로 받아들이라는 의미라면 이제는 달라져야 하지 않을까.

종교 역시 인간이 만든 도구일 뿐이다. 우리 인간이 살아가는 데 있어 참고할 만한 좋은 내비게이션이 되면 그뿐이다. 그러니 아편으로까지 폄하할 이유도 없지만 그렇다고 도구 이상이 되어서도 곤란하다. 무슨 일이고 신을 앞세우는 '간편한' 방식도 지양해야 옳다. 종교가 모든 가치를 앞지를 때 벌어졌던 학살과 전쟁, 상식에 어긋나는 판단으로 말미암은 촌극을 우리는 역사와 현실을 통해 몇 번이고 보아왔다. 때로는 시장이란 작자가 서울을 봉헌하기도 했고, 강남 한복판에서 스님이 조계종 노조원을 폭행하는 모습도 보아야만 했다. 독재 시대에는 종교가 현실 정치에 관여할 수는 없다면서 뒷짐 지고 있더니만, 민주화 이후에는 아예 정당을 만들어 정치력을 행사하려는 이율배반적인 자세 역시 그러하다.

만약 신이 정말로 절대자라 할지라도 인간의 자유의지를 넘어서는 법은 있을 수 없다. 가공할 초능력을 통해 문자 그대로 인간 세계의 신이 되어버린 슈퍼맨을 그린 만화 〈슈퍼맨: 레드 선〉의 결말부에서도 슈퍼맨은 마침내 스스로의 행동을 반성한다. 모든 것을 통제해 오직 선의로 가득한 세상을 꿈꾸던 그의 계획은 결과적으로 인류 모두가 선의를 '가장'한 완벽한 통제 사회를 만들어냈을 뿐이다. 그의 말마따나 "이건 세상의 자연스러운 모습이 아니"다. "그들을 그냥 내버려둔다면 그들은 최소한 자신의 의지로 다시 실수를 저지를 수 있는 결정권이 있겠지." 그게 신으로 군림했던 슈퍼맨의 결론이다.

그러니 명백한 절대자가 존재하지 않는 우리 세계에서는 늘 자신의 의지로 적당히 실수하며 살아갈 따름이다. 기도나 신은 왼손 같은 거라 단지 거들 뿐이고. 도구에 잠식당하지 않으려면 결국 인간의 힘을 믿어야 한다. 신이 모든 걸 책임져준다면 그걸 인생,

즉 사람의 삶이라고 할 수 있을까? 어차피 인간이 만든 것이 종교라면 고작 도구에 휘둘리는 일은 없어야 하지 않을까? 세상 어떤 신도 인간을 이길 수 없다. 이미 가츠가 증명했다.

왜 책을 읽느냐고 묻는 이에게
〈사가〉

> 책 한 권에 모든 해답이 들어 있다고 생각하는 사람은, 책을 충분히 읽지 않은 거야.
>
> - 〈사가〉 6권 중

2년 전쯤, 물물교환 서비스 앱인 '당근마켓'을 통해 동네 독서 모임을 만들었다. 대단한 목적 같은 게 있었던 건 아니고 그저 서로 책을 빌려주고 빌리는 간단한 형식을 통해 가까운 곳에 자주볼 수 있는 동네 친구라도 만들면 좋겠다는 아주 사소한 욕망과 아이디어를 앱이 손쉽게 뒷받침해줬을 뿐이다. 그래서 모인 다섯명에서 어느 토요일 오후 첫 모임을 가졌다. 몇몇 분은 미리 채팅을 통해 일본 미스터리를 좋아한다 해서 나로서는 생각보다도 훨씬 기꺼운 마음을 품고 나갈 수 있었다.

단지 너무나도 기쁜 마음에 모임에 나가기 전부터 몇몇 친구들에게 이런 모임을 만들었다는 이야기를 자랑스레 하곤 했다. 그런데 다들 하는 얘기가 비슷했으니 나가서 '나대지 마라'는 것이었다. 말인즉슨, 글을 쓰네, 작가입네 하며 군이 티 내지 말라는 조언이었다. 별다른 첨언이 필요하지 않을 정도로 그 속뜻을 충분히이해했다. 애초에 나 역시 책을 좋아하는 사람끼리 만나는 소소한자리로 생각했기에 처음부터 그렇게 마음먹고 있었던 터이기도했고. 그런데 조금 일찍 도착해서 먼저 온 한 분과 얘기를 나누다보니 몇 마디 안 뗀 사이 대뜸 물어보시는 게 아닌가. 무슨 일 하는분이냐고. 생각보다 너무 이른 타이밍이라 당황하긴 했지만 곧 준비해 온 답을 내어드렸다. 책과 관련한 일을 하고 있다고. "프리랜서라 편집도 하고 기획도 하고 잡다하게 주어진 일을 하고 있어요." 전부 사실이다.

그러고는 곧 다섯 명 전원이 다 모였다. 초면에 좀 덜 뻘쭘하라고 나부터 자기소개를 했다. 모임을 만든 주최자며 사는 곳 정도만 소개한 다음 '원고 노동자'라는 사실은 애써 빼놓은 채 차례를넘겼다. 그런데 다른 분들 순서 때마다 깜짝 놀랄 수밖에 없었는데 회원 네 분 중 작가가 두 명이나 있었기 때문이다. 한 분은 출간을 앞둔 소설가였고, 다른 한 분은 현역 번역가이자 작가였다. 결국 나 역시 마지못해, 그러니까 군이 거짓말을 하려 한 건 아니라는 사실을 알리고자 그간 책도 몇 권 썼고 대체로 글을 써서 먹고 살고 있다고 왜인지 모르게 부끄러운 마음으로 고백하듯 말할 수밖에 없었다. 그리고 나니 글을 써서 먹고사는 사람이 다섯 명 중 세 명, 무려 60퍼센트에 이르는 모임이 되어버렸다. 이후 한 분은 다음 모임 때 책만 반납하고 탈퇴했고, 다른 한 분은 이후에도 여러 번 나왔지만 이사를 가 매번 모임에 나오는 게 버겁다며 나가셨다. 그렇게 세 명만 남았다. 이제 이 중 글 쓰는 사람은 두 명. 퍼센티지는 무려 66.6퍼센트까지 상승했다.

별다른 이야기를 하려는 게 아니다. 결국 책을 읽는 사람은 책과 관련한 일을 하는 사람일 수밖에 없나 하는 결코 믿고 싶지 않은 현실을 실례로 마주한 게 살짝 충격적이었다고나 할까. 딱히 그런 건 아니지만, 업계 종사자라고 하면 뭔가 취미라기보다는 필요에 의해 읽는다는 느낌이 들기도 하고. 그만큼 책을 읽는 사람이 아주 희귀해진 시대다. 인구가 줄어드는 가운데 독서 인구는 더더욱 빠른 속도로 줄고 있다. 실제로 문화체육관광부에서 실시한 '국민 독서실태 조사'에 따르면 종합 독서율(최근 1년 내 종이책, 전자책, 오디오북 중 1권 이상 읽은 비율)은 매년 지속적으로 하락해 2023년에는 43.0퍼센트로 나타났다. 즉, 연간 책을 단 한 권도 읽지 않는 사람이 전체 조사 대상 중 57퍼센트나 된다는 말이다. 무려 절반 이상이 책을 아예 읽지 않는다는 것이니 이것이야말로 출판계가 불황이라는 이야기가 어제오늘의 일이 아닌 결정적 이유다. 코로나 시대를 맞이하야 잠시 독서에 눈을 돌린 이들이 많이 생긴 듯했으나 사회적 거리두기가 해제된 후부터는 신기루처럼 사라졌다. 건너 들은 이야기인데, 한 베테랑 편집자가 말하길 한국 사람들은 책을 싫어하는 게 아니라 아예 '책을 혐오한다'고 그랬다던가. 정말 그 말이 딱이다. 자조와 고소가 뒤섞인 말이긴 하지만 책을 혐오하지 않고서야 어떻게 이렇게까지 책을 안 사고 안 읽느냐는 항변(혹은 체념)으로는 전혀 부족함이 없어 보인다.

심지어는 그 독서 모임에서조차도 본의 아니게 내가 유독 책을 많이 읽는구나 하는 생각마저 들었다. 아무래도 다들 장르소설 위주로 좋아하다 보니 빌려주려는 책들 대부분이 본 책이었고 심지어 소장 중인 책인 경우가 많았기 때문이다. 겨우 나 정도로 많이 읽은 축에 껴도 되나 싶은 마음에 또 생각이 복잡해지는 와중, 도대체 빌려줄 책이 없다고 난감해하는 회원들 때문에 더더욱 미안하기까지 했다.

그냥, 책을 읽을 뿐

그렇다고 정말로 엄청나게 많이 읽느냐 하면 꼭 그렇지도 않은 게 1년에 완독하는 책은 매년 채 100권이 되지 않는다(만화책과 읽다 만 책을 포함하면 엄청나게 늘어날 것도 같지만 일단은). 누군가는 내가 당연히 속독할 거라고 생각하기도 하는데, 전혀 그렇지 않다. 굳이 속독할 이유도 없고, 책을 읽는 것은 내겐 휴식 같은 행위라 그럴 필요도 없다. 다만 남들보다 아주 조금 읽는 속도가 빠른 것 같기도 하지만, 그것보다는 꽤 많은 시간을 들여 책을 읽는다는 점이 결국 차이를 만드는 게 아닐까 싶다. 나는 TV를 틀어놓고 야구를 보며 뉴스를 들으며 책을 읽는다. 자기 전에도 졸리기 직전까지 읽고, 화장실에서도 읽는다. 여행 중에도 이동하는 시간은 책을 읽을 수 있어 잘됐다고 생각하는 편이다.

게다가 읽고 있는 책들 십수 권을 테이블에 아무렇게나 쌓아놓고 내킬 때마다 아무 책이나 들고 읽는다. 오래전 신입 기자 시절 인터뷰 차 만난 최동훈 감독과 독서에 대해 길게 이야기를 나눌 기회가 있었는데 최 감독 역시 그냥 여기저기 쌓여 있는 책을 집히는 대로 읽는다고 대수롭지 않게 말했던 게 기억난다. 그때는 인터뷰를 위한 대답인가 싶어(약간은 별종처럼 보이고 싶어 하는?) 선뜻 이해가 되지 않았는데 10년 이상 혼자 살고 있는 지금은 십분 이해한다. 게다가 영상 작품을 감상하는 데는 보는 사이 잠깐 딴생각이라도 하면 따라갈 수 없어 생각보다 많은 에너지가 소모되는 반면, 독서는 나 스스로 속도와 양을 정할 수 있는, 그야말로 완벽히 제어할 수 있는 행위다. 이해되지 않으면 몇 번이든 반복해서 읽어도 되고, 아무 때고 책장을 덮어도 상관없다.

무엇보다 재미있다. 내가 읽는 책의 90퍼센트 이상은 장르소설이니 사실 그리 대단한 책을 읽는 것도 아니다. 다시 말해 책을 읽는 건 칭찬받거나 혹은 추앙받을 고고한 행위가 절대 아니라는 것이다. 그러니까 다시 최동훈 감독의 말을 빌리자면 그중 대부분은 "전부 다 허접한 삼류 추리물 쓰는 아저씨들"의 책일지도 모른다("삼류 추리물"이라고 하니 굉장히 낮잡아 본 것처럼 들리지만 그런 유의 소설 중에도 대가로 평가받는 작가와 작품 또한 부지기수라는 걸 서로 잘 알고 있다는 맥락에서 건넨 농담 같은 말로 기억한다). 그러니까 나로서는 책을 읽지 않을 재간이 없다는 얘기다.

책도 나름 많이 산다. 그렇게 산 책을 다 읽냐고들 자주 물어보는데 그럴 리가 없지 않은가. 책은 산 책 중에 읽는 거고, 산 책은 언젠가 읽을 게 분명하기 때문에 망설임 없이 구입할 뿐이다. 언젠가 한 기관지로부터 '게임은 '현질'을 하면서 왜 책 구매에는 인색할까?'라는 주제의 원고를 청탁받은 적이 있었는데 이때도 여러 논거 가운데 이를 언급할 수밖에 없었다. "사놓고 읽지 않는 책을 죄악시하는 강박은 사실 책을 하나의 상품으로 보자면 굉장히 독특한 사고라 할 만하다"고. 당장 옷장만 열어도 안 입는 옷이 허다할 텐데도 유독 책 구매에는 왜 그리 인색하냐 이 말이다. 그러니 언젠가 반드시 읽을 책을 사는 게 기쁘지 않을 도리가 없다.

이유 따위 있을 리가

우주판 〈로미오와 줄리엣〉을 자처하는 스페이스 오페라 코믹스 〈사가〉는 주인공 커플의 모험을 어느 로맨스소설에 감명받아 감행한 것으로 그린다. 그러나 막상 일부러 찾아가 만난 책의 저자는 그렇게 대단한 현자도 위인도 아니었고, 그 책의 내용이라는 것 역시 처음부터 그저 그런 통속적인 로맨스에 불과하다. 그러니 그 책을 마치 성경이라도 되듯 지침 삼아(물론 성경도 그대로 따를 건 못 되지만) 모든 고난을 극복하고 사랑을 완성해야 한다고 믿는 두 남녀의 이야기는 어딘지 풍자적으로 보이기까지 한다. 매 순간 둘의 동인이 너무나도 의심스럽다. 그리고 결국 이들을 향해 "책 한 권에 모든 해답이 들어 있다고 생각하는 사람은, 책을 충분히 읽지 않은 거야"라는 말로 그 까끌까끌하게 돋아 있던 의심을 곧 풍자의 영역으로 돌려놓는다.

결국 정답을 알 수 없기에 또 책을 읽는다. 그렇게 재미있어서 읽다 보니 지식도 얻고 생각의 외연도 확장된다. 그래서 선인들께서 그렇게 책을 읽으라고 하신 건데 그러거나 말거나 결국 책장 안에서 재미를 발견하지 못한 이들은 다시금 내게 질문한다. 꼭 책을 읽어야 하냐고. 강연료를 받는 강의에서야 최선을 다해 다듬은 좋은 말로 그래도 읽는 게 좋다는 이야기를 대충 그럴듯한 근거를 들어 상냥한 말씨로 건네곤 했지만, 만약 면전에서 사적으로 물어보는 말이라면 이제는 이렇게 말하고 싶다. 앞으로 평생 책 같은 건 단 한 권도 읽지 말고 살라고. 그렇게 '저주'하고 싶다.

자기계발서를 열심히 읽는 부류는 그나마 나을지 모르지만 그럼에도 내심 차라리 소설을 읽는 걸 권하고 싶은 마음이 굴뚝같다. 소설에 비하면 자기계발서는 정말로 협소한 장르다. 우선 성공이라는 목표가 그러하다. 더욱이 작가 개인의 성공은 극소수의 실례만 존재할 뿐 그것이 정말로 읽는 이에게 적용될 거란 믿음은 사실상 자기최면에 가깝다. 그에 비하면 소설은 인생과 인간의 구석구석을 폭넓게 파고든다. 픽션이라는 본래 의미 그대로 온갖 허구의 것을 가정함으로써 오히려 현실보다 더욱 많은 것을 들여다보게끔 이끈다. 무라카미 하루키가 옴진리교의 사린 가스 살포 대참사의 관계자 140명을 인터뷰한 논픽션 〈언더그라운드〉에 담긴 공통 질문 역시 이러한 맥락에서 생각할 여지를 남긴다. "당신은 소설을 열심히 읽었습니까?" 신기하게도 인터뷰에 응한 신자들은 하나같이 소설에는 별다른 관심이 없었다고 대답한다. 그래서였을까. 이들 대다수는 아사하라 쇼코 교주가 내세운 황당한 예언을 맹신하며 그가 꾸며낸 '세계관'을 그대로 받아들였다. 무라카미 하루키는 이를 "픽션이 본래적으로 발휘하는 작용에 대한 면역성을 갖추지 못했다"고 결론 내렸다. 즉 픽션에 익숙하지 않은 신자들이 아사하라가 제시한 허구 세계를 액면 그대로 수용함으로써 이런 허황된 일이 벌어지지 않았나 추측한 것이다. 소설가인 그는 한 발 더 나아가 소설이란 단순히 유희만을 위한 것이 아니라 누구나의 삶에 반드시 관여해야만 하는 필수 요소란 점을 잔혹한 실례를 들어 강조한 것으로도 보인다. 그러니 소설에 경도된 나 같은 작자가 보기에 자기계발서란, 책을 쓴 당사자 한 명만 계발하는 것으로 보일 따름이다. 자기계발서야말로 우연한 성공을 필연의 밑밥으로 가장해 헌금을 강요하는 자본주의라는 종교의 첨병이라고. 책을 읽고 더 나은 사람이 되었다며 읽은 이의 원죄를 사해주는 듯한 자기계발서엔 아직까지도 덮어놓고 거부감이 드는 이유다.

때때로 사람과 마주하는 게 두렵거나 귀찮아 책으로 도망쳤다는 이야기도 종종 들린다. 들을 때마다 드는 생각은 '뭐 어때'다. 책으로 도망치는 건 부끄럽지도 않을뿐더러 도움도 되지 않던가. 책 안에 길이 있다? 분명 있다. 하지만 길이 있어서 걷는 건 아니다. 걷기 때문에 길이 생기는 거니까. 나는 그래서 모두가 책으로 도망치고 휴식하고 놀고 이야기하길 바란다. 더 이상 왜 책을 읽어야 하냐고 아무도 묻지 않았으면 한다. 장르소설에 대해 함께 이야기할 친구들이 아직도 더 많이 많이 필요하다.

도구의 정석
〈던전밥〉

> "스푼은 이렇게 쥐게."
>
> "그거야 내 마음이지! 난 이게 제일 편해!"
>
> "그렇겠지. 익숙하지 않은 방식으로 들라고 강요하니 귀찮기만 하겠지. 허나 보게. 저것은 부엌칼 중에서도 슬라이서라 불리는 것일세. 고기를 썰 때 쓰며, 날이 길고 예리해 참으로 무서워 보이네만, 얇고 가늘지. 저것을 저런 식으로 쥐고 휘두르면 어떻게 될까. (…) 이처럼 도구의 능력을 제대로 이끌어내지 못해 불이익을 당할 가능성이 있네! (…) 도구를 드는 방식에 좋고 나쁨이 있는 이유가 뭘까? 한번 생각해주었으면 하네."
>
> - 〈던전밥〉 6권 중

예전 대학교 동아리방에 '다솜'이란 이름의 공용 노트가 있었다.

동아리원들이 자유로이 쓰고 싶은 말을 기록하는 일종의 단체 일기장 정도 되는 물건으로, 누군가 글을 쓰면 그 옆에 직접 메모를 남기며 의견도 나누고 정보도 공유하는 그런 종류의 노트였다. 나중에 홈페이지가 더 활발히 운영되면서 모두가 글을 쓰고 댓글을 다는 공간은 슬그머니 온라인으로 넘어갔지만, 육필로 마주한 '다솜'과는 어쩐지 사용하는 방법이나 느낌이 전혀 달랐던 것 같다. 소통의 정도나 오해의 정도까지 모두 다 말이다.

가령 노트를 함께 쓰다 보니 이런 일도 있었다. 한번은 한 선배의 글을 읽다 나도 모르게 맞춤법을 교정해버린 적이 있었다. 사실 나만 처음 그런 것도 아니고 그동안에도 몇몇 선배들과 돌아가면서 정말 이건 못 참겠다 싶은 엉뚱한 철자법에 종종 '빨간펜'을 들이대곤 했다. 예를 들어 부사 '대개'를 '대게'로 쓴다든지, '어차피於此彼'를 '어짜피'로 쓴 것을 동그라미 치고 고치는 식이었다. 당연히 망신을 주려는 의도 따위 있을 리 없다. 실제로 많이들 틀리는 거니 제대로 알면 좋지 않을까 싶은 생각 절반에, 그저 너무 거슬려 고쳐야겠다 생각한 것 절반 정도였을까. 나 역시 교열의 대상이 된 적도 있고. 하지만 누구나 그렇게 가볍게 생각한 건 아니어서 그 선배만큼은 그게 뭐라고 불같이 화를 냈다. 이유는 간단했다. 자기 글의 내용이나 의도는 읽지도 않고 고작 철자법이나 손대고 있는 게 너무 불쾌하다는 것이었다. 생각해보건대 실은 그것도 반반이었다. 실제로 글을 읽기는 했는데, 어쩐지 별로 신뢰는 안 가 중간부터는 대충 읽었던 것 같다.

글쓰기 강의를 할 때마다 가능하면 하고 싶지 않은 이야기가 두 가지 있는데, 그 첫 번째가 바로 맞춤법이다. 하고 싶지 않은 이유는, 그냥 너무나 당연해서다. 그럼에도 많이들 간과하고 있는 터라 한 번쯤 강조하고 싶은 마음에 PPT에 한 대목 넣고 꼭 짚고 넘어가곤 한다. 혹시라도 강의를 듣는 사람들에게 그런 뻔한 얘기를 하느냐 소릴 들을까 봐 늘 내키지는 않는다. 하지만 의외로 많은 사람들이 여기에 큰 노력을 기울이지 않는다. 띄어쓰기같이 프로들조차 헷갈려 하는 부분은 어쩔 수 없다손 치더라도 아주 기본적인 맞춤법을 계속 틀린 글을 볼 때는 애초에 글쓴이와 글에 대한 신뢰가 바닥을 치는 게 당연하다. 만약 공식적인 심사였다면 이것만으로도 100퍼센트 탈락 조건에 부합한다. 공적 공간에 노출된 글 역시 크게 다르지 않다.

단지 맞춤법이 조금 틀렸을 뿐 멋진 글도 있지 않으냐고? 단언컨대, 없다. 단순한 실수조차 용납하지 못한다는 뜻이 아니다. 실수는 누구나 할 수 있다. 다만 가장 기본 중의 기본이 되어 있지 않으면 그것만으로도 글은 물론 글쓴이 역시 신뢰하기 힘들다는 의미다. 여전히 '외않되'냐고 물으신다면 더 할 말이 없고. 맞춤법 외에 하고 싶지 않은 나머지 이야기 역시 별것 아니다. 책을 가능한

한 많이 읽으라는 것인데, 이 또한 누군가에게는 너무나 당연한 얘기라 별로 하고 싶지 않을 뿐이다. 그럼에도 반드시라고 해도 좋을 확률로 '(책 같은 거) 안 읽어도 되지 않냐'고 반문하는 사람이 있어 이제는 오기로라도 하게 된다. 그편이 재미있기도 하고.

먹기만 하면 그만?

맞춤법 지적에 화를 내며 무의미하다 치부하거나 혹은 당연한 이야기로 여기는 것과 마찬가지인 것이 하나 더 있으니, 바로 젓가락질이다. 꼰대질이 연속 두 번인 데다 꼰대 중의 '개꼰대'라 여길 정도의 주제라는 걸 잘 안다. 순전히 개인의 영역이라 여기는 탓일까. 그런데 실은 이게 다 그놈의 DJ DOC 때문이다. "젓가락질 잘해야만 밥을 먹나요 / 잘못해도 서툴러도 밥 잘 먹어요"라는 노래가 대히트한 덕에 이후 젓가락질은 교정해야 할 대상에서 완전히 제외돼버리고 말았다. 어디 그뿐인가. 지적이라도 할라치면 이제는 마치 역린이라도 건드린 양 대개는 발끈하기 일쑤다. 심지어 열에 아홉은, 아니 백이면 백, 반박 근거는 DJ DOC다. 젓가락질 못해도 밥만 잘 먹는다고. 그렇게 이 땅에 개성 있는 젓가락질이 넘쳐나기 시작했다.

솔직히 남의 젓가락질을 탓할 만큼 한가하지도 않고 애초에 남이 어떻게 살든 말든 신경 쓰는 타입도 아니다. 단, 나랑 같이 식사

하면서 흘리지만 않는다면 말이다. 밥만 잘 먹으면 그만이라지만 입에 집어넣기는 한다는 '결과'에만 방점을 찍은 DJ DOC의 항변은, 틀렸다. 그들이 가사에서 언급한 젓가락질이 개개인의 개성에 대한 제유법이 아니라 그냥 직설법이었다면 더더욱. 정석이 아닌 개성 넘치는 젓가락질로는 한식 카테고리 아래 놓인 온갖 형태의 반찬을 꽤 높은 확률로 흘리기 십상이다. 찌개 냄비에 담긴 면조차 난관이다. 자기 그릇에 옮겨 담을 때마다 늘 위태위태하기 마련이다. 그러다 결국 후루룩 떨구기 일쑤고. 생선 살은 마구 헤집어 놓는 데다 아예 적당한 크기로 살점을 들어내기도 힘들다. 부침개를 중력을 이용해 찢어내고, 떡볶이를 창질을 해서 먹는다. 그래도 밥만 먹으면 된다고? 별로 불편하지 않다고? 생각보다 많이 흘리지 않는다고? 아무리 변명을 해도 결국 도구를 사용하는 데에는 좋고 나쁨이 있기 마련이다. 결과가 아닌 수많은 과정을 통해 아마 스스로도 느꼈을 것이다. 그럼에도 바꿀 여력도 없거니와 마음도 동하지 않고 괜스레 지는 기분마저 든다. 결정적으로 과거 몇 차례 시도해보고 느낀건대 그냥 더 불편했을 뿐이고.

정석을 익혀야 하는 이유

판타지 세계의 '먹고사니즘'을 충실히 그려낸 만화 〈던전밥〉에도 아니나 다를까 식사 도구에 관한 대목이 나온다. 수인獸人 이즈츠미가 일행을 습격한 다음 처음 음식 대접을 받는 장면인데, 이제껏 주인공 라이오스 일행에게선 전혀 볼 수 없던 문제의식을 선보인다. 요약하자면 "식사 매너가 끝장이야"라는 게 다른 관전자들의 평이다. 이즈츠미는 스푼도 제대로 들지 않고, 그릇을 혀로 핥고, 쩝쩝대며, 심지어 먹기 싫은 버섯은 건져내 바닥에 버리기까지 한다. 마물이 출몰하는 던전에서 생존하기 위해선 무엇보다 영양소가 균등히 배분된 식사를 적당한 시간을 두고 충분히 공급해야 한다는 지론을 가진 요리장 센시가 이를 가만둘 리 없다. 무서운 얼굴로 이즈츠미를 향해 스푼을 바르게 들라며, 바닥에 버린 것을 주우라며 그를 나무란다. 그리고 하필이면 목에 새겨진 주술을 해제하던 도중 이즈츠미가 여기 발끈하는 바람에 주술이 발동하고 요괴 야맘바가 나타나 칼로 일행을 공격한다.

이 와중에도 훈계를 그치지 않던 센시는 마구잡이로 칼을 휘두르는 야맘바의 공격을 마침내 냄비로 막아낸다. 이때 길고 가늘고 얇은 부엌칼인 슬라이서를 거꾸로 쥐고 내려친 탓에 야맘바의 칼은 똑 부러진다. 이 틈을 놓치지 않고 라이오스 파티는 힘을 모아 야맘바를 제압한다. 센시는 "이처럼 도구의 능력을 제대로 이끌어내지 못해 불이익을 당할 가능성이 있"다며 다시금 이즈츠미의 손에 스푼을 고쳐 쥐여준다. "도구를 드는 방식에 좋고 나쁨이 있는 이유"를 생각해달라면서.

그러고 보니 언젠가는 젓가락질을 야구 배팅에 비유하며 시종일관 면을 식탁에 흘리던 친구도 생각난다. 양준혁은 정석적인 타격이 아닌 일명 '만세 타법'으로 '양신'이 되었다고 그랬던가. 애초에 그 젓가락질이 만세 타법과 비슷하기나 했는지조차 의심스럽지만, 알다시피 우수한 선수는 기본과 정석을 철저히 익힌 다음에서야 비로소 자신의 개성을 더하는 법이다. 양준혁 선수의 만세 타법 역시 나이가 들면서 감쇠한 운동신경을 만회하기 위해 개발한 것으로 안다. 게다가 원래 야구는 같은 배트를 들고도 단타를 치는 법, 장타를 치는 동작이 다 다르다. 심지어 그 배트로 번트를 대기도 한다. 이 모든 걸 자연스레 응용하기 위해선 더더욱 정석이 단단히 뒷받침되어야만 할 것이다. 마찬가지로 글이나 젓가락질에도, 또 인간이 사용하는 모든 도구나 수법에는 정해진 방식과 기본기가 있다. 그래서인지 어떤 분야라도 기본을 익히는 일은 늘 따분하기 마련이다. 그런데도 우리는 알게 모르게 그 따분한 일을 몇 번이고 해내지 않았던가. 여전히 세상 모든 반찬에 번트만 댈 셈이라면 어쩔 수 없지만.

———

사족

: 노파심에서 말하지만, 앞서 언급한 '맞춤법'과 '젓가락질'은 순전히 제유법이다.

바트먼은 떠올리지 마
〈더 베어〉

"루이스 카스티요가 좌측 펜스로 파울볼을 쳐냈어. 눈에 그려지는 듯했지. 모이세스 알루가 그 공을 잡고 아웃 네 개만 잡으면 월드시리즈였던 거야. 하지만 모이세스가 공을 잡으려고 했을 때 펜스 바로 앞에 있던 팬이 메이저리그의 어느 팬이라도 할 만한 짓을 저질러버린 거야. 그 파울볼을 잡으려고 한 거지. 둘의 글러브가 부딪혔고 결국 파울볼을 놓쳤어. 감히 우승을 노려?"

"바트먼 사건이군요."

(…)

"다들 바트먼을 죽이겠다고 난리였어. 하지만 진짜 실책은 곤잘레스의 실책이었지. 8실점으로 이어졌거든. 근데 바트먼 때문에 모두 없던 일이 된 거야. 진짜 실책을 저지른 선수보다 바트먼을 탓하는 게 쉬웠으니까. 바트먼은 그냥 평범한 팬이었어. 그냥 헤드폰 쓰고 파울볼 잡으려던 거였지. 리글리 필드에서 야구를 즐기면서 말이야. 그러다가 혼자 뒤집어쓴 거지. 공에서 눈을 뗀 선수들을 대신해서 말이야."

"그러니까 바트먼이 되지 말자는 말씀이죠?"

"아니지, 꼴통아. 공에서 눈을 떼지 말라는 거야."

- 〈더 베어〉 시즌2 9화, 지미 삼촌이 카르멘에게 해준 조언 중

예나 지금이나 창업 0순위일 만큼 만만한 게 요식업이라지만 아이러니하게도 통계상 3년을 버티기 힘든 게 우리네 현실이다. 성공한 요식업 사업가인 백종원이 이만큼 뜬 것도 실은 그런 가혹한 이유에 빚진 바 크다. 막상 식당 부엌 뒤편으로 가보니 경기 탓, 세상 탓까지 갈 것도 없이 기본조차 제대로 갖추지 못한 곳이 너무나도 많았던 것이다. 문제점을 발견하고 이를 전시하는 것만으로도 사람들의 관심을 끄는 건 어렵지 않았다. 여기에 더해 세심한 조언으로 뒷받침하고 때로는 준엄하게 꾸짖어가며 마치 '약자의 갱생'에 투신하는 듯 연기하는 그의 여러 면면을 통해 어찌 됐든 음식점이 감춘 신화는 낱낱이 해체됐다.

FX프로덕션에서 제작해 국내에선 디즈니플러스를 통해 스트리밍 중인 드라마 〈더 베어〉(2022~)를 보면서 무심히 그런 가공의 신

화를 기대한 것은 순전히 이런 백종원의 잔영 때문이었을 것이다. 물론 그런 기대는 1화부터 와장창 깨진다. 주인공 카르멘(제러미 앨런 화이트)은 유명한 파인 다이닝 레스토랑에서 경력을 쌓아 심지어 '올해의 셰프'로도 꼽힌 적 있는 전도유망한 요리사다. 그런 그가 고향 시카고로 돌아와 형의 샌드위치집을 물려받는다. 형의 갑작스러운 죽음만으로도 얼떨떨한 판국이건만 형이 남긴 샌드위치 가게는 오랜 역사가 무색하게 모든 것이 엉망진창이다. 제대로 된 시스템 하나 없이 오합지졸 직원들과 식당을 이끌어가는 건 당연히 뛰어난 요리 실력만으로는 해결할 수 없는 일이다. 수셰프 시드니의 말마따나 애초에 "미국 전역 통틀어 제일가는 식당에서 제일가는 굉장한 셰프"가 고작 이런 곳에서 부러 좌충우돌하는지부터가 의아할 따름이다. 어쨌든 카르멘이 요리사 특유의 강력한 카리스마로 이 모든 혼란을 금세 종식시키고 모두가 식당 주인인 양 행세하는 직원들을 하나로 규합해내는 건 아닐까 내심 기대했다. 아쉽게도 카르멘은 백종원이 아니었다. 미디어를 등에 업은 것도 아니고, 애초에 권위로 이들을 찍어 누를 생각도 능력도 없었다.

우선 문제를 대하는 방식부터 정반대다. 샌드위치 가게 '비프'의 문제점은 한두 가지가 아니지만 그중 가장 큰 문제는 단연 리치(에본 모스 바흐라흐)처럼 보일 법하다. 직원인 리치는 다른 이들과 달리 요리를 전담하는 것도 아니면서 온갖 곳에 다 관여하며 쉴 새 없이 누군가와 수다를 떤다. 마치 자신이야말로 이곳 '비프'의 터줏대감이며 실질적 리더라며 카르멘을 압박하는 것처럼 보일 지경이다. 문득 그래서 카르멘이 식당을 바로세우는 일은 저 작자부터 찍어 누르는 데서 시작하겠구나, 아니 아예 내쫓는 데서 기틀을 세우겠거니 막연히 상상했다. 하지만 그런 일 역시 벌어지지 않았다. 카르멘은 리치를 시종일관 '사촌cousin'이라 호칭하는 그대로 마치 떼려야 뗄 수 없는 그놈의 핏줄 때문에 기어이 안고 갈 수밖에 없는 존재로 여기는 듯하다. 하지만 여기 작은 반전이 있었으니 사촌이란 건 그만큼 친한 사이를 의미하는 것에 불과해 애초에 둘은 혈연관계조차 아니었던 것이다.

그런 리치를 당연하다는 듯 계속 옆에 두는 것처럼 카르멘은 심각한 경영난에도 직원 누구 하나 내치지 않는다. 그는 그저 묵묵히 자기 일을 한다. 그리고 주방 직원 모두에게 한껏 존중하는 마음을 담아 '셰프'라 칭하면서 이들 모두가 자신의 능력을 발휘하도록 보조한다. 그럼에도 식당은 시즌1 말미에 결국 폐업 수순을 밟는다. 물론 그와 동시에 카르멘은 자신의 성姓인 베어자토Berzatto에서 착안한 상호이자 드라마의 제목이기도 한 '더 베어'를 내건 파인 다이닝 레스토랑을 창업하기로 하면서 이들 모두와 함께 새로운 시작을 알린다.

수프에 녹인 진득한 드라마

　〈더 베어〉는 요식업계의 내부를 섬세하고 현실적으로 그려내 호평받은 드라마로, 시즌2에 이르러서는 레스토랑 '더 베어'의 창업 과정과 그에 따른 해프닝을 빼곡히 담아내면서 최대 장점으로 꼽히는 하이퍼 리얼리즘에 더욱 힘을 실었다. '〈위플래쉬〉의 요식업 버전'이란 수식 역시 그런 의미에서의 찬사일 테지만 〈더 베어〉의 매력이나 장점은 단지 그런 배경에만 머물지 않는다. 실은 그 이전에 카르멘이라는 작고 유약한 인물을 중심에 두고 현실이란 높다란 벽 앞에 선 작은 인간들 하나하나를 깊이 있고도 유머러스하게 포착한 훌륭한 휴먼 드라마다. 예컨대 카르멘의 형인 마이클의 갑작스러운 죽음이 병사나 사고사가 아니라 자살이란 사실만 하더라도 동생의 가슴에 남긴 상처의 크기를 짐작하기 힘들다. '비프'는 그런 형이 마지막까지 몸담은 곳이었으니 그는 이곳에 서려 있는 어느 하나 허투루 볼 수 없었을 것이다. 게다가 미국 최고의 레스토랑 셰프라는 경력마저도 한 꺼풀 들추면 그저 일상적으로 폭언과 모멸을 감내해야 했던 비참한 시절로 기억될 따름이다. 그렇게 온갖 신경증과 강박에 시달리며 이리저리 휘둘리는 카르멘을 보고 있노라면 그의 여리고 가냘픈 성정을 연민하다 결국엔 진심으로 사람을 대하며 느리지만 자기 방식대로 나아가는 모습에 응원을 보내게 되기 마련이다. 늘 이마에 손을 얹은 모습 그대로 언제나 고민하면서 사람들과 다투고 소리 지르며 헤집는 주방에는 페이소스와 유머가 동시에 뭉텅 묻어난다. 리얼리티로 빚어낸 풍미도 대단하지만 특유의 알싸한 맛은 그래서 더더욱 즐길 만하다.

모든 새로운 시작이 그렇듯 '더 베어'를 창업하는 일 또한 만만할 리 없다. 새 레스토랑은 살아생전 형과 함께 만들기로 한 꿈의 공간이었다는 달콤한 추억조차 아랑곳하지 않은 채 카르멘에게 단 한 화도 쉬지 않고 온갖 두통거리를 안겨준다. 얼핏 사소해 보이는 화재 방지 시스템 검사조차 벌써 두 번이나 승인받지 못해 마지막 세 번째 테스트마저 통과하지 못하면 아예 개업할 수조차 없다. 그래서인지 모든 직원들이 기도하는 마음으로 테스트를 지켜보는 장면에는 어쩐지 웃음만이 아니라 애틋한 감정까지 동시에 솟구친다. 직원들은 파인 다이닝에 어울리는 스킬을 갖추기 위해 각자의 자리에서 업그레이드하고자 만전을 기하지만 그렇다고 누구나 다 한 단계 도약하는 건 아니다. 무엇보다 지미 삼촌에게 투자받은 돈을 1년 6개월 만에 상환하지 못하면 식당 건물을 내놓겠다는 다분히 즉흥적인 선언이 이제 와 완전히 발목을 옭아맨 형국이다. 과연 모두의 바람대로 '더 베어'는 성공할 수 있을까?

실패하지 않으려면

그런 카르멘의 고민과 두려움을 아는 지미 삼촌은 사업자등록

증을 건네며 마침내 시작을 코앞에 둔 그에게 재미있는 조언을 해준다. "완전한 실패에 대한 이야기"라 운을 뗀 그는 왕년 시카고 컵스의 유격수였던 알렉스 곤잘레스의 일화를 장광설로 펼쳐놓는다. 알렉스 곤잘레스는 누구나 인정하는 훌륭한 선수로 컵스에서 2년 정도 활약했는데도 카르멘은 그를 전혀 기억하지 못한다. 지미 삼촌은 당연히 모를 거라며 왜 그를 모르는지 알려준다면서 2003년 메이저리그의 내셔널리그 챔피언십 시리즈 6차전의 한 장면을 소환한다. 이 경기는 플로리다 말린스가 드라마틱한 역전승을 거둔 것으로 유명하지만 그보다도 유례없는 해프닝으로 더 자주 회자되곤 한다. 일명 '바트먼 사건' 때문이다.

경기 도중 한 관중이 파울볼을 잡으려다 외야수 모이세스 알루와 글러브가 겹치며 공을 놓치는 일이 벌어졌다. 이때 알루는 공을 놓친 후 격하게 화를 냈는데 불행히도 그가 자극한 것은 오히려 같은 편 선수들이었던 것 같다. 지미 삼촌이 꺼낸 "완전한 실패에 대한 이야기" 역시 관중이던 스티브 바트먼이 아닌 유격수 알렉스 곤잘레스에서 시작한다. "3 대 1로 이기고 있었고 6차전 8회 초였어. 내셔널리그 챔피언십 시리즈였지. 이기면 월드시리즈로 가는 거였어. 그 당시로 따지면 45년 만에 진출할 기회였지. 주자는 1, 2루에 있었고 원아웃이었어. 미겔 카브레라가 형편없는 타구를 쳤어. 애도 잡을 수 있는 타구였지. 근데 어째서인지 곤잘레스는 맨손으로 잡자고 생각한 거야. 그러다 '글러브로 잡아야겠네' 그러다 또 '그냥 둘 다로 잡아야지'. 결국 공을 놓쳤고 더블플레이에 실패해서 이닝을 마치지 못했지. 완전히 실책이었던 거야. 그 실책으로 만루가 되었고 지옥문이 열렸지. 실책에 실책이 꼬리를 물었어. 컵스는 휘청거렸고 말린스한테 5점 뺏기면서 졌어." 컵스의 팬이라면, 아니 시카고 시민이라면 절대 모를 리 없는 게임에서의 절대 모를 리 없는 '완전한 실수'에 관한 일화다. 그러니 카르멘 역시 의아하다는 듯 반문할 수밖에 없었을 것이다. "근데 왜 (알렉스 곤잘레스의) 이름이 낯설죠?" 왜냐하면 앞서 말했듯 그 이닝에는 또 다른 사건이 있었기 때문이다. 바로 '바트먼 사건'이.

지미 삼촌의 이상한 이야기의 핵심은 바로 여기에 있다. "다들 바트먼을 죽이겠다고 난리였어. 하지만 진짜 실책은 (그 이후 벌어진) 곤잘레스의 실책이었지. 8실점으로 이어졌거든. 근데 바트먼 때문에 모두 없던 일이 된 거야. 진짜 실책을 저지른 선수보다 바트먼을 탓하는 게 쉬웠으니까. 바트먼은 그냥 평범한 팬이었어. 그냥 헤드폰 쓰고 파울볼 잡으려던 거였지. 리글리 필드에서 야구를 즐기면서 말이야. 그러다가 혼자 뒤집어쓴 거지. 공에서 눈을 뗀 선수들을 대신해서 말이야." 이를 카르멘이 순간 "바트먼이 되지 말자"라는 조언으로 이해했기 때문이었을까. 이는 결과적으로 꽤 의미심장한 사건으로 이어지며 곧 중층의 의미를 띤다. 즉 알렉스 곤잘레스가 땅볼 타구를 맨손으로 잡을까, 글러브로 잡을까 하다 평범한 더블플레이성 타구를 놓친 것과 마찬가지로, 카르멘 역시 개업 전에 냉장창고 문손잡이를 고치고자 냉장고 수리공에게 전화하려 맘먹은 순간 여자 친구 클레어에게 전화가 와 이도 저도 하지 못한다. 반드시 걸어야 했던 전화도 걸지 못했고, 받아야 할 전화도 받지 못한 것이다. 삼촌의 조언의 핵심은 선수로서의 당연한 책임, 즉 시합 중에 공에서 눈을 떼지 말라는 집중력에 있었는데 카르멘은 갈팡질팡하다 결국 아무것도 하지 못했다. 한마디로 그렇게나 강조한 집중력을 한순간 잃은 것이다.

그 결과 카르멘은 영업 첫날, 문이 고장 난 냉장창고에 갇힌다. 오랜 시간 고립된 채로 자책하던 그는 오직 요리에만 집중했기에 실력을 쌓아 여기까지 올 수 있었던 건데 마치 클레어에게 한눈팔아 이 지경에 이른 것 아니냐는 비관, 걷잡을 수 없는 한탄에까지 이른다. 그리고 타이밍도 기가 막히게 마침 냉장창고 문 바로 앞에 있던 클레어가 그의 독백을 듣고 눈물을 흘린다. 지미 삼촌이 그렇게나 경고했던 알렉스 곤잘레스의 실패에 더해 스스로 바트먼 같은 희생양을 자처한 듯 혹은 애써 색출한 듯 보이는 기묘한 대구가 완성된 것이다.

지미 삼촌이 바트먼, 아니 알렉스 곤잘레스의 이야기를 꺼낸 것은 실책에 대한 경고, 즉 책임자로서 짊어진 막중한 중책에 대한 재고였을 것이다. "넌 여유 부릴 수도 없어. 바트먼처럼 대신 뒤집어쓸 사람도 없잖아. 모두 네 책임이야. 그러니까 딴생각 말고 여기에만 집중해야 해"라는. 그러나 자책이 지나쳐 고작 연애에 마음을 빼앗긴 자신을 탓하질 않나, 심지어 여기에 그치지 않고 상대를 원망하며 본의 아니게 상처까지 줬으니 이것 역시 아이러니한 은유처럼 보인다. 스스로를 닦달하고 밀어붙이다 결국 엉뚱한 희생양 찾기에 이르렀으니 말이다. 카르멘의 자책은 자신을 향한 실망감의 에두른 표현에 가까운 것이었지만 그 파장은 결코 작지 않을 것으로 예상된다.

자기 비하에서 배우다

실은 많은 이들이 그렇게 애꿎은 희생양을 찾다 빠지지 않아도 될 함정에 스스로 빠지곤 한다. 카르멘처럼 자책이 지나쳐 자신의 모든 걸 부정하는 단계에 이르러 마침내 해소하거나 더 절망에 빠지는 건 오히려 나은 편이다. 희생양 찾기가 시대정신이라도 되는 양 아무도 책임지지 않은 채 엉뚱한 데 관심을 돌리고 나아가 무차별적으로 분노를 분출하는 사건이 곳곳에서 벌어지고 있으니 지옥이 별거겠는가. 이태원 참사에 아무도 책임지지 않고 시민 개개인의 방종으로, 말단 공무원들의 책임으로 전가한 태도는 고스란히 새만금 세계스카우트잼버리 파행으로 이어져 다시 한번 희생양 찾기에 골몰하는 듯한 결말로 이어졌다. 전북 지방자치단체, 여성가족부, 심지어 전前 정부 탓이라 호도하는 이들의 태도엔 애초에 반성도 책임도 없었다. 여성이 자기 자리를 뺏었다 여기고 인터넷 커뮤니티에서 혐오의 말을 쏟아내던 이들 역시 대로변에서 무차별적으로 폭력을 자행하면서도 스스로를 세상에서 가장 가여운 존재로 여길 뿐이다. 여기에도 자기반성은커녕 일말의 책임감도 찾을 수 없다.

〈더 베어〉 전반에 흐르는 카르멘의 '마이너스 정서'는 이와는 정반대의 것에 가깝다. 자신의 요리 실력을 과신하기는커녕 인생의 다른 모든 걸 포기하고 이뤄낸 것이라 여기는 카르멘의 태도는 일시적인 패배감마저 온전히 자신에게 투사하는, 실로 건전한 자기반성에 가깝다. 본의 아니게 연인에게 상처를 준 것도 알고 보면 일종의 사고에 가까운 일이었다. 카르멘은 드라마 내내 한순간도 쉬지 않고 고뇌하며 스스로에게는 지나칠 정도로 가혹하게 군다. 그러면서도 누구나에게 친절하고 성실한 태도로 일관한다. 그래서 언제라도 쓰러질 듯 굴며 늘 침잠하기만 하는 이 비관적인 캐릭터에게도 묘한 매력을 느끼게 되는 것이다. 이는 시대 탓, 세월 탓을 하며 불행한 나를 보듬다 마침내 희생양 찾기에 여념 없는 이들의 치졸한 태도와는 전혀 다른 종류의 것이다. 비록 카르멘이 일순간 공에서 눈을 뗀 결과는 꽤 가혹했지만 그럼에도 그게 "완전한 실패"처럼 느껴지진 않는 이유다. 실제로 카르멘이 냉장창고 안에 갇힌 상황에서도 직원들은 업무를 분담해 완벽히 일을 해냈다. 스스로 바트먼을 자처하지 않아도, 누군가를 바트먼으로 만들지 않아도 실수나 실패는 인생에 있어서도 병가지상사였던 것이다.

카르멘은 금방이라도 쓰러질 듯 보이는 유약하고 위태로운 인간이지만 그래도 찌질한 누군가와는 다르다. 늘 전쟁통 같은 그의 주방에서 새삼 배우고 느끼고 때로는 함께 성장하는 듯한 기분마저 느끼는 것 역시도 몸에 밴, 그래서 때때로 과도하기까지 한 자기반성에서 기인한다. 애초에 공을 잡을 생각도 없이 관중을 욕할 준비만 된 누군가와도 전혀 다르다. 주방이라는 작고도 거대한 세계를 두려워하면서도 끝내 마주하기로 결정한 이의 용기야말로 실은 〈더 베어〉의 핵심이며, 동시에 우리가 진짜 시대정신으로 삼아야 할 소양이어야 할 것이다. 부끄러움은 온전히 자신의 것이어야 한다는 당연한 명제가 괜스레 마음을 어지럽히는 요즘, 그의 진심이 단단히 마음을 할퀸다.

비정성시대유감

悲情城市時代遺憾

독설록 讀說
毒舌錄

시궁쥐처럼 아름답고 싶어
〈일몰의 저편〉

여기는요, 선생들이 앞으로 더 나은 작업을 할 수 있도록 돕는 요양 시설입니다. 왜냐하면 여기 있는 선생들은 편향된 생각을 품고 있으면서도 그걸 아무렇지도 않게 줄줄 흘리고 다니거든요. 이상한 글을 써서 태연히 돈 벌며 살고 있어요. 그런 걸 고쳤으면 하는 겁니다. 시정했으면 합니다. 선생들이 무책임하게 쓰니까 세상이 어지럽다는 걸 모르고들 있어요. (…) 작가 선생들은 정치 같은 데는 끼어들지 말고 마음이 맑아지는 이야기라든지 걸작을 쓰셨으면 합니다. 영화 원작이 될 만한 훌륭한 이야기 말입니다. 선생은 왜 못 쓰는 겁니까. 노벨상까지는 바라지 않으니까 적어도 영화 원작 정도는 되는 책을 써주세요. 왜 그런 이상한 소설만 쓰는 겁니까. 진짜 이상합니다.

- 〈일몰의 저편〉 중

얼마 전 갑작스레 일본 작가 중 누구를 좋아하냐는 질문을 받은 적이 있다. 머릿속에서 너무나 많은 고명들이 스쳐 지나가던 와중 제일 먼저 떠올린 이는 다름 아닌 기리노 나쓰오였다. 기리노 나쓰오의 매력을 한마디로 설명하긴 너무나도 어려운 일이지만, 극단의 극단까지 내달리는 듯한 인간의 추악한 말과 행동, 그리고 그에 대한 치밀한 탐구에서 기인한다는 의견에는 누구라도 동감할 것 같다. 그러면서도 참으로 아름답고 매혹적인 문장으로 그 깊숙한 나락 끝까지 안내한다. 주로 하드보일드한 범죄소설을 쓰는 기리노 나쓰오는 늘 다른 작가보다 한 발 더 나아가 독자가 질릴 때까지 몰아붙인 후 기어이 가장 내밀한 안쪽까지 들여다보게 한다는 느낌이라고나 할까. 더욱이 여성 작가이기 때문에 보이는 그늘이나 한층 세밀하게 잡아내는 듯한 기묘한 감정은 늘 작품의 줄기보다도 더 뇌리에 남기 일쑤였다. 지금도 기리노 나쓰오의 범죄소설 여러 권을 모아둔 책장 한편을 바라보고 있으면 그런 묘한 기분에 사로잡히곤 한다.

그래서 〈일몰의 저편〉에는 오히려 관심이 가지 않았는지도 모를 일이다. 소설다운 소설을 쓰라 강요하는 이상한 집단에 의해 감금된 소설가의 이야기라고 하니, 왠지 많이 보아온 SF 같은 느낌도 들었거니와 과연 기리노 나쓰오가 쓸 만한 이야기일까 하는 의구심이 먼저 들었기 때문이다. 그간 이것저것 꽤 다채롭게 써온 작가이긴 하지만 어쩐지 이번만큼은 자기 항변 비슷한 이야기를 펼쳐놓는 건 아닌지 조금은 걱정되기도 했다. 다행히 기우였다. 기리노 나쓰오는 역시나 자신이 할 만한 이야기를 자기변호 따위를 훌쩍 뛰어넘어 일본의 현재, 아니 국가주의와 극우 정치인에게 휘둘리는 우리 시대 불온한 분위기를 모두 아우르며 살에 에일 듯 잔혹한 디스토피아로 선보였다.

조금은 우화처럼 느껴질 법한 구석도 분명 있다. 하지만 그걸 기어이 현실로 끌어들여 이것은 과장도, 가까운 미래를 가정한 것도 아니라는 식의 핍진한 현재를 제시한다. 아주 익숙하고도 불편한 지점, 분명 숨기고 있으면서 늘 아닌 듯 가장하는 검은 속내. 아니, 이제는 대놓고 정의와 선善을 내세우며 너는 불의라며 악이라며 몰아붙이는 몇몇 장면에는 불편함을 넘어 불경하고 불의한 현재가 고스란히 드러난다. 그러다 결국 이것은 해의 몰락日沒, 즉 일본의 몰락을 의미하는 것만은 아니라는 생각에까지 이르렀다.

작중 소설가 마쓰 유메이는 강간, 소아성애 등 다소 자극적인 소재를 소설에 동원하긴 하지만 당연히 이를 편드는 것은 아니다. 이를 비판하는 논조는 명확할 뿐 아니라 작품을 통해 말하고자 하는 것도 그것과는 전혀 별개의 것이다. 자신이 쓰는 소설의 본질 역시 독자보다는 그저 작가 자신을 위해 쓰는 것에 더 가깝다고 생각하지만 이것을 해악으로 여겼던 적은 한 번도 없다. 그러던 중 총무성 문화국 문화문예윤리향상위원회란 곳으로부터 소환 통보를 받는다. 엄중한 경고에 무거운 마음으로 찾아간 그곳은 한적한 바닷가 절벽을 등진 요양소 같은 모습이다. 하지만 그런 말끔한 첫인상도 잠시뿐, 처음엔 정중한 태도를 취하던 이곳 시설 관리인들도 곧 돌변해 그와 그의 작품을 힐난하기 시작한다.

자발적으로 찾아간 이곳은 이윽고 마쓰에게 감옥이나 다름없는 곳이 된다. 마쓰는 곧 한 끼 식사에도 휘둘리는 가련한 처지에 놓인다. 터무니없이 질 낮은 끼니는 그마저도 수감된 다른 누군가가 모종의 사고를 칠 경우 연대 책임이라며 제공되지 않는다. 인터넷과 스마트폰도 사용할 수 없어 외부와의 연락은 불가능하며, 수감자는 물론 관리자와 대화하는 것조차 허락되지 않는다. 정해진 시각에 기상하고, 정해진 순서대로 목욕하고, 소등하면 일제히 잠자리에 들어야 한다. 그러나 가장 집요하게 마쓰를 괴롭히는 것은 그로 하여금 '올바른 소설'을 써야 한다는 훈계 아닌 훈계, 논쟁 아닌 논쟁이다. 만약 그렇게 '갱생'한다면, 그렇게 '전향'할 수만 있다면 이곳에서 곧바로 나갈 수 있다는 조건이다. 하지만 아무리 전향을 가장한들 쉽게 나갈 수는 없다. 이후 마쓰를 정신적으로 조여오는 온갖 괴롭힘은 실제로 고문에 가까운 방식으로 점증하며 부당함과 그로 인한 답답함을 독자에게 그대로 전이한다.

그중 가장 소름 끼치는 장면은 단연 이곳 요양소의 소장인 다다가 마쓰의 작품을 힐난하는 부분이다. 다다는 마쓰에게 왜 '좋은 작품'을 쓰길 거부해 사회에 해악을 끼치는지 정말 정말 모르겠다며 답답하다는 듯 그를 나무라다 못해 안타까워한다. 그러고는 당신이 작품에 담는 것은 고작 "음란, 불륜, 폭력, 차별, 중상, 체제 비판" 같은 것들로 "이제 어느 장르에서도 허용되지 않"는 것이라 쏘아붙인다. 심지어 "문예지와 대담할 때 정권 비판도 했"다며 "그런 건 그만해주었으면" 한다고도 말한다. 그것도 "간절하게." 이어지는 말은 그 이상한 작자들의 미끈한 속내를 드러내는 정수나 다름없다. "작가 선생들은 정치 같은 데는 끼어들지 말고 마음이 맑아지는 이야기라든지 걸작을 쓰셨으면 합니다. 영화 원작이 될 만한 훌륭한 이야기 말입니다. 선생은 왜 못 쓰는 겁니까. 노벨상까지는 바라지 않으니까 적어도 영화 원작 정도는 되는 책을 써주세요. 왜 그런 이상한 소설만 쓰는 겁니까. 진짜 이상합니다." 다행히 이때까지만 해도 마쓰는 여기 반발할 만한 정신이 남아 있어 우리의 마음을 대변하듯 그 즉시 바닥에 침을 퉤 뱉는다.

무엇이 두려운 걸까

근 미래, 아니 혹은 먼 미래에나 닥칠지 아닐지도 모를 일을 염려하고 경고하는 디스토피아 소설만의 이야기일까? 불행히도 우리는 불과 몇 년 전 일명 '윤석열차' 사건을 실제로 목도한 적이 있다. 한국만화영상진흥원이 주최한 전국 학생만화공모전에서 카툰 부문 금상을 수상한 작품인 〈윤석열차〉가 현 정권을 직접 풍자하고 있다는 이유로 문화체육관광부(이하 문체부)가 이를 공모전 결격 사유에 해당한다며 엄중 경고한 사건이다. 사실 이 조치가 화를 키우고 논란을 야기한 것은 너무나 분명하다. 그렇게나 자유를 강조하던 정부가 표현의 자유 앞에서, 그것도 고작 학생이 그린 시사만화 하나에 부들부들 떨며 어찌할 바를 몰랐다는 것을 증명한 셈이나 다름없었기 때문이다. 누군가의 과잉 충성이 불러일으킨 해프닝에 불과할 수도 있었지만, 이미 일을 벌인 순간 표절이니 아니니 온갖 논란의 중심에 서며 그 자체로 문체부를 위시한 정부는 풍자의 대상을 자처할 수밖에 없었다. 이 작품, 이 예술을 완성한 건 문체부였다는 조소가 결코 허투루 들리지 않는다.

앞서 다다 소장이 했던 말이라고 등장하지 않았을 리 없다. 국정감사장에서 당시 박보균 문체부 장관은 이 경고가 합당했으며 이는 "순수한 예술적 감성으로 명성을 쌓은 공모전을 정치 오염 공모전으로 변색시킨 만화진흥원을 문제 삼는 것"이라 말해 논란을 더욱 부추겼다. 도대체 그가 말하는 "순수한 예술적 감성"은 뭘까? 다다가 말한 것처럼 영화 원작이 될 만한 것? 노벨상을 탈 만한 작품? 모르긴 몰라도 그냥 집에 틀어박혀서 귀 막고 눈 가리고 그려대라는 말처럼 들리기는 한다. 그게 어떤 훌륭한 작품을 말하는 건지는 잘 모르겠지만 이제는 대놓고 예술이나 예술가까지 '개돼지' 취급하는 언사임엔 틀림없어 보인다.

어디 이번뿐일까. 그간 우리 사회에는 표현의 자유에 대한 논란거리가 무수히 있어왔다. 사실 사태가 정리되고 뒤이어 바라보면 과연 논란이 될 법했나 싶은 사건도 꽤나 많았다. 그만큼 논란을 키운 건 단지 그 대상이 힘 있는 누군가의 심기를 건드린 경우였기 때문일지도 모른다. 그도 아니라면 모두 건전한 결과로 이어졌겠지만 알다시피 그런 경우는 많지 않았다. 그저 누군가로부터 이해할 수 없다며 "왜 그런 이상한" 것만 쓰냐고, 만드냐고, 부르냐고 하는 말에 스러지기 일쑤였으니까.

가수 아이유가 'Zeze'(제제)라는 곡을 냈을 때도 비슷한 논란이 있었다. 여러모로 개중에는 대체로 생산적인 논의가 많이 오가던 중이었음에도 해당 곡에 대한 금지 청원 또한 끊이지 않았다. 사람들은 각자 여러 대의를 내세웠다. 그중에는 'Zeze'가 모티브로 삼은 소설 〈나의 라임오렌지나무〉는 본디 그런 작품이 아니라고, 어떻게 학대의 아픔을 가진 어린아이를 오히려 성적 대상으로 삼을 수 있냐며 유감을 표하는 의견도 있었다. 인정한다. 하지만 그게 '폐기'의 이유가 될 수 있을까? 오히려 그 곡이 정말로 끔찍하다고 생각해 이를 결코 들을 수 없게 해야 한다는 주장이야말로 가장 폭력적이다. 아이유가 부러 소아성애를 자극하며 교활하게 성적 장치들을 노래와 무대에 배치했다고 한들 이것이 단지 '유해'하다 결정해 폐기해야 할 이유가 될 순 없다. 세상에는 아름다운 것만 존재해야 하는 것은 아니니까. 더럽고 비정하며 잔혹하고 무서운 세계 역시 우리 세상의 단면 중 하나다. 그것을 발견하는 일은 계속되어야 한다. 괴상하고 괴이하고 그로테스크한 작업도, 이상하고 괴팍한 생각이나 사상도 검토되어야 한다. 모든 것이 선해진 세상은 그저 한 줄로 도열한 파시스트의 세상이나 다름없다. 다양성이 배제된 인간은 이미 종으로서 지닌 가장 큰 장점을 스스로 버린 셈이다.

혐오의 자유를 달라?

〈일몰의 저편〉도 이런 부분을 분명히 적시한다. 이런 형태의 디스토피아가 만들어진 것은 헤이트 스피치 금지법을 확대해석한 결과임을 드러내며 그 궤변을 적나라하게 작품의 주제로 삼는다. 헤이트 스피치 금지가 창작품에 대한 제재로 이어질 거라는 논거는 실제로도 있었다. 하지만 노골적으로 타인을 증오하는 폭력을 규제하는 것과 수용자 개개인이 작품을 해석하고 논의하는 것은 전혀 다른 문제다. "혐오발언은 작품이 아냐. 내가 말하는 건 작가가 책임을 지고 표현한 작품이야. 허구의 이야기 말이야. 허구는 다양한 인간을 묘사하지. 개중에는 차별적 인간도 있고 그렇지 않은 인간도 있어. 왜냐하면 인간 사회가 그러니까. 다양한 사람의 고통을 그리는 게 소설이니까 아름다운 것만 쓸 수 없지. 차별이 목적인 헤이트 스피치와 혼동하지 말라고." 창작의 자유를 침해할 거라는 우려는 그저 헤이트 스피치라는 일방적인 폭력을 정당화하기 위한 전형적인 확대해석의 오류에 불과하다.

비슷한 방식으로 표현의 자유를 든 주장 중 하나가 PC political correctness에 대한 비판이다. '정치적 올바름'이야말로 모든 가치에 앞서 존중받아야 하냐는 반문이 바로 그것이다. 이 역시 표현의 자유를 잘못 해석한 것으로 얼핏 그럴듯해 보이지만 그냥 솔직하게 혐오하겠다는 선언과 다르지 않다. 위선을 가장 더러운 가치쯤으로 치부하며 자기 본위를 강조하다 보니 나온 결론에 불과하다. 그저 솔직함을 시대정신쯤으로 착각하고 위선조차 쓰레기 취급하다 보니 나온 '투명한 악'은 아닐까. 그러니 고작 인어공주가 유색인인 게 영 맘에 안 드는데 여기 드는 논거라고는 그저 나는 원작주의자라는 변명뿐이다. 단지 원작 그대로의 작품을 보고 싶은 게 뭐가 잘못됐냐고 되묻는 것이다. 따로 반박할 필요가 있을까. 그저 창작자 누군가가 원작을 그대로 재현하는 데 드는 가치나 비용보다 원작의 인종을 바꾼 것이 더 큰 효용과 사회적 가치를 가진다고 판단한 결과일 뿐이니까. 원작지상주의라는 구호를 앞세워 동성애를 혐오하고, 인종을 차별하며, 여성과 어린이와 노인을 비하하는 이들의 목소리에는 더 이상 호응하지 않겠다고 결정한 것, 즉 그런 당신은 우리가 신경 쓰지 않아도 될 존재로 규정한 것은 아닐까? 아마 그렇다면 이미 그 사람들은 지금의 창작자들이 배제할 만큼 도태되었다는 증거이기도 할 것이다. 게다가 애초에 표현의 자유는 이럴 때 쓰는 것도 아니지 않은가.

보수 정부가 집권할 때마다 늘 반복되는 표현의 자유 문제는 참으로 구태의연하다. 대개는 위정자와 힘 있는 자 들이 폭력과 권위로 우리를 억누르는 데서 불거졌던 것이었으니까. 그러니 반드시 반발해야만 한다. "시궁쥐처럼 아름다워지고 싶어 ドブネズミみたいに美しくなりたい / 사진에는 안 보이는 아름다움이 있으니깐 寫眞には寫らない美しさがあるから" 한 시대를 풍미했던 펑크 밴드 블루하츠의 대표곡 '린다린다' (린다린다)의 첫 가사가 웅변하듯 예술에는 그야말로 수천 가지 아름다움이 있다. 앞으로는 표현의 자유가 더 이상 거론되는 일이 아예 없었으면 한다. 더불어 표현의 자유가 어디 이상한 데 가서 고생하지 않았으면 한다. 우리 모두에겐 더럽고 부정할 자유가 있다.

우리가 만든 세상
〈이어즈&이어즈〉

"난 모든 게 잘못되는 걸 봤다. 시작은 슈퍼마켓이었어. 계산대 여자들을 자동 계산대로 바꾼 게 시작이었지."

"그건 우리 잘못이 아니죠." "저도 늘 싫어했어요."

"그렇지만 아무것도 안 했잖아? 20년 전 처음 등장했을 때 거리 시위는 했니? 항의서는 썼어? 다른 곳에서 장을 봤나? 안 했지? 씨근덕거리기만 하고 참고 살았어. 인제 계산대 여자들은 다 사라졌다. 사실 우린 그 계산대를 좋아하고 원해. 거닐다가 장 볼 물건을 고르기만 하면 되거든. 계산대 여자와 눈 마주칠 일이 없지. 우리보다 적게 버는 여자들 말이야. 인제 없어졌어. 우리가 없앴고 쫓아낸 거야. 참 잘했어. 그러니까 우리 탓이 맞아. 우리가 만든 세상이야. 축하한다. 다들 건배하자."

- 〈이어즈&이어즈〉 6화 중

창작자들이 상정한 수많은 디스토피아 중 가장 가능성이 높은 순으로만 따지면 〈이어즈&이어즈〉(2019)의 미래는 능히 첫손에 꼽을 만하다. BBC와 HBO가 공동 제작한 영국드라마 〈이어즈& 이어즈〉는 방영을 시작한 2019년을 기점으로 2034년까지, 요동치는 세계정세 속에 점차 몰락해가는 영국의 한 가족을 중심으로 비교적 가깝고도 불행한 미래를 담아낸 SF 블랙코미디다. 한편으로는 도널드 트럼프가 연임에 성공한 미래이기에 이미 우리의 현재보다는 다소 과장된 디스토피아처럼 보이기도 한다. 그러나 곤충이 80퍼센트 감소함에 따라 조류가 절반가량 줄어들고, 인간의 의식을 데이터화하는 '트랜스휴먼' 기술을 점차 개발해나가는 과정 등 결코 허투루 볼 수 없는 지점 또한 무수하다.

　미국 기업이 철수하고 뱅크런 사태가 발발하면서 차례로 기업이 도산하고, 나아가 미국이 중국령의 인공섬 홍샤다오에 핵을 발사하면서 세계는 삽시간에 공황에 빠진다. 다행히 중국이 핵 보복을 포기하면서 가까스로 완전한 파멸만큼은 면했지만 전쟁의 공포와 경제 위기는 곧 라이언스가家에도 그대로 침윤한다. 그리고 온갖 상징적인 사건과 명백한 경고가 내내 휘몰아치는 이때 신인 정치인 비비언 룩(엠마 톰슨)이 등장한다. 그가 TV 토론에서 비속어를 섞어가며 막말에 필적할 황당한 차별 전략으로 눈총을 받다 점차 대중의 지지를 얻는 과정은 이 작품의 가장 흥미로운 줄기 중 하나다. 룩은 방송 중 내뱉은 욕설, 즉 'fuck'이나 'shit'이 TV 전파를 타면서 '****'로 표기되자 이를 그대로 당명 삼아 사성당Four Star Party을 창당하는 등 작품 내내 선동가로서 현실 정치 풍자의 대상을 자처한다. 룩은 공개 석상에서 팔레스타인이나 난민 문제는 아예 관심도 없고 알지도 못한다며, 그런 먼 나라 이야기보다는 내 집 앞 쓰레기 수거나 잘 됐으면 좋겠다는 등 잔뜩 소시민에 밀착해 누구나의 욕망을 스리슬쩍 건드린다.

깜짝 등장한 괴짜 정치인 룩은 이런 방식으로 정치인으로서 입지를 조금씩 넓혀나간다. 기본적인 개념조차 알지 못해 토론에서 죽을 쑤든 말든 의제를 주도하는 능력만큼은 발군인 탓이다. 관세가 뭔지는 모르지만 그게 뭐 그리 중요하겠는가. 그는 느닷없이 6살 아이조차 핸드폰으로 포르노를 볼 수 있다며 자신이 의원이 되면 이런 사회부터 바꾸겠다고 목소리를 높인다. 그러고는 말이 끝나기 무섭게 곧 반경 30미터 내 휴대전화를 강제로 정지시키는 기술을 모두의 눈앞에서 실연해 보인다. 그렇게 그는 보궐선거에서 당선되고, 다음 총선 때 룩이 이끄는 사성당은 보수당과 노동당이 딱 1석 차이로 대등한 균형을 이룬 와중 15석을 차지하며 캐스팅보터로 떠오른다. 그리고 2027년, 룩은 영국 총리로 선출된다.

모두 방관에서 비롯되었으니

〈이어즈&이어즈〉가 그리는 '밖'으로부터의 변화는 무척 익숙하고도 구체적인 형태를 띤다. 가령 2028년이 되면 바나나는 멸종하고 80일 연속으로 비가 오는 등 그동안 방관하던 환경 문제는 자연재해로 돌아와 인류의 삶에 깊숙이 침투한다. 사이버 공격에 의해 대규모 정전이 발생하면서 다시금 종이 인쇄물이 등장하고, 방사능 폭탄 테러가 영국 곳곳에서 벌어진다. 그 와중에도 전기세와 수도세, 물가는 계속해서 급등하기만 한다. 그럼에도 가장 우스운 대목은 '안'으로부터의 변화, 즉 정치로 말미암은 영국 국민 스스로의 몰락에서 찾아야 옳다. 대표적인 예가 '침실법'이다. 침실법이란 주택난에 시달리던 영국 정부가 내놓은 해답으로, 방이 두 개 이상 남으면 이를 이민자나 이재민에게 제공하도록 강제한 법이다. 이 정책을 통해 적시하려는 문제는 무척 희화화된 것임이 틀림없다. 하지만 나라가 해결해야 할 문제를 고스란히 국민에게 떠넘기고야 만 핵심을 들여다본다면 이 역시 너무나도 상징적인 풍자라 뒷맛이 쓰다.

그러나 황당한 공약을 앞세운 정치인 비비언 룩만이 잘못한 걸까? 오직 그만이 '절대 악'일까? 아니다. 라이언스 형제들의 외할머니인 뮤리얼 디컨의 말마따나 "너희들", 즉 우리들의 잘못이다. 뮤리얼은 힘주어 말한다. 세상이 이렇게 된 것을 "은행, 정부, 불경기, 미국, 룩 총리"를 들어 한탄할 법도 하지만 그럼에도 "잘못된 일은 모두 다 너희 탓"이라고. 손주들은 할머니의 뜻밖의 일갈이 황당하다는 듯 반문한다. 우리가 뭘 어쨌냐고, 왜 힘든 우리한테 이러느냐고. 이에 뮤리얼은 답한다. "여기 있는 우리는 모두 앉아서 종일 남 탓을 해. 경제 탓을 하고, 유럽 탓을 하고, 야당 탓을 하고, 날씨 탓을 하며, 광대한 역사의 흐름을 탓해. 어쩔 수 없는 일이었다고 핑계를 대지. 우린 너무 무기력하고 작고 보잘것없다고 말이야." 그러고는 '1파운드 티셔츠론'으로 결국 우리 모두의 잘못임을 확증한다. 1파운드짜리 티셔츠라고 하면 누구나 거저라고 생각해 하나쯤 구입할 것이다. 워낙 저가라 딱히 좋은 품질을 기대한 것도 아닌 데다 겨울에 받쳐 입을 티셔츠 하나로는 족할 테니까. 하지만 이때 "가게 주인은 티셔츠 값으로 5펜스를 남겨. 밭에서 일하는 어떤 농부는 0.01펜스를" 번다. 그래도 괜찮다고 생각해서 우리는 값을 치르고 "평생 그 시스템을 믿는"다는 것이다.

이어 뮤리얼은 손주들에게 "난 모든 게 잘못되는 걸 봤다. 시작은 슈퍼마켓이었"다며, "계산대 여자들을 자동 계산대로 바꾼 게 시작이었"다고 말한다. 손주들은 부정한다. "그건 우리 잘못이 아니"라고, "저도 늘 싫어했어요"라고. 하지만 실은 아무것도 하지 않았다. 시위나 항의는커녕 연대할 생각조차 하지 못했다. 그렇게 자신보다 "적게 버는 여자들"을 외면한 사이 세상은 점점 망해갔고 마침내 자신의 차례가 온 것이다. 그러니 "우리 탓이 맞"다. 결국 모든 게 "우리가 만든 세상"일 뿐이다.

여러 번의 명대사로 깊은 인상을 남긴 뮤리얼 할머니의 말은 곧 이 작품의 핵심과도 맞닿는다. 황당한 말과 공약을 앞세운 정치인에게 뭇사람들이 휘둘리는 것은 눈앞에 놓인 사소한 불편을 일소하는 데만 신경 쓰고픈 누구나의 얕은 이기주의를 관통하기 때문이다. 그게 함정인 걸 알면서도 애써 외면한 결과가 바로 이들의 2034년이다. 21세기가 왔다며 자축하던 2000년에는 결코 상상할 수 없던 암울한 미래 말이다. 그러니 뮤리얼의 말이 맞다. 이 모두가 이들, 아니 우리 탓이다.

괴물은 죽지 않는다

점차 작중 시간을 되밟고 있는 현시점 우리에게도 이는 결코 먼 이야기가 아니다. 일례로 전국장애인차별철폐연대(이하 전장연)가 벌인 지하철 시위를 두고 승객들은 이를 불편하다며 비난했다. 여기 기름을 부은 건 당시 제1야당 대표였다. 그는 시위의 방식이 잘못됐다며, 시민들의 불편을 야기함으로써 의견을 관철시키려는 행위가 "비문명적"이라며 이를 정면 비판했다. 그럼 시위를 집에 틀어박혀 해야 한단 말인가? 이를 의제화하기 위해 벌인 TV토론 역시 애초에 그에겐 전장연을 비난하기 위한 무대에 불과했으니 과연 이 토론이 정말로 시민들에게 필요한 것이었는지조차 의심스러웠다. 실제로 사람들은 이제야 비난할 만한 든든한 뒷배를 얻었다는 듯 전장연의 시위를 향해 더더욱 부끄럼 없이 손가락질을 해댔다. 카메라가 있는 현장에서조차 몇몇 승객들은 이들의 오체투지 시위를 향해 냅다 소리를 지른다. "왜 시민들 불편하게 출근 시간대에 이러냐"고. 이에 바닥에서 들리는 누군가의 대답은 그야말로 절규에 가까웠다. "우리도 시민이에요." 그 말이 내내 가슴에 남았다. 아마 이 말을 들은 누구라도 그랬을 것이다.

우리의 눈을 현혹하는 정치인의 행태는 분명 잘못된 것이다. 어쩌면 그들 역시 그동안의 역사가 증명하듯 언젠가는 숙청될 대상에 불과할지 모른다. 룩 총리가 임기 중 체포돼 27년 형을 받은 것처럼. 그럼에도 뮤리얼은 다시 한번 경고한다. "또 나타날 거다. 괴물 하나를 없앴다는 건 또 다른 괴물이 깨어나는 걸 의미하지. 저런 농담꾼과 사기꾼, 광대 놈들을 조심해라. 우릴 웃기며 지옥으로 이끌 거야."

다시 말하지만, 결국 우리의 선택이 만든 세상이다. 견디고 이겨내는 것 역시 온전히 우리 몫이다. 괴물을 조심하는 것도 중요하지만 우리 안의 양심을 지키는 굳건함 또한 잊지 않아야 할 것이다. 그들이 우리 세상을 지옥으로 끌고 들어갈 채비가 되어 있는 걸 잘 안다. 그러니 약자에게 귀 기울이지 않고 "씨근덕거리기만

하고 참고 살"다간 우리의 미래도 뻔하다. 아마도 그건 진짜 지옥
일 것이다.

신념을 의심하라
〈왕과 서커스〉

> 분명 신념을 가진 자는 아름다워. 믿는 길에 몸을 던지는 이의 삶은 처연하지. 하지만 도둑에게는 도둑의 신념이, 사기꾼에게는 사기꾼의 신념이 있다. 신념을 갖는 것과 그것이 옳고 그름은 별개야.
>
> - 〈왕과 서커스〉 중

"김은혜 0.15% 차 패배… '유리 천장' 못 뚫었다." 지난 2022년 6월 1일 제8회 전국동시지방선거가 끝난 후 가장 눈길을 끈 건 뭐니 뭐니 해도 경기도지사 승패였다. 당초 여론조사에서 많게는 10퍼센트 가까이 앞서거나 대개는 엎치락뒤치락하며 선거 시점에서는 다소 우세한 것으로 평가받던 김은혜 후보는, 결국 패배했다. 당일 출구조사에서도 박빙의 격차로 앞선 것으로 나왔기에 새

벽녘 처음 득표수가 역전되고 이후 점차 표차를 늘리다 상대 김동연 후보가 당선된 터라 더더욱 극적인 결과로 다가올 법했다. 최종 0.15퍼센트 차, 표차는 고작 8913표. 실로 보기 드문 석패였으니 이를 두고 언론이 앞다퉈 이 '드라마'를 신나게 포장하고 전달한 것은 너무나도 당연했다.

그중 김은혜 후보의 석패를 '유리 천장'으로 표현한 〈연합뉴스〉의 헤드라인은 여러모로 시사하는 바가 크다. 알다시피 '유리 천장'이란 보이지 않는 천장, 즉 사회 각 분야에서 여성의 고위직 진출을 가로막는 장벽을 의미한다. 능력과 무관히 단지 여성이라는 이유로 승진이 제한된 구조적 불균형을 의미하는 이 단어가 여성 후보인 김은혜의 패배를 뒷받침하는 데 과연 적절했을까? 김은혜 후보가 여성인 것은 사실이지만, 그가 구조적 불평등에 놓인 대부분의 여성과는 전혀 다른 비단길을 걸어왔던 것 또한 분명한 사실이다. 정치권에 갓 진입한 초선 의원, 그마저도 중도 포기하고 경기도지사에 입후보할 수 있었던 것조차 '대통령 당선인 대변인'이란 '깜짝 직책'에 빚진 바 크다. 그럼에도 단지 여성이기 때문에 패했다? 그간 유리 천장이란 비판적 표현에 어린 뭇 여성의 불평등은 애써 외면하더니 이를 고작 패배한 여자 여당 후보를 위무하기 위한 간편한 도구로 동원되는 듯한 모양새라 괜스레 더 속이 쓰렸다.

실제로 김은혜 후보는 경기도지사 후보로서 국민의힘 경기도 기초단체장 31곳의 득표수보다 약 13만 표 덜 득표했다. 즉, 지지하는 정당과 도지사 후보를 달리 선택한 경우가 약 13만 표에 이른다는 것이다. 반대로 상대 김동연 후보는 더불어민주당의 경기도 기초단체장 31곳의 득표수보다 9만 표 이상 더 획득했다. 추론할 수 있는 바는 다양하겠지만, 재산 축소 신고, 취업 청탁 의혹 등 당이 아닌 인물에서 차이가 났다는 결론이 가장 합리적일 것이다. 여자라서 유리 천장을 못 뚫은 게 아니라 그냥 김은혜로 패한 것이다. 더욱이 유리 천장과 그는, 또 이 사안은 하등의 관계가 없다. 나도 알고 당신도 알고 심지어 이 기사를 쓴 기자도 아는 사실이다.

그걸 잘 알면서도 〈연합뉴스〉는 김은혜의 패배를 '유리 천장'에 빗댔다(현재는 SNS에만 문구가 남아 있으며, 해당 기사에선 슬그머니 헤드라인을 수정했다). 기자가 유리 천장의 뜻을 몰라 그런 것은 절대 아닐 것이다. 이는 분명 목적과 의도가 명백한 수사다. 물론 이제 와서는 대수로운 일 축에도 끼지 못하는 걸 잘 안다. 오늘날 '기레기'라는 폄훼어가 만연한 이유만 해도 단 몇 가지로는 요약할 수 없을 만큼 너무나도 광범위하지 않은가. 수준 미달, 나태한 취재 행태 혹은 필요 이상의 밀착 취재, 선정적 보도, 사실관계 불일치, 표절 등. 그중에서도 가장 큰 문제는 전통적인 보수 언론들이 해온 그대로 사실관계를 호도하고 특정 정당이나 이념에 유리하도록 여론을 조성하고 선동하는 것이다. 언론이 여론을 대표하는 것이 아니라, 자본과 권력의 막강한 힘을 등에 업고 '상대편'을 상정한 채이를 공격하는 것이야말로 가장 큰 해악이라 할 만하다.

대개는 개개인의 영달을 위해 기자 윤리니 신념이니 아랑곳하지 않은 채 벌이는 행동이라 생각할 법하지만, 꼭 그렇지만은 않겠다는 생각도 든다. 그게 아니라면 이토록 일반적인 일이 되었을까. 실제로 그들만의 카르텔 안에서는 이 모든 게 용납된다. 언론이든, 검찰이든, 고위직 관료든, 보통은 소속된 단체가 허락하는 너르고 너른 범주 안에 그들만의 도덕, 그들만의 신념이 놓여 있기 때문이다. 그리고 정말로 "도둑에게는 도둑의 신념이, 사기꾼에게는 사기꾼의 신념이 있다." 게다가 "믿는 길에 몸을 던지는 이의 삶은 처연하"기 짝이 없으니 애초에 그들에겐 신념의 벽 자체가 달리 놓여 있겠단 생각마저 든다.

기자의 신념은 어디에

기자를 주인공으로 삼아 기자 윤리를 파고드는, 요네자와 호노부의 〈왕과 서커스〉는 특이하게도 작가의 본래 색깔과는 부러 거리를 두는 듯한 느낌이 든다. 요네자와 호노부는 〈빙과〉로 데뷔해 주로 청춘과 미스터리를 엮어낸 작품으로 각광받더니, 차츰 본격 미스터리로 발을 넓히고, 나아가 고딕풍 미스터리나 이세계 배경의 미스터리라는 새로운 도전에도 성공했다. 〈왕과 서커스〉 역시 기본적으로는 본격 미스터리의 형식을 그대로 따른다. 그러면서 2001년 네팔 왕실에서 벌어진 실제 살인 사건을 배경 삼아 살인의 내막을 알 수도 있을 정보원과 접촉해 이를 기사화하기 위해 고군분투하는 기자의 시선과 이를 절묘하게 결합한다.

여행 아이템 취재차 네팔 카트만두에 체류 중이던 프리랜서 기자 다치아라이는 왕실 살인 사건의 전모를 기사화하기 위해 당시 현장에 있던 한 군인과 어렵사리 접촉한다. 하지만 그는 스스로 나선 자리임에도 아무런 정보도 내놓지 않고, 심지어 다음 날 길거리에서 살해된 채로 발견된다. 다치아라이가 통금 제한 시간에 쫓겨 황급히 숙소로 귀가하던 중 우연히 목격한 죽은 정보원의 등에는 'INFORMER(밀고자)'라는 문구가 새겨져 있었다.

바로 어젯밤 접선한 정보원이 '밀고자'라는 낙인이 찍힌 채 잔인하게 살해당한 것은 분명 다치아라이에 대한 직접적인 경고나 다름없다. 하지만 사망한 정보원에게 아무것도 듣지 못했으니 도대체 어떤 정보를 건네받았다 여길지, 또 그게 어떻게 위협의 대상이 되는지 그는 알지 못한다. '얌전히 있으라'는 메시지인 건 분명하지만, 이게 단순히 네팔을 당장 뜨라는 경고인지, 아니면 아예 기사를 쓰지 말라는 것인지도 확신할 수 없다. 또한 구체적으로 어떤 것을 쓰지 말라는 것인지조차 모호하다. 그가 원래 쓰려던 기사는 왕실 살인 사건의 진상이었지만, 정보 입수에 실패한 현재는 살인 사건으로 말미암은 현지의 뒤숭숭한 분위기와 왕위 계승 문제 등 그 여파에 가깝기 때문이다. 이미 여러 나라 언론에서 앞다투어 보도한 정보가 협박의 대상은 아닐 것이다.

분명한 건 우연히 목격한 정보원의 죽음만큼은 오직 다치아라이 자신만 아는 정보라는 점이다. 그래서 이를 어떠한 방식으로 전달해야 할지 그는 내내 기자로서 고민한다. 이 살인이 왕실 살인과 연관되었는지는 불분명하지만, 다른 언론은 아직 알지 못하는, 오로지 자신만의 특종임엔 틀림없다. 이를 뒷받침하고자 작중에서도 다치아라이의 기자 윤리를 저울질하는 여러 사례들이 언급된다. 유명한 보도사진 〈대머리독수리와 소녀〉에 얽힌 일화가 대표적이다. 카메라맨 케빈 카터는 이 사진으로 말미암아 보도사진에 주어지는 최고의 영광인 퓰리처상을 수상했지만, 동시에 소녀의 죽음을 방관했다는 비판으로부터 자유로울 수 없었다. 카터는 소녀가 제힘으로 일어나 걸어가는 것을 확인한 후 자리를 떴다고 주장했지만, 안타깝게도 이를 증명하는 사진은 없었다. 결국 그는 비난을 감내하지 못하고 스스로 목숨을 끊었다.

마찬가지로 다치아라이는 기자의 원천적인 역할과 직무로부터 자신이 해야 할 일을 헤아린다. 그가 낸 결론은 이렇다. "기자에게 중요한 것은 '경찰 측에서 이런 이야기를 들었다', '관계자는 이렇게 말했다'라는 점이지, 진실 여부는 상관없다. 다양한 각도에서 정보를 수집하고, 모순과 은폐를 꿰뚫을 때도 있다. 하지만 기사에 '이것이 진실이다'라고 쓰는 경우는 없다. 진실에 최대한 가까이 다가가는 것을 지상 목표로 삼지만 무엇이 진실인지 판단하는 건 기자의 본분에서 벗어난 일이다. 굳이 말하자면 그것을 결정하는 건 재판소다." 그렇게 진실을 확증하기보다는 다양한 각도에서 이야기를 취합하는 것이 기자의 본분임을 확신한다. 딱 자기가 아는 만큼, 취재한 사실만 지면에 옮기는 것이 기자의 임무라는 확신이다.

마땅히 흔들려야 할지니

〈왕과 서커스〉는 요네자와 호노부답지 않게 이국땅에서 분투하는 기자의 행동 지침을 파고드는 방식이 주가 되지만, 이는 의외로 작품의 기저인 본격 미스터리와도 그대로 상통한다. 결국 단서를 모아 진실을 파헤치는 구조를 띠면서 이 또한 기자 윤리의 성찰은 물론 살인의 동인과도 긴밀히 연관되는 식이다. 〈왕과 서커스〉라는 제목 역시 누군가의 참극이 누군가에게는 유희거리에 불과할 수 있다는 보도의 양면성과 그 막대한 영향력을 은유하는 것이다. 본격 미스터리의 정수와 기자의 철학이 절묘하게 합일된 질감도 독특하지만, 결과적으로 양쪽 모두에 방점을 찍은 채 오락과 윤리의 균형을 유지한 점 역시도 이 작품의 기조와 정확히 맞닿고 있으니 그저 놀라울 따름이다.

　다치아라이의 정보원이 말한 그대로 "분명 신념을 가진 자는 아름"답다. 하지만 기자인 다치아라이의 신념을 의심하며 "도둑에게는 도둑의 신념이, 사기꾼에게는 사기꾼의 신념이 있다"는 그의 말마따나 "신념을 갖는 것과 그것이 옳고 그름은 별개"다. 마찬가지로 세상 모든 기자가 기자로서의 신념을 저버렸다고는 생각지 않는다. 각자 나름의 신념이 있을 것이다. 그것이 '기레기'의 신념이라고는 생각지 않는다. 그들 또한 그렇지 않을 것이기에. 하지만 그 나름의 신념이 있다는 것만으로 모든 행동이 결정되는 것은 옳지 않다. 대개 행동을 뒷받침하는 것이 신념 같지만, 실은 행동이 신념을 뒷받침해야 옳다. 끊임없이 의심하고 또 의심해야 한다. 기자로서의 신념을 가진 것이 맞는지, 그게 아니라면 생활인으로서, 직장인으로서, 조직의 일원으로서, 혹은 가장으로서의 신념을 앞세우는 것은 아닌지. 그저 '아름답기만' 해서야 무슨 소용이겠는가. 옳은 길을 가기 위해선 추하더라도 몇 번쯤은 망설이는게 당연하다. 우리 모두가 그렇다. 그래야 할 것이다. 때때로 우리 모두의 신념을 흔들고 어지럽히며 다잡기도 하는 기자라면 더더욱 말이다.

'꿈 배틀' 권하는 사회
〈체인소 맨〉

> 다들 약속이나 한 듯이 날 우습게 여기더라…? 복수라느니, 가족을 지키고 싶다느니, 고양이를 구하겠다느니. 어쩌고저쩌고! 너희는 원대한 꿈이 있어서 참 좋으시겠어?! 그럼 나랑 꿈 배틀 뜨자, 꿈 배틀!! 내가 널 죽여버리면~…! 네 꿈은! 가슴 주무르기보다 못한 거다~?!
>
> - 〈체인소 맨〉 2권 중

최근 일본만화 히트작들에선 과거와는 조금 다른, 모종의 흐름이 감지된다. 거칠게 요약하면, 보통의 삶과는 완전히 멀어진 이가 평범한 인간이 되길 갈구하며 오직 이 목적 하나를 위해 삶과 목숨을 모조리 내걸고 사투를 벌인다는 공통점이 보인다는 점이다. 〈원피스〉의 루피가 해적왕을 꿈꾸며 드넓은 바다에 해적기를 올린 것과 비교한다면 고작 20여 년 사이 꽤나 드라마틱한 '몰락'으로 볼 수도 있을 것 같다. 그 중심에 선 작품을 딱 두 편만 꼽자면 단연 〈귀멸의 칼날〉과 〈체인소 맨〉일 것이다. 전 세계적으로 대흥행한 두 작품은 각기 다른 위치에서 '인간다운 삶'을 쟁취하기 위해 치열하게, 아니 그야말로 처절하게 싸우는 주인공을 내세운다.

〈귀멸의 칼날〉이 내세우는 인간다운 삶이란 소년 탄지로가 혈귀가 된 여동생 네즈코의 몸을 다시 인간으로 되돌려 과거 산골에서 가족들과 보내던 행복했던 한때로 돌아가기 위한 것쯤으로 그려진다. 세계 최고의 검사나 일류 혈귀 사냥꾼이 되려는 것이 아니다. 단지 가족과 더불어 평범하게 여생을 보내기 위한 싸움이다. 후지모토 타츠키의 만화 〈체인소 맨〉이 제시하는 보통의 삶은 더더욱 구체적이어서 마치 지금 우리 시대의 자화상을 자처하는 듯 보이기도 한다. 온갖 악마와 인간이 공존하는 대안 세계, 10대 소년 덴지가 '체인소(전기톱)의 악마'가 되어 늘 피 칠갑을 하며 갈망하는 것은 아침마다 잼 바른 빵을 먹는 것, 여자 가슴을 만지고 싶다는 것 따위에 불과하다. 고작 그것뿐이냐고 아마도 10대 독자마저 되물을 것 같은 그 꿈을 이루기 위해 덴지는 정말로 처절하다 못해 참혹한 사투를 벌인다. 악마의 심장을 가져 죽으려야 죽을 수도 없는 탓에 죽을힘을 다해 싸운다는 사투의 의미는 아이러니하게도 매번 죽지 못해 싸우는 사투로까지 치닫곤 한다.

그리고 누구나 그런 덴지를 비웃는다. 고작 빵에 잼 발라 먹는 것 따위에 자족하는 것에도, 여자 가슴을 만지기 위해 애써 위험을 무릅쓰는 막무가내 태도에도. 하지만 공안에 발탁돼 데블 헌터가 되기 전 덴지의 모습을 보자면 이는 단순히 희화화한 것으로만 볼 수는 없다. 바로 이 점이 꽤나 무겁게 그의 사소한 욕망의 가치에 불을 붙인다. 10대 소년의 몸으로 죽은 아버지의 빚을 갚기 위해 안구와 장기를 적출해야 했고, 쓰레기통을 뒤져 누군가 먹다 버린 햄버거를 먹으며 연명했던 비루한 삶. 그때에 비한다면 단지 악마와 싸우는 것만으로 먹고 싶은 걸 먹고 하고 싶은 걸 할 수 있다 등 떠미는 삶 안에서 그의 초라한 욕망의 크기는 꽤나 묵직한 의미를 가진다.

그래서 단지 보통이 되고자, 인간다운 삶을 누리고자, 남들과 다를 바 없는 평범한 인생을 꾸리고자 발버둥 치는 덴지는 꿈을 꿀 용기조차 없다며 손가락질받는 요즘 젊은 세대들의 마음속 항변을 그대로 보여주는 듯하다. 보통의 인간으로 살아남는 것조차 버겁다며 절규하는 젊은 세대의 절망, 그로 말미암은 타협과 안주의 의미까지 그대로 담아내고 있기 때문이다. 특히 남의 꿈을 짓밟아 자신의 부를 이룬 기성세대를 향한 날선 오기는 그래서 더더욱 크게 호응받을 수 있었을 것이다.

꿈보다 일상

언젠가는 꿈의 크기가 그 사람의 장래성을 결정하는 듯 믿었던 시기가 있었던 것도 같다. 할 수 있는 만큼 해보라며 머리를 쓰다듬어주는 사이 아이들은 대개 대통령이나 과학자 같은 손에 닿을 것 같지도 않고 어떤 길을 밟아야 할지 좀처럼 감도 잡히지 않는 꿈을 꾸곤 했다. 그게 이제는 아이돌이나 유튜버로 바뀌었지만 그럼에도 본질은 욕망의 크기가 아니라 욕망과의 거리로 봐야 할 것이다. 얼핏 현실적인 듯 다분히 비현실적인 꿈을 갈구하면서도 스스로의 미래를 과대 포장하는 풍조만큼은 어찌 됐든 사라진 것만 같다. 마치 꿈을 꾸는 게 사치가 된 것마냥 때때로 우리는 딱 손에 쥘 수 있는 만큼의 욕망만을 허락받은 것처럼 느껴지기도 하니 말이다.

그래서 더 큰 꿈을 꾸라며, 무한한 가능성이 있는 미래로, 아니 아예 세계로 나아가라며 응원하던 어른들은 이제 고작 그런 안온한 현실에 주저앉느냐며 꾸짖는 어른이 되었다. 반면 적당한 욕망과 적당히 이룰 만한 꿈이어야 상처받지 않는다는 사실을 익힌 아이들에게는 해적왕을 꿈꾸는 루피조차 철 지난 과거의 영광, 만화에서나 가능한 치기로 비치게 되었다. 그래서 사람들이 그보다는 탄지로나 덴지에게 열광하고 있는 것은 아닐까. 물론 그런 덴지 역시 결국은 잼 바른 빵이나 여자 친구 같은 사소한 욕망 안에 머물 수 없었다. 그 또한 인간이기에 계속해서 욕망의 크기를 늘려가면서 이윽고 (여전히 사소해 보이긴 하지만) 처음보다는 훨씬 거대해진 욕망의 크기 역시 정당한 데다 아주 당연한 것임을 깨닫는다. 더불어 책임과 상실감이 뒤따른다는 당연한 진실까지도.

2022년 방영한 애니메이션 〈리코리스 리코일〉 또한 아이들의 꿈을 거세한 우리 세계의 단면을 은유하는 작품으로 읽힌다. 범죄를 미연에 방지하는 비밀 집단의 특수 요원으로 키워진 소녀들은 아무도 모르게 그림자 뒤에 숨어 범죄가 벌어지기 직전 모든 걸 '소멸'시킨다. 그 덕에 세상은 아무 사고도 벌어지지 않는, 문자 그대로 완전무결한 평화를 찾은 듯 보인다. 그게 가짜 평화라는 것은 그리 중요치 않다. 과거 수많은 사상자를 낸 테러의 참상을 기억하기 위해 당시 폭발로 망가진 방송탑을 본보기인 양 남겨둔 사회라면 소녀들의 인생을 저당 잡아서라도 평화를 유지하는 게 당연해 보인다. 그래서 여기 꽤 기묘한 구도가 성립된다. 주인공 치사토는 최강의 '리코리스', 즉 비밀 치안 조직 DA의 행동대원 중 최고의 실력을 가졌지만 그가 원하는 것은 조직에 충성하며 얻는 향상심이나 성취감과는 거리가 멀다. 그보다는 찻집에서 일하면서 얻는 소소한 기쁨이 그가 진정으로 추구하는 바다. 그리고 테러리스트 마지마가 그간 정부가 범죄를 은폐하며 소녀들을 이용해 가공의 평화 시대를 만들어냈다는 것을 증명하기 위해 거대한 테러를 계획해 여기 대항한다.

세상의 진실을 밝히려는 테러범, 그리고 진실과는 무관히 평범한 일상을 영유하기 위해 테러를 저지하려는 주인공. 그들은 마지막 13화에서 서로 상충하는 목표를 두고 사투를 벌이다 세상을 바꾸는 것보다 그저 유지하는 게 좋지 않냐는 주제를 두고 대화를 나누기도 한다. 치사토는 마지마에게 말한다. "세상을 원하는 형태로 바꾸는 동안 할아버지가 되어버릴 거야. 지금 이대로도 좋아하는 게 가득해. 커다란 마을이 움직이기 전의 조용함이 좋아. 선생님과 만든 가게, 커피 냄새, 손님들, 동네 사람들, 맛있는 음식이랑 아름다운 곳, 동료, 열심히 살고 있는 친구. 그게 내 전부야! 세계가 어떻고 하는 건 몰라." 이를 난폭한 혁명가 마지마는 "조그맣구나"라고 평가한다. 결국 치사토의 목표란 "날 필요로 해주는 사람에게 할 수 있는 일을 해주고 싶"은 것뿐이다. 물론 이미 시한부 삶을 선고받은 치사토이기에 자신이 사라진 뒤에도 좋아하는 사람들의 기억 속에 남아 있을 수 있다면 그뿐이라는 그의 태도는 충분히 공감이 간다. 동시에 세상을 바꾸는 것보다 그저 일상을 사랑하는 것만으로도 충분히 의미 있다는 작품의 태도는 역시나 지금 우리 시대가 끊임없이 작은 것을 사랑하라고, 주어진 것에 만족하라고 주입하는 그 방식과도 너무나 닮아 있는 듯하다.

보통과 이상의 대결

당연히 이를 긍정하는 의견만 있는 것은 아니다. 나카무라 후미노리의 소설 〈미궁〉은 평범을 갈구하는 태도란 사실 강요당한 것이나 다름없다며 단단히 날을 세운다. "커트 코베인이나 노엘 갤러거 같은 곡은 만들어낼 수 없어. 기타를 쳤었는데, 스티브 바이처럼은 도저히 칠 수 없어. 포기할 수밖에. 그러고는 거품경제가 이러쿵저러쿵하면서 이 나라가 돌연 불경기에 빠진 다음부터는 안정된 생활을 목표로 달려야 한다는 말을 듣게 되었어. 사회에 여유가 없어지게 됐으니까. 그 뒤에 나오는 구호는, 당연한 귀결이지만, 일상을 사랑하라는 거야. 특별한 존재가 되지 않더라도 이 소소한 일상을 사랑하라는 거. 주위를 흉내 내면서. 어떤 이데올로기 속에든 들어가 이 세계에 존재할 자격을 갖추고 싶었던 나는 혼란에 빠지게 돼. 일상을 사랑하라고? 그건 무리지." 오쿠다 히데오의 〈꿈의 도시〉 역시 이를 비판하는 목소리가 무척이나 날카롭게 제시된다. "부정이 불륜이라는 말로 바뀌고, 매스컴이 때로는 '그녀는 아름답다'라는 식으로 떠받들고, 때로는 '이대로 살아도 괜찮아?'라고 은근히 협박하며, 그 속에서 결국 자아를 형성하지 못한 채 한창때의 아가씨가 되고, 자신의 욕망을 정당화하는 방법만 배운다"고 말이다.

물론 반론하는 작품 역시 〈체인소 맨〉 말고도 무수히 많다. 이노우에 다케히코의 만화 〈리얼〉은 고등학교에서 퇴학당해 유일한 꿈이었던 농구 선수에서도 일찌감치 밀려난 청년 노미야 토모미의 항변이 담겨 있다. 이삿짐센터에서 아르바이트하며 하루하루 바쁘게 살아가는 노미야에게 프로 음악가 꿈이라는 동료는 이내 반발한다. "목표도 없이 어영부영 사는 네놈한텐 그딴 소리 듣고 싶지 않아!!"라고. 이에 노미야는 답한다. "대단하시네. 목표라는 게 있어서… 난 무엇을 목표로 살아가야 할지 아직 못 찾았어. 하지만 그렇기 때문에 지금 이 순간을 열심히 살기로 맘먹은 거야. 네 녀석이 짓밟고 있는 이 순간을." 어쩐지 "꿈 배틀"을 운운하며 "너희는 원대한 꿈이 있어서 참 좋으시겠어?!"라고 비아냥거리는 덴지의 항변과도 꼭 닮은 듯하다.

그래서 뭐가 답일까. 과거에는 술자리에서 허황된 꿈만 늘어놓는 이가 꽤나 못마땅했다. 그 대단한 꿈이랍시고 늘어놓는 데 반해 아무것도 하지 않으면서 그저 자신의 미래를 낙관하듯, 아니 분명 그렇게 될 거라고 자부하며 현재로 대뜸 끌어들이는 게 그냥 눈꼴 사나워서였을지도 모르겠다. 일찍이 드라마 〈베토벤 바이러스〉의 강마에 선생께서도 말한 바 있지 않은가. "꿈? 그게 어떻게 니 꿈이야, 움직이질 않는데. 그건 별이지, 하늘에 떠 있는. 가질 수도 없는 시도조차 못하는 쳐다만 봐야 하는 별. 누가 지금 황당무계 별나라 얘기하재? 니가 뭔가를 해야 될 것 아냐. 조금이라도 부딪치고 애를 쓰고 하다못해 계획이라도 세워봐야 거기에 니 냄새든 색깔이든 발라지는 거 아냐. 그래야 니 꿈이다 말할 수 있는 거지, 아무거나 갖다 붙이면 다 니 꿈이야? 그렇게 쉬운 거면 의사, 박사, 변호사, 판사 몽땅 다 갖다가 니 꿈 하지 왜. 꿈을 이루라는 소리가 아냐. 꾸기라도 해보라는 거야."

각자의 정답

고등학생 때에는 대학생을 꿈꿨고, 대학생 때도 막연히 뭐라도 되겠지 하면서 여러 의미로 그저 현재에 충실하기만 했던 나 같은 인간으로서는 사실 꿈이라는 게 원대해야 한다는 그 전제부터가 오랫동안 마음에 들지 않았던 것 같다. 이후에도 별반 다르지 않았다. 잡지사에 들어가서는 당시 편집장 나이보다는 좀 더 일찍 편집장이 되어야지 정도로 막연히 생각했을 뿐이고, 그게 꿈까지는 아니었던 것 같지만 어쨌든 그 꿈은 결과적으로 이루지 못했다. 물론 그런 목표가 없어도 그만이다. 그보다는 책을 내야겠다는 생각은 해본 적도 없었지만 몇 권의 책을 썼다. 평론으로 상을 받아야겠다는 목표도 없었지만 운 좋게 입상해 상금도 받아봤다. 당연히 KBS 스튜디오에서 몇 년씩이나 팟캐스트 방송을 하며 만화 이야기나 영화 이야기를 할 수 있으리라고는 전혀 생각지도 못했다. 목표는 없었으나 순간순간 조금씩 운이 따랐다. 어쩌면 인생이란 애초에 그런 것 아닐까 하는 생각이 어느 순간 절로 들 법하다.

꿈의 크기가 쪼그라들고 있다는 것을 문제시하는 데에도 나름의 이유가 있다는 걸 잘 안다. 그래서 오히려 이를 응원하는 목소리도, 그런 목소리에 힘을 실은 작품도 있는 것일 테고, 또 다른 한편에서는 욕망을 거세한 젊은이의 삶을 비판하는 목소리도 튀어나오는 것일 테다. 그러나 일상을 사랑하는 것과 현실에 안주하는 것은 전혀 다른 듯 실은 같은 것일지 모른다. 결국 덴지가 자신의 욕망의 크기를 처음 그대로 보존할 수 없었듯이 얼마든지 흘러가는 대로 놔두어도 꿈과 목표는 제대로 방향을 잡아 나아가고 있을지도 모르는 일 아닌가. 시간이 쉼 없이 미래를 향해 나아가면서도 결국은 늘 현재로 수렴되는 그대로, 중요한 건 결국 지금 이 순간이라는 당연한 결론에 더욱 힘을 실어야 맞는 것 아닐까 자족하며 스스로를 격려하는 이유이기도 하다. 큰 그림을 그리는 방법은 아직도 잘 모르겠다. 오타니 쇼헤이처럼 시속 160킬로미터의 공을 던지기 위해 고등학생 주제에 마치 구도하듯 체계적으로 노력했던 인간도 어딘가엔 있겠지만 그게 꼭 나여야 할 이유도 없다. 작은 그림이라도, 작은 욕망이라도 이루고 짧은 시간이나마 충실한 것만으로도 실은 행복하다. 행복한 순간에 행복을 모르고 행복이 지나간 순간에야 다시금 깨닫는 우만큼은 앞으로도 범하고 싶지 않을 뿐이다. 아니, 정확히는 조금 덜 왔으면 할 뿐이겠지만.

후루야 미노루의 만화 〈두더지〉의 주인공 스미다 역시 보통이 되고자 그렇게 노력하지만 보통조차 될 수 없는 자신의 현실을 다른 친구들과 비교하며 더욱 깊은 절망을 느낀다. 그런 그를 다잡는 것이 달리기다. 특별한 이유가 있어서 달리는 것은 아니다. 그저 달리고 나면 "공허했던 하루가 묘하게 충실해진다"는 그 느낌적인 느낌 때문이니까. 하지만 몇 번 뛰어본 사람은 잘 알 것이다. 그의 말마따나 "정말 몸에 좋은 현실도피가 아닌가" 싶기도 하니. 조금은 냉소적인 말이지만 실은 그런 달리기 같은 현실도피야 말로 건강에도 좋고 삶을 유지하는 데 정말로 큰 자양분이 되는 것도 사실이다. 마찬가지로 소년만화의 주인공들마저 보통과 평범을 갈구하는 요즘, 그 진실은 훨씬 더 간명한 것일지도 모른다. 모두의 삶이 소중하고 사람들은 저마다 각자의 방식대로 살아갈 뿐이다. 목표를 이루기 위해 사는 것이 아니라, 그저 살다 보니 몇 가지 목표를 이루는 것처럼. 평범 이하 바보였던 덴지마저 결국 깨달은 진실이다.

누구를 위하여 법은 울리나
〈이시코와 하네오〉

> "당신처럼 법의 구멍을 찾아내 빠져나가려는 사람이 있어서 법이 계속해서 늘어나는 겁니다. 그런 악인을 잡기 위해 법은 매년 바뀌죠. 그런데도 빠져나가려는 당신 같은 사람이 있어요. 악순환입니다."
>
> "(…) 법을 누가 만드는지 아십니까? 강한 사람이죠. 권력이나 영향력 같은, 힘이 있는 사람. 그런 사람들이 세상을 좋게 만들자고 만든 룰입니다. 하지만 그래서 어떻게 돼도 자기들이 지는 일은 없게 되어 있죠. 카지노를 봐요. 물주가 지게 되어 있나. 똑같은 겁니다. 법도 약한 사람이 이기게 되어 있진 않아요."
>
> - 〈이시코와 하네오: 그런 일로 고소합니까?〉 10화 중

변호사란 누구나 동경하는 직업이기 때문일까. 전통적으로 창

작물에 흔히 등장하는 직업군이긴 했지만 요즘처럼 모든 분야에서 진두지휘하듯 앞장선 적은 그리 많지 않았던 것 같다. 정치·사회 평론 프로그램에서 마치 변호사가 이 분야 최고 전문가라도 되는 양 패널로 빠짐없이 자리하는가 하면, 몇몇은 아예 정치 평론 라디오 프로그램의 메인 DJ 자리를 꿰찼다. 이를 발판으로 국회에 진출한 변호사 역시 적지 않다. 또 예능 토크 프로그램에서 이름을 날리는 변호사가 있는가 하면, 유튜브로 소위 '극우 코인'을 쓸어 담는 변호사도 있다. 어찌 된 일인지 영부인 김건희를 지지하는 팬 카페의 대표도 변호사였으며, 어떤 이들은 국제 변호사란 타이틀을 앞세워 TV에 나와 축구도 하고 연애도 하고 게임도 한다. 이 정도면 오히려 본업이랄 수 있는 법률 상담을 하는 모습이 더 어색할 정도다. 실은 TV에서의 법률 상담 또한 변호를 업으로 삼은 변호사에게는 자기선전용 도구, 많이 봐줘야 부업이나 다름없는 일일 텐데도.

그러니 오히려 픽션에 등장하는 변호사가 상대적으로 변호사 본연의 직무에 가장 어울리는 모습처럼 보일 지경이다. 사실 이는 뭇사람들의 일반적인 동경을 그럴듯하게 담아낸 결과다. 〈링컨 차를 타는 변호사〉 시리즈의 미키 할러가 아무리 약삭빠르게 거금을 버는 변호사라 할지라도 매 순간 위기를 감내하면서 악의 민낯을 파헤치는 안티히어로로 활약하는 것도, 〈속죄의 소나타〉의 변호사 미코시바 레이지가 시리즈를 거듭하며 소년범이었던 자신의 과거를 반성하고 범죄의 이면을 들여다보는 냉철한 눈으로 활약하는 것도 그런 이유에서다. 덕분에 이제는 자폐스펙트럼장애를 가진 변호사에서, 수임료 1000원짜리 변호사, 의사에서 변호사로 변신해 복수하는 변호사 등 그야말로 변호사 전성시대다. 변호사는 대의를 위해 거악에 맞서는 가운데 법의 맹점을 이용하는 영악한 히어로일 뿐 아니라, 돈과 권력에 신념을 시험받는 인간적인 갈등을 전시하기에도 적절한 직업이다. 온갖 개성 있는 변호사들이 권력에 맞서는 주역으로, 반대로 권력의 최측근 호위 무사로 활약하는 것은 그 때문이다. 변호사야말로 우리의 욕망을 투영한 가장 약으면서도 약한 대리자일 뿐 아니라, 우리 시대의 부조리를 고발하는 첨병이다.

눈을 뜬 정의의 여신

그간 특별한 작품도 무수히 많았지만 일본드라마 〈이시코와 하네오: 그런 일로 고소합니까?〉(이하 〈이시코와 하네오〉)는 특유의 소품 같은 면면 때문인지 그중에서도 가장 현재로, 그래서 가장 현실로 수렴하는 이야기처럼 다가온다. 다루는 사건만 하더라도 미성년자 취소권(2화), 저작권법 위반(3화), 고지 의무 위반(7화) 등 가장 최근에 생긴 법에 기반한다. 즉, 아이가 부모의 카드로 게임 머니를 무단으로 결제한 경우 이를 취소할 권리라든지, 영화를 10분 단위 영상으로 압축해 사이트에 무단 게재한 이른바 '패스트 무비' 사건, 부동산 회사가 고의로 세입자에게 내밀한 정보를 고지하지 않고 벌인 사기 등 최신의 범죄 및 법 개정과 궤를 같이한다. 주인공인 변호사 하네오카 요시오(일명 하네오, 나카무라 토모야)와 그를 보조하는 법률 사무원 이시다 쇼코(일명 이시코, 아리무라 카스미)는 함께 머리를 맞대고 법 지식에 기지를 더해 이런 최신의 사건을 해결한다.

사건은 무척 다양하고 그 속내 또한 어두운 건 사실이지만, 그럼에도 매 순간 무거운 분위기를 가볍게 눙치는 듯한 분위기야말로 이 작품을 가장 가까이에 놓인 현실로 바꿔내는 효과적인 장치라 할 만하다. '깃털 같은 남자'라는 의미 그대로의 변호사 하네오羽男는 한 번 본 것을 그대로 이미지화해 암기하는 사진 기억술을 지녔지만, 작품 내내 그런 장점은 잠시 부각될 뿐 오히려 남에게 돋보이고 싶은 자기과시욕이 앞선 괴짜 캐릭터로 그려진다. 반면 '돌 같은 여자'인 이시코石子는 도쿄대 출신임에도 변호사 시험에 번번이 낙방해 지금은 하네오를 보조하는 법률 보조 사무원에 머물면서도 별칭대로 강한 의지와 기발한 아이디어를 발휘하며 하네오와 굉장한 시너지를 보여준다. 둘 다 어느 순간 충분히 극복할 만한 가족사를 약점처럼 지닌 점이며, 기분 전환이 빠르고 배려가 몸에 밴 공통점 또한 캐릭터를 더욱 살갑게 만든다. 무엇보다 동네 어귀에서 작은 변호사 사무실을 운영하며 가장 약한 사람들에게 힘이 되기 위해, 아니 에두르지 않고 그 사람들의 마지막 보루로서 활약하는 면면은 어느 순간 물이 스미듯 이 작품의 핵심에 자리한다. 하네오와 이시코, 그들이 맡은 사건 모두가 늘 '보통'에의 응원으로 귀결되는 이유다.

덕분에 작품 내 가장 큰 악과 맞서 싸우는 마지막 10화에 이르면 이들이 보통을 응원하고 지원하는 걸 넘어 힘주어 평범한 사람들의 가치를 웅변하는 대목마저 맛볼 수 있다. 하네오와 이시코는 부동산 투자 사기꾼의 면전에 대고 "당신의 악행을 증명하겠다"며 당당히 선전포고한다. "당신처럼 법의 구멍을 찾아내 빠져나가려는 사람이 있어서 법이 계속해서 늘어나는 겁니다. 그런 악인을 잡기 위해 법은 매년 바뀌죠. 그런데도 빠져나가려는 당신 같은 사람이 있어요. 악순환입니다." 이에 악당은 반문한다. 법은 결국 강한 사람이 만드는 거라고, 힘이 있는 사람들이 자신들 좋자고 만든 룰이라고 말이다. "그래서 어떻게 돼도 자기들이 지는 일은 없게 되어 있죠." 마치 카지노가 영원히 지지 않는 것처럼. 그리고는 "동네 변호사"는 어쩔 수 없다는 둥, 게다가 이시코를 가리켜서는 아직 변호사도 아니라고 했던가, 라면서 잔뜩 비아냥거리며 자리를 뜬다.

사회적 명성에 기대 호의호식하는 치가 약자를 비꼬고 깔보는 대사야 쌔고 썼다. 결국 그 역시도 결말에 이르러 전부 박살 내기 위한 일종의 '빌드업'이라는 것도 잘 안다. 하지만 그럼에도 법이란 것이 약자를 보호한다는 명분 아래 대개 강자를 보호하는 구실이 되었음을 여러 번 보아왔기에 일견 정곡을 찌르는 진실에 상한 마음이 쉬이 진정되진 않았다. 술에 취해 운전하다 단속하던 경찰관을 때린들 아버지가 국회의원이면 솜방망이 처벌받는 현실. 마약을 하든 아예 들여오든 결국 구속까지는 이어지지 않았던 기득권 세력. 표창장 하나가 누구에겐 대역죄가 되지만 같은 직책에 있는 누구에게는 아무것도 적용되지 않는 불평등 등등. 실은 대형 로펌과 공생하며 법의 테두리 밖에서, 아니 그냥 범죄를 저지르고도 누구보다 뻔뻔하게 잘사는 사람들을 너무나도 많이 봐온 탓이다. "유전무죄 무전유죄"를 외치다 사라진 탈주범 지강헌의 말이 왜 아직까지 회자되겠는가. 누구도 책임지지 않으려 하면서 너무나 많이 누려온 사람들이 있는데 법은 과연 필요한가 하는 의문이 일소된 적은 없었던 것 같다. 어떻게든 빠져나가는 사람이 있기에 이를 보완하기 위해 새로 법이 만들어지지만 그 법으로도 어쩐지 진짜 흑막까지는 다다르지 못한다. 너무나도 성긴 그물에 더더욱 허탈하기만 하다. 과연 법은 누굴 위한 것인가. 법은 정말 강자들의 세계를 지탱하는 허울뿐인 룰일까?

회색의 변호사

변호사라면 늘 이런 절망 아닌 절망과 계속 맞서 싸울 수밖에 없다. 그러면서 신념을 계속 지켜가든, 아니면 강자의 편에 서서 법 정의마저 새삼 자신의 의도대로 주무르든 했을 것이다. 이는 로마 시대라고 다르지 않았을 터. 로마 시대를 배경으로 한 하드보일드 소설 〈로마 서브 로사〉에서 주인공 고르디아누스는 진실이 모두 공개된 결말부 시점, 변호사 키케로에게 질문한다. "변호사님이 그토록 성공적으로 변호한 사람이 애초부터 유죄였는데도 정말로 마음이 아무렇지 않던가요?" 이에 키케로는 답한다. "유죄인 고객을 변호한다 해서 명예롭지 못할 것은 없습니다. 어느 변호사에게나 물어보세요. 더구나 폭군을 난처하게 만드는 데는 약간의 명예도 따릅니다." 애초에 권력을 공격함으로써 대중의 지지와 인기마저 획득하려 했던 것뿐인데 진실이 뭐 그리 중요하냐는 투다.

드라마 〈이상한 변호사 우영우〉에도 변호사 윤리에 관한 가장 원천적인 논쟁이 당연하다는 듯 등장한다. 아예 주인공 우영우의 상사인 변호사 정명석은 변호사란 세상을 더 좋게 만들기 위해 존재하는 것 아니냐는 풋내기 변호사의 신념을 부정부터 한다. "변호사가 세상을 더 낮게 만드는 일에 이바지한다고 누가 그럽니까? 변호사가 하는 일은 변호예요. 의뢰인의 권리를 보호하고 의뢰인의 손실을 막을 수 있도록 최선을 다해 변호하는 게 우리 일이라고. 우리가 가진 법적 전문성은 그런 일에 쓰라고 있는 거지, 뭐 세상을 더 낫게 만들라고 있는 게 아닙니다. 그리고 애당초 뭐가 더 세상을 더 낫게 만드는 일입니까? 그게 뭔지는 판사가 판단할 일 아니에요?" 여기에 우영우는 늘 원칙에 입각해 발언하는 자신의 성격 그대로 원론적인 답으로 상사를 일깨우려 한다. "변호사는 기본적 인권을 옹호하고 사회정의를 실현함을 사명으로 한다. 변호사법 제1조 제1항입니다." 제1조 제1항인 만큼 아마도 이것이야말로 변호사의 원천의 기조이자 기저임에 틀림없을 것이다. 그래서 정명석은 더더욱 화를 내는 것일 테고. 그만큼 잘 알고 있는 것이고 충분히 겪어온 갈등이기에 그는 답한다. 지금 그래서 우리는 의뢰인인 대기업 사측을 변호하는 일을 하고 있는 거라고. 그저 할 일을 하는 것일 뿐 "어느 쪽이 사회정의인지는 판사가 판단할 일이지 변호사인 우리가 판단할 일이 아니라고" 재차 강조한다. 마치 잘 모르는 애송이인 너도 시간이 지나면 나처럼 이런 마음가짐으로 일할 수밖에 없노라고 스스로에게 화를 내는 듯 보이기도 한다.

실은 새로운 건 아니다. 변호사를 내세운 작품 거의 대부분은 이런 직업적인 갈등을 필연인 양 늘 주요한 주제로 내세우곤 했다. 이것은 마치 변호사의 숙명이라는 듯 말이다. 그래서 줄을 잘

선 성공한 변호사가 있는가 하면, 한편에는 약자의 편에 서서 여전히 신념을 저버리지 않고 행동하는 변호사가 있다. 보고 있는 우리로서는 그 괴리야말로 진짜 현실이라는 생각이 들 법하다. 어느 게 옳은지는 알지만 항상 옳은 일만 할 수는 없다는 비정한 현실. 마치 법은 약자를 보호하기 위해 있는 것 같지만 그 얄팍한 껍데기를 한 꺼풀 들추면 애초에 강자를 위해 만들어졌다 느낄 법한 부조리함. 뭐가 됐든 시사하는 바는 명백하고 문제의식도 또렷하다. 무엇보다 극적 갈등을 만들어내기에는 이보다 더 적절한 주제도 없다. 그래서 변호사는 한 인간의 성장을 그리기에도, 타협이나 타락을 그려내기에도 적절하다. 더불어 불공정한 사회의 면면을 전시하기에도, 이를 깨부수는 달콤한 판타지를 선사하기에도.

약자들의 세계를 지켜줘

결국은 이 모두가 〈이시코와 하네오〉가 웅변하는 그대로 이 세상의 부조리를 넘어서는 판타지가 실은 판타지가 아닌 세상의 이치라는 결말 때문일지도 모른다. 결국 그 부동산 투자 사기꾼을 꽤 독특한 방법으로 압박하면서 이시코는 그때 건네받은 그의 조소를 그대로 되돌려준다. "당신은 전에 법은 힘 있는 사람들을 위해 만들어진 것이라고 하셨죠. 제 생각은 다릅니다. 매년 새로 생기는 법의 대부분은 약한 이들의 호소에 귀 기울여 생긴 것들입니다. 그분들이 소리 낸 역사입니다. 힘이 약한 사람도 강한 사람도 같은 세상에서 평등하게 살아가기 위해 필요한 룰. 법은 그러기 위해 만들어진다고 생각합니다." 그리고 그간 이 둘이 변호했던 의뢰인들의 모습이 스쳐 가며 그의 말은 좀 더 힘을 얻는다. 그러거나 말거나 악당은 여기 지지 않고 비웃으며 반박한다. "그래 봤자 약한 사람은 언제가 됐든 강해질 수 없어요." 그 말을 남기고 돌아서는 그에게 이번엔 하네오가 되갚아준다. "그런데 약하면 안 되는 겁니까? 당신이 약자라 부르는 사람들 중 대부분은 힘을 갖고 싶다고 생각하지 않을 텐데요? 그들은 남에게 피해 주지 않고 피해받지 않으며 그저 평범하게 일상을 보내기를 바라는 사람들입니다. 그리고 그런 분들 때문에 이 사회가 유지되고 있죠. 우리는 법을 다루는 사람들로서 앞으로도 성실하게 살아가는 사람들과 함께 싸울 겁니다." 대다수 평범한 우리들에게 보내는 말로도, 그리고 이 작품의 기조를 다시 한번 강조하는 데도 더할 나위 없는 대사다. 그렇다고 속이 완전히 시원해지진 않았지만, 실은 이게 더 진실에 가깝다는 것을 알아서였을까. 그래서 약자인지 강자인지 저울질하지 않고, 실은 그런 것 따위 전혀 의식하지 않고 살아가는 이 순간의 모든 걸 위무하는 작품의 일관된 메시지에 조금은, 아주 조금은 흡족해졌다.

마찬가지로 늘 의식하는 질문 중에 이런 것이 있다. 역사는 항상 진보하는 것일까? 가끔은 아닌 것 같다. 하지만 아닌 걸 알면서도 누구나 힘주어 이야기하곤 한다. 거시적으로 보면 분명 앞서거니 뒤서거니 하면서 조금씩 앞으로 나아가고 있다고. 어쩌면 이것은 믿음에 가까운 것일지도 모른다. 그러니까 세상의 진실이나 이치라기보다는 신념에 더 어울리는 말이다. 그런 식으로라도 무용한 갈등과 가끔의 퇴행마저도 새로 태어나기 위한 산통이란 생각을 하지 않으면 견딜 수 없기 때문일지도. 그래도 아직까지는 믿으려 한다. 변호사 같은 고매한 직업은 아니더라도 보통의 사람으로서 법 역시 나와 내 주변의 모든 평범한 이들을 지키기 위한 것이라고.

실은 촛불이 아니라 횃불을 들어도 모자랄 판에 늘 촛불을 들고 집회에 나서는 것도 때로는 못마땅할 때가 많다. 집회의 본질을 왜곡하고 묵살하기 위해 결국 폭력 시위니 시위꾼의 선동이니 하는 식의 모함으로 아예 모든 의견을 평화적으로 표출할 수밖에 없도록 만든 작금의 상황이 과연 시위대를 위한 것인지 아니면 위정자를 위한 것인지 헷갈리기 때문이다. 게다가 아무것도 가지지 못한 사람들이 할 수 있는 마지막 표현이자 그 자체로 목숨을 건 항쟁이던 삭발이나 단식조차 어느 순간 그치들이 가져가면서 도둑맞은 가난, 아니 도둑맞은 저항이 바로 이런 것인가 싶어 속이 쓰리고 절망스럽기도 했다. 머리를 밀거나 단식하는 것조차 가진 자들의 것이 되어버린 지금, 그래도 남은 것은 법일까? 확신할 수는 없지만 역사는 앞으로 나아가기에 그저 대다수 "성실하게 살아가는 사람들"의 편이 되어주길 바랄 뿐이다. 약자와 강자가 구분되지 않도록, 법이 강자를 비호하는 룰이 되지 않도록, 책임질 사람들이 책임지고 평범한 사람들의 일상을 지켜줄 수 있기를 바랄 뿐이다. 이것이 믿음이나 신념이 아니라 현실이 되기를.

각오한 자가 쏘아올린 작은 공
〈더 포스트〉

> 이 사건의 교훈은 이 나라 국민들이 국내 문제뿐 아니라 외교도
> 대통령 혼자 의회의 도움 없이 국정을 운영하게 두지 않을 거
> 란 점입니다. 보고서의 공개를 반역과 같다고 한 존슨 대통령의
> 반응에 충격을 받았습니다. 특정 정권이나 개인의 평판이 손상
> 된 것을 국가에 대한 반역과 동일하게 생각하는 반응입니다.
> '짐이 곧 국가다'라고 말하는 것과 다름없습니다.
>
> - 〈더 포스트〉, 대니얼 엘스버그의 인터뷰 중

스티븐 스필버그의 영화 〈더 포스트〉(2018)는 1971년 언론에 공
개된 일명 '펜타곤 페이퍼' 사건을 다룬 영화다. 펜타곤 페이퍼란
제2차 세계대전부터 1968년 5월까지 인도차이나에서의 미국의
역할을 기록한 보고서다. 당시 로버트 맥나마라 국방장관 휘하에

서 이 보고서를 만든 MIT 부설 국제연구소의 수석 연구원 대니얼 엘스버그는 미국의 인도차이나 개입이 애초에 부당했음을 증명하는 문서를 신문사에 무단으로 제공했다. 그 파장은 실로 대단했다. 총 47권으로 구성된 방대한 문서의 내용은 베트남전이 명분도 없는 데다 무용하다는 것을 폭로하는 것이나 다름없었기 때문이다. 예컨대 미국이 베트남 참전의 구실로 내세운 통킹만 사건조차 미국 군대가 북베트남의 선제공격 및 교전 사실을 조작한 것이었다. 그 모든 실상을 알면서도 역대 네 명의 대통령이 그간 베트남전의 진실을 감추고 전쟁을 묵과하고 있었다는 사실이 언론을 통해 알려지면서 이는 미국뿐만 아니라 국제적으로도 큰 논란을 불러일으켰다.

먼저 포문을 연 것은 〈뉴욕 타임스〉였다. 그러나 영화 〈더 포스트〉는 〈워싱턴 포스트〉의 편집장인 벤 브래들리(톰 행크스)와 발행인 캐서린 그래헴(메릴 스트립)을 중심에 두고 〈워싱턴 포스트〉가 〈뉴욕 타임스〉가 먼저 공개한 문서를 입수하기 위해 백방으로 뛰어다니다 마침내 펜타곤 페이퍼의 진실을 공개하며 정부의 압력에 맞서는 것을 골자로 삼는다. 영화에서 펜타곤 페이퍼를 지면에 싣는 일은 곧 신문사의 존폐와 긴밀히 연관된 것으로 그려진다. 미국 정부와 역대 대통령은 국익을 들어 〈워싱턴 포스트〉와 〈뉴욕 타임스〉의 폭로 기사가 반역적인 행위라며 법적으로 기사를 연재하지 못하도록 압박했다. 결국 최초의 여성 발행인이었던 캐서린의 고뇌와 결단이 언론 본연의 역할과 책무와 긴밀히 엮이고, 마침내 연방 대법원 또한 언론의 손을 들어주면서 두 신문사는 진실을 게재할 권리를 인정받는다. 법원에서 신문사로 전달된 재판부의 변은 간단하다. "건국의 아버지들은 민주주의의 수호를 위해 언론의 자유를 보장했다. 언론은 통치자가 아닌 국민을 섬겨야 한다."

영화에서 등장하는 대니얼 엘스버그의 인터뷰 또한 그의 양심 선언의 기저, 그 핵심을 잘 보여준다. 그는 자신의 행위가 국가 권력에 맞서는 것은 물론 스스로 속한 조직마저 고발해야 하는 큰 용기와 결단이 필요한 것을 잘 알고 있었다. 그 모든 걸 알면서도 그는 각오했다. 대니얼 엘스버그는 미국이라는 민주국가를 지탱하는 기저, 공산국가와 다른 근원적인 차이가 무엇인지를 잘 알았던 것 같다. 그는 자신의 누설 행위를 반역이라고 일컫은 존슨 대통령을 향해 "특정 정권이나 개인의 평판이 손상된 것을 국가에 대한 반역과 동일하게 생각하는 반응"이라며 맹비난했다. 그러고는 이런 태도야말로 곧 "'짐이 곧 국가다'라고 말하는 것"이나 다름없다며 냉소한다. 무려 1971년에 벌어진 일이지만 어딘가 모르게 지금 우리에게도 강한 기시감을 자아내는 것을 보면 역사의 교훈은 단지 역사가 한 번 만들어진 것만으로는 결코 완성되지 않는다는 점을 잘 보여주는 듯하다. 이를 계속해서 교훈 삼지 않으면 언젠가 다시 한번 반복된다는 것 역시도.

언론을 위협하는 것들

언론의 사회적 기능은 국민의 알 권리를 보장하며 권력을 견제하는 것이다. 정부 입장에선 내심 껄끄러울 수밖에 없지만 이건 그냥 언론의 존재 이유이자 숙명과도 같은 것이다. 그런데도 이를 "국가에 대한 반역"이라며, 국익을 해친다며 불이익을 주고 겁박한다니. 민주국가라는 울타리 안에서 벌어진 일이라기엔 너무나도 국가주의적이며 너무나도 후진적이다. 대니얼 엘스버그의 말 그대로 "짐이 곧 국가다"라는 것과 마찬가지다. 펜타곤 페이퍼 공개가 정당했다는 연방 대법원의 판결 이후 〈워싱턴 포스트〉와 〈뉴욕 타임스〉는 후속 보도를 통해 베트남전쟁이 미국 정부와 군수산업, 광신적 반공주의자들이 결탁한 침략 전쟁이었다는 사실을 확증했다. 이로 인해 닉슨 행정부에 대한 비난 여론이 거세질 수밖에 없었고, 영화는 이런 분위기가 결국 워터게이트 사건으로 이어졌음을 암시하며 막을 내린다. 역사가 반복되는 게 분명하다면 우리의 경우도 어쩌면 여기까지 다다를지도 모를 일이다.

독재자란 별다른 게 아니다. 자신의 반대편에 선 이들의 입을 틀어막으며 그것을 정당화하는 이야말로 독재자다. 예컨대 이태원 참사가 정부의 책임, 정부의 잘못이라면 행정부의 수장인 대통령은 정부를 대표해 우선 앞장서 고개 숙여 사과하는 게 마땅하다. 하지만 이태원 참사에 대한 대통령의 언행 중 가장 인상적인 장면은 아이러니하게도 관료들에게 호통을 치는 장면이었다. "왜 4시간 동안 물끄러미 쳐다만 봤냐 이거예요. 현장에 나가 있었잖아"라며 윽박지르는 장면을 왜 언론에 공개했는지 그 속내까진 정확히 알 수 없지만 이것이 전형적인 독재자의 수법이라는 것만은 분명하다. 이사카 고타로의 소설 〈거꾸로 소크라테스〉에서도 이를 아이들의 세계에 대비해 정확히 적시한다. "추상적인 말을 고래고래 외치며 화내는 건 독재자의 수법이야. (…) 구체적인 이유를 알려주지 않고 공포를 안기면, 다음부터는 그 사람의 안색을 살필 수밖에 없게 되니까."

그리고 보니 윤석열 정부에서 가장 강조하는 말 또한 상식과 공정, 그리고 자유라는 다소 추상적인 표어 일색이다. 상식과 공정이야 전 정부를 비판하기 위해 동원한 허울 좋은 수사에 불과해 보였지만 그러거나 말거나 국민의 반절 가까이가 여기에 표를 던졌다. 소년만화 장르 밖으로 뛰쳐나간, 2000년대 최고의 걸작 만화인 〈강철의 연금술사〉에도 민중을 '선동'하는 데 새로운 수사는 필요치 않다는 풍자가 교묘히 스며 있다. 작중 혼란 상황을 수습코자 라디오방송을 통해 "미력하나마 대총통 각하의 뜻을 이어받아, 정의의 이름으로 비열한 무리들에게 전력을 다해 맞설 각오를 하고 있습니다"란 모호한 대의를 설파하는 것만으로도 효과는 충분했다. 재미있게도 이 말의 진의를 곱씹는 건 마이크가 꺼지고 난 직후다. 동료들은 여기에 하나둘 말을 덧붙인다. "그나저나 '정의'란 참 편리한 미끼란 말이야. 국민들이 덥석 물어주면 좋겠구먼, 허허허." "'정의' 같이 애매하고 실체 없는 말을 잘도 갖다 쓰는군." "뭐든 못 쓸 게 어딨어? 다들 좋아하잖아? '정의'라는 말의 느낌을." "그래. 먼저 말하는 게 임자지." 그러니 공정이란 말만 먼저 내뱉으면 그뿐 아니었을까. 이제는 자기 사람들에게는 절대 적용되지 않는 불공정을 애써 감출 필요조차 느끼지 않는 것 같으니 말이다.

그중 자유는 더 모호하다. 무엇을 위한 자유인지, 무엇의 자유인지도 알 수 없다. 그의 입에서 나오는 자유는 어떤 자리, 어떤 사람들 앞에서건 상관없이 늘 자동 반사적으로 등장하는 무적의 단어다. 앞서 말했듯 실은 의미가 모호할수록 더 좋다. 해석은 오롯이 다른 사람들의 몫, 그중에서도 언론의 임무로 남을 뿐이다. 덕분에 쉴 새 없이 고개를 좌우로 돌리면서 한순간도 시선을 고정하지 못하는 언행을 언론은 매일같이 해석하며 그의 기분과 안색을 살핀다. 매일 그의 출근길에 수십 명의 기자가 달려들어 정제되지 않은 말 몇 마디를 주워 담아야만 했다(물론 지금 와서는 그것도 아주 짧은 한때에 불과했지만). '바이든'인지 '날리면'인지를 두고 다투는 촌극을 벌였다. 특히 이 뒷담화 욕설은 단지 사과하면 그뿐이었거늘 마치 아예 있지도 않은 일을 언론이 괜스레 부풀렸다는 식으로 치달아 마치 언론과의 기싸움을 방불케 했다. 국익을 훼손했고 그러니 너희들은 벌을 받아 마땅하니 앞으로는 콕 집어 배제하겠다며 문제를 키운 것이다. 이는 앞서 대니얼 엘스버그가 지적한 그대로 전형적인 독재자의 논리다. 비교컨대, 저신다 아던 뉴질랜드 총리 역시 마이크가 켜진 줄 모르고 야당 대표인 데이비드 시모어를 향해 나지막이 욕을 내뱉은 핫 마이크 사건을 벌인 바 있다. 심지어 아던 총리가 한 욕설은 고작 '이 새끼'에 비할 바가 아니었다. 하지만 아던 총리는 시모어 대표에게 직접 사과하면서 공적 정치가 불필요한 감정 소모의 장으로 전락하는 걸 차단했다. 물론 이를 인정하면서 그의 잘못된 처신에 대한 비난은 온전히 스스로의 몫으로 감수해야 했다. 그러니 이 경우 나이는 거의 아무것도 아니다. 1980년생 아던 총리가 윤 대통령보다 훨씬 어른다웠다. 물론 다른 누구와 비교할 수 없을 만큼 그냥 그가 절대적으로 유치하고 치졸했을 뿐이지만.

　게다가 벌써 스무 번이 넘도록 국회 의결 법안에 재의요구권을 행사하며 사실상 국회를 무력화시키고 있는 행태 또한 무척 우려스럽다. 다른 게 독재가 아니다. 엄연히 삼권분립을 근간으로 하는 민주공화국에서 국민을 대표하는 한 축을 무시하고, 마치 여야 합의가 되지 않는 법안이 근본적으로 잘못된 것인 양 치부하는 행태야말로 그냥 독재다. 그럼 300명 국회의원들이 매번 만장일치라도 봐야 한단 말인가. 이미 최후 결정권을 대통령이 틀어쥐고 있는 이 형국이 파쇼가 아니면 뭐란 말인가. 상황이 이럴진대 언론이 이를 야당과 대통령 둘 모두의 잘못이라며 양비론으로 호도한다면 이 또한 고고한 척 아양 떠는 또 다른 권력의 시녀나 마찬가지인 이유다.

그러니 문제는 언론에도 있었다. 언론사가 자신에게 주어진 책무에 대해 우기고 거짓말하면서까지 특정 언론사에 압력을 행사하는 걸 지켜보면서도 다른 언론사는 자신의 일이 아니니 상관없다는 듯 이를 방관했다. 오직 〈한겨레신문〉와 〈경향신문〉만이 여기 반발하고 연대했을 뿐이다. 영화 〈더 포스트〉에서 〈워싱턴 포스트〉와 〈뉴욕 타임스〉에 대한 탄압에 맞서 다른 경쟁사들마저 연대하고 지지한 장면과는 너무나도 다른 모습이다. 언론을 길들이려는 태도에 당사자인 언론 스스로가 화를 내지 않는 것이 더더욱 의아할 따름이다. 알다시피 독재자에게 자성을 기대하는 것만큼 쓸데없는 일도 없다. 이미 역사 속에서 수없이 증명된 바다. 그렇다면 혹시 언론의 자성을 기대하는 것 역시 쓸데없는 일일까? 그럴 리야 없겠지만 어쩐지 '기레기'를 욕하는 것만 가까운 탓에, 그러면 그럴수록 권력자는 더 먼 곳으로 아예 철옹성 안으로 들어가는 듯 느껴진다.

함께 걸어가야 할 길

  2022년 12월 25일 크리스마스에 조세희 작가가 영면하셨다. 다시 우리 시대에 〈난장이가 쏘아올린 작은 공〉이 회자되는 이유가 단지 작가의 별세 때문만은 아니라고 믿는다. 언론 또한 조세희 작가의 부고를 전하며 그가 오래전 소설을 통해 우리 사회에 던진 숙제가 아직도 해결되지 않았노라며 그 의미를 다시금 아로 새겼다. 결코 약자 편에 설 생각이 없어 보이는 정부, 그리고 이를 견제해야 할 언론이라면 이제는 방치했던 숙제를 조금이나마 풀어내야만 하지 않을까. SBS 드라마 〈피노키오〉(2014)에서 한 선임 기자가 후배에게 충고하길, 기자의 임무는 직접 눈을 치우는 게 아니라 눈 치우기를 격려하고 담당자로 하여금 보다 빠른 처리와 후속 대처를 경고하는 등 구조적인 문제를 해결하는 데 있다고 했는데, 실은 반은 맞고 반은 틀렸다. 일단 기자건 누구건 함께 눈을 치울 각오를 해야 한다. 그게 조세희 작가가 남긴 필생의 숙제를 풀어나가야 할 남은 자들 모두의 자세여야 한다. 악은 거리낌 없이 자신의 길을 걸어가는 반면 선은 끊임없이 자신을 증명하고 다 잡아야 하는 시대이기에 더더욱 눈 치우기는 모두의 몫으로 남아야 한다. 〈더 포스트〉가 재현한 역사 속 선례처럼 언론도 그리고 우리 모두도 각오해야 할 것이다.

최고난도로 살고 싶어?
〈거꾸로 소크라테스〉

>
> 인생은 아주 어려워. 어른도 정답은 모르고, 평범하게 살아가는
> 것조차 최고난도를 자랑해. 게임처럼 '쉬움' 모드는 없지. 그런
> 데 남을 무시하거나 괴롭히는 사람은 그것만으로도 난이도가
> 올라가는 거야. 언제 그 사실이 들통날지 모르거든. 왜 스스로
> '어려움' 모드를 선택하는 걸까? 엄청난 권력자가 될 자신이 있
> 다면 또 모르지만, 훗날 어디서 누구와 어떤 입장에서 만날지는
> 모르는 거잖아. 자기가 무시했던 사람이 업무상 거래처가 될 수
> 도 있고, 장래 결혼할 사람의 친구일 수도 있어. 혹시 어른이 된
> 후에 크게 다쳐서 실려 간 응급실의 담당 의사가 옛날에 자신이
> 따돌린 사람이라면 어떻게 될까? 그거 무섭지 않니?

- 〈거꾸로 소크라테스〉 중

흔히 아이들의 세계를 다룬 작품에 반드시라도 해도 좋을 만큼 빠지지 않는 요소가 있으니, 바로 폭력과 지배 정서다. 초등학교부터 고등학교에 이르기까지, 학교라는 공간에 들어서는 순간, 학급 안은 마치 우리 사회의 축소판인 양 계급과 계층이 나뉘고 지배·피지배 구조가 성립된다. 이는 작품의 국적과 시대를 불문한다. 창작자의 경험을 반영한 것일 수도, 수용자의 경험을 자극하기 위한 과장된 상상일 수도 있을 것이다. 어찌 됐건 학교라는 곳은 폭력을 직간접적으로 겪기 용이한 아주 이상한 공간으로 묘사되기 일쑤다. 그래서 창작물에서 학생들은 교실 안에서 때때로 전쟁을 벌이는 것처럼 보이기도 한다. 학업으로 '경쟁'하는 게 아니다. 자존감을 지키기 위해, '하층민'이 되지 않기 위해, 때로는 살아남기 위해 명백히 투쟁하고 있는 것처럼 그려진다.

비단 창작물만이 아니다. 현실 역시 크게 다르지 않다. 얼핏 학교는 등하교가 가능한 열린 공간처럼 보이지만 실은 교실 문이 닫힌 순간 외부에선 아무것도 알 수 없다. 심지어 가장 가까이에서 이들을 담당하는 교사조차 학생들의 세계에서는 외부인에 불과하다. 이런 현실의 진짜 씨앗이 없었다면 학교를 배경으로 한 무수한 작품들이 애써 꽃을 피울 이유도 없었을 것이다. 일본에서 '이지메'란 말이 전해지기 전에는, 그리고 이지메가 '왕따'라는 말로 바뀌어 자리 잡기 전에는 그런 개념이나 행동이 없었을까? 아마도 학교만이 아니라 학교를 가정한 거의 모든 곳에는 이런 폭력이 존재하고 있을 것이 분명하다.

드라마 〈이상한 변호사 우영우〉에서 자폐스펙트럼장애를 갖고 있는 주인공 우영우는 고교 시절 괴롭힘을 피해 '시골 애들이라 순하다'는 강화도로 전학 갔지만, 이곳에서도 급우들의 태도는 서울과 별반 다르지 않았다. 영우는 그 당시 괴롭힘당했던 여러 구체적인 상황이 나열되기 전 내레이션을 통해 이렇게 말한다. "시골이라고 다를 건 없었습니다. 학교에서 나는 찐따라고 불렸어요. 나를 상대로 한 장난도 유행했는데, '아, 미안' 놀이였습니다." 영우로 하여금 우유를 쏟게 하고 의자를 빼 식판을 엎지르게 하고도 "아, 미안"으로 퉁치는 아이들의 행동은 무척 약고 비열하기까지 하다. 만화 〈목소리의 형태〉에서는 아이러니하게도 학급 아이들이 주인공 쇼야가 과거 초등학교 시절 왕따 가해자였다는 이유로 따돌린다. 이 경우엔 아예 죄의식조차 없다. 마땅히 쇼야가 벌을 받아야 한다고 생각한 아이들이 스스로를 정당화하고 있기 때문에 폭력은 더욱 가차 없이 그를 몰아붙인다.

문득 교사들의 폭력이 더 우세했던 과거에는 학생 간 폭력은 좀 덜했던 것 같기도 하다. '외부'의 적과 맞서 싸우기 위해 자연스럽게 조금은 더 뭉치고 연대했다고나 할까. 물론 그런 가운데서도 약자는 존재할 수밖에 없고, 누군가는 마치 타고난 재능처럼 먹잇감을 발견했다. 그것도 더더욱 눈에 띄지 않게. 그런데도 학창 시절 내내 이런 폭력의 공기를 전혀 감지하지 못했다면 타고나길 둔감한 건 아닐까 되돌아보길 바란다. 그도 아니면 늘 기억력이 별로 좋지 않은 가해자였을지도 모를 일이고. 정말로 없었다면 정말 정말 다행이지만, 어쩐지 폭력이 없었다기보다는 눈에 띄지 않았다는 편이 더 맞을 것 같다. 여전히 어린 학생들의 '극단적 선택'이 뉴스를 채우고 있는 것을 잘 알기에 더더욱 그렇게 여겨야 옳다.

그만큼 학교 폭력의 역사는 길고 이는 마치 인간의 본성과도 같다는 생각이 들 때가 많다. 발본색원은커녕 그냥 매 순간 절망이 앞서는 이유다. 실제로도 구조적 문제로 접근하기보다는 한 건 한 건 가까스로 해결하거나, 이미 벌어진 사건을 수습한다며 다시금 피해자의 상처를 헤집는 게 고작이다. 인간의 선의라고는 전혀 보이지 않아 단지 도덕과 법률을 들이대는 것만으로는 미숙한 아이들의 저열한 욕구를 막기엔 역부족처럼 느껴진다. 때로는 마땅히 나서야 할 어른들이 사태를 방관하거나 아예 힘 있는 가해자의 편에 서는 악순환이 벌어지기도 한다. 학교 폭력이 단지 일차원적인 폭력에 머물지 않고 방사형으로 퍼져간다며 사안의 엄중함을 강조하는 사례는 차고 넘치지만, 아무것도 결정적인 해결책이 되진 못하는 실정이다.

'학폭'이 어리석은 이유

작가 이사카 고타로 역시 그간 같은 문제에 대해 치열하게 고민했던 것 같다. 그는 2020년 작 〈거꾸로 소크라테스〉의 '작가의 말'을 통해 우선 아이가 주인공인 소설은 쓰기 어렵다고 생각해 그동안 미루고 있었다고 고백한다. "아이를 화자로 삼으면 나이 때문에 사용할 수 있는 단어와 표현이 줄어들고, 작가에게 그럴 의도가 없어도 아동용 책으로 여겨질 가능성도 있거든요. 회고적인 이야기나 교훈담, 미담에 치우치면 아쉽고, 그렇다고 뒷맛이 나쁜 이야기로 만들기도 껄끄럽습니다." 그럼에도 결국 "몽상가와 현실주의자, 둘 중 어느 쪽도 낙담하지 않을 이야기가 뭘까 여러모로 고민하며 궁리한 결과"를 내놓았다. 〈거꾸로 소크라테스〉는 과연 20년 차 소설가다운 통찰력에 그동안 보여줬던 특유의 긍정주의 세계관을 버무려, 초등학생을 중심에 둔 너무나도 경쾌한 이야기 다섯 편을 선보인다.

이사카 고타로는 교사의 선입견을 타파하기 위해 아이들이 벌이는 은밀한 작전을 그린 표제작 이후 점점 더 교실 안쪽을 응시한다. 그곳에는 무관심과 방관이 우월감과 열등감을 자극하는 익숙한 풍경이 엿보인다. 때로는 아이들 스스로 부딪쳐가며 답을 찾기도 하지만, 무심하게 마음을 내어주는 주변 어른들을 통해 해답 가까이 다가서기도 한다. 그리고 알다시피 어른이라고 해봤자 세상의 진리를 모두 깨달은 현자 같은 이가 있을 리 없다. 개중엔 나쁜 어른도 있고, 아직 어른이 되지 못한 어른도 있다. 물론 나름의 해답을 갖고 단호하게 행동하는 어른도, 무심한 척 답을 건네는 어른도 있다. 왕따나 괴롭힘에 대한 그들의 생각 역시 완전한 해답이라곤 할 수 없지만, 단지 '친구를 괴롭히면 안 된다, 그건 나쁜 짓이다' 같은 말로는 도저히 설득할 수 없는 작금의 상황을 되돌아볼 때 오히려 정답에 더 가까운 지침은 아닐까 싶기도 하다.

무엇보다 아이들의 눈높이에 맞춰 설명하고 비유하기에 그 언어는 날것인 듯 보다 진실하게 다가온다. 때로는 아이에게 하는 말이란 게 무색할 만큼 그동안의 '착한 아이론'을 뒤집어 아예 다른 근거로 설득하기도 한다. 이를테면, "착한 아이로 지내고 싶기 때문에", "사이좋게 지내는 게 미덕이라서" 그래야 한다는 정론과는 일찌감치 선을 긋는다. 그보다는 "무리 속에서 남에게 피해를 주는 인간은 동료에서 제외되니까, 대부분의 인간은 주변에 피해를 주면 안 된다는 마음을 지니고 있"다는 말로써 이를 다잡는다. 그러니까 착한 품성은 타고난 본성이 아니라 그간 몸으로 익힌 인간의 '습성'이란 얘기다.

그럼에도 세상에는 일부러 피해를 주는 사람이 있기 마련이다. "현대사회는 무리에 약간 피해를 주더라도 당장은 동료에서 제외하지 않"기 때문인데, 그런 사람들은 "그저 그런 혜택에 기대어 응석을 부리고 있"다는 설명이다. 그러니 피해를 주며 이를 즐기는 사람에게 그걸 옳지 않다 말한들 달라질 리 없다. 아마 반성조차 하지 않을 것이다. 그렇다면 아이들은 그 사람을 어떻게 대해야 할까? "마음속으로 불쌍하게 여기면 돼. 이 사람은 자기 혼자서는 재미를 찾지 못하는 사람이구나. 불쌍하다. 그렇게 남의 물건을 빼앗거나, 남에게 폭력을 행사하는 그들은 결국 자기 혼자 힘으로 인생을 즐기는 방법을 모르는 불쌍한 인간인 거야. (⋯) 만약 아무 렇지도 않게 남에게 피해를 주는 사람이 있다면 속으로 슬그머니 생각하면 돼. 불쌍하다고." 물론 정답은 아니다. 하지만 꽤나 생소 한 직언이긴 하다. 개선이나 훈계가 아니라, 동정과 연민, 나아가 안타까움이나 한심함 같은 마음을 적극적으로 가지라는 것이니 말이다.

인생에는 법률로 재단할 수 없는 일도 많기 때문에 무엇보다 '평 판'이 중요하단 조언도 무척 의아하긴 마찬가지다. 그러나 곰곰 생 각해보면 그간 아이들이 타인의 약점을 건드리고 상처를 내는 데 장해가 됐던 건 고작 도덕이란 벽 하나에 불과했다. 선악이라는 잣대 단 하나. 예컨대 요즘은 다 자란 어른조차 솔직함만 내세운 다면 마치 위악이 선이라도 되는 듯 행동하는 이도 있는데 이 역 시 마찬가지다. '악이면 어때' 싶은 마음을 먹는 순간 인간이 방만 해지는 건 한순간이다. 영화 〈조커〉를 보고도 진짜 핵심을 읽지 못한 채 살인자 조커를 동경해 마지않는 비뚤어진 해석 또한 같은 맥락이다. 반면 평판은 다르다. "인간관계는 의외로 좁아. 친구의 친구가 다른 친구일 때도 있지. 건너 건너 지인이 알고 보니 직접 아는 사람일 때도 있고. 나하고는 상관없다고 생각했다가 큰일 날 때도 있어. (…) 법률을 어긴 것도 아닌데 뭘 어쩌라는 거냐고 고집스럽게 버틸 수도 있겠지. 하지만 미안한 짓을 했다고 반성하는 사람이 훨씬 훌륭해. 그리고 그 훌륭함이 평판을 만들지. 그 평판이 언젠가 여러분을 도와줄 거야"라는 게 아이에게 건네는 담임교사의 답이다. 우리는 늘 법률이나 스포츠 규정집에 실려 있지 않은 상황에서도 늘 평판을 시험당하고 있다는 것이다.

그렇게 생각하면 "남을 곤경에 빠뜨리거나, 괴롭히는 사람이 생기는 건 특별한 일"도 아니다. "자기가 곤경에 처하면 물귀신처럼 다른 사람도 끌고 들어가고 싶어지고, 남이 곤경에 처한 모습을 보면 재미있으니까." 반대로 생각하면, 고작 그런 이유 때문에 "왕따 같은 걸 해서 인생을 망치는 것도 바보 같다"는 생각이 들 법하다. 다른 어른 또한 아이들의 눈높이에서 이야기한다. "만약 내가 왕따를 당하면 난 괴롭힌 사람을 절대 잊지 않을 거"라고. "걔가 어른이 돼서 성공하면 적절한 때를 기다려서 폭로할 거야. 저 사람은 초등학생 때 나를 따돌렸다고. 그러기 위해서라도 무슨 짓을 당했는지 똑똑히 기억해뒀다가, 효과적으로 그 이야기를 퍼트릴 거야. 그 사람의 성공이 크면 클수록 타격도 크겠지. 아니면 걔한테 연인이 생겼을 때 연인에게 슬쩍 알려줄지도? '저 사람, 초등학생 때 나한테 이런 몹쓸 장난을 칠 만큼 독창적이었어요. 대단하죠' 하고." 어쩐지 최근 들어 학창 시절 왕따가 부메랑이 되어 돌아온 여러 유명인들의 몰락이 떠오르는 말이다.

왕따 근절을 위하여

"인생은 아주 어려워. 어른도 정답은 모르고, 평범하게 살아가는 것조차 최고난도를 자랑해. 게임처럼 '쉬움' 모드는 없지. 그런데 남을 무시하거나 괴롭히는 사람은 그것만으로도 난이도가 올라가는 거야. 언제 그 사실이 들통날지 모르거든. 왜 스스로 '어려움' 모드를 선택하는 걸까?" 말 그대로다. 잘나가자마자 낙인이 찍혀 침몰한 인간들 모두가 그때부터는 '하드코어' 모드로 인생을 살아가고 있다. 아마 평생을 그런 핸디캡을 지고 살아가야만 할 것이다. 물론 세상은 결코 완전무결하지 않아 더 큰 힘이나 재력을 발휘해 다시금 피해자를 찍어 누르는 경우도 없진 않았다. 하지만 대부분은 그 사람을 마주할 때마다 떠올릴 것이다. 그 사람의 본성을 되돌아보게 될 것이다. 거짓된 가면 뒤를 들여다보려 할 것이다. 나에게 끼칠 해악을 염려할 것이다. 정말로 장래 결혼할 사람의 친구가 과거의 죄악을 알리지 말란 법도 없다. 극단적으로는

"크게 다쳐서 실려 간 응급실의 담당 의사가 옛날에 자신이 따돌린 사람"일 수도 있다. 그게 인생이다. 어떤 일이 닥칠지 아무도 모른다. 굳이 '어려움' 모드를 선택하지 않아도 충분히 힘들다.

그동안 아이들을 이런 말로 설득한 어른은 거의 없었던 것 같다. 이사카 고타로는 자신이 고민한 그대로 "회고적인 이야기나 교훈담, 미담"을 그리지도 않았고, 그렇다고 뒷맛이 개운치 않은 이야기로 씁쓸한 현실을 적시하는 데 그치지도 않았다. 이 정도의 이야기라면 교훈까지는 아니더라도 적절한 충고는 될 수 있을 듯하다. 그만큼 스스로 인생을 돌볼 줄 아는 이라면 위선으로라도 행동을 다잡을 지침이 되어줄 만한 격언이다.

당연히 이 또한 궁극적인 해답이 될 순 없다. 하지만 우리는 철없는 아이들에 불과하다며 내버려두었던 곳에서 벌어진 무참한 폭력과 그로 말미암은 참혹한 결과를 무수히 보아왔다. 또다시 실망하고 포기하지 않으려면 뭐라도 시도해봐야 하지 않을까. 다행인지 불행인지 지금 우리 사회에는 그 처절한 몰락의 예가 도처에 있다. 도덕의 잣대만 들먹이는 팔자 좋은 말에만 기대기엔 이미 너무 늦었다. 고민만 하는 사이 스러진 아이들이 너무나 많다. 그래서 이제는 인생에도 "최고난도"가 있음을 일깨워주는 것도 필요하단 생각이다. 지금 재미로 무감하게 행하는 그 폭력이 스스로 무거운 족쇄를 채우는 일이라는 것을 일깨울 필요가 있다. 폭력의 굴레를 끊을 수만 있다면, 그렇게라도 아이들을 설득했으면 한다. 물론 그 밖에도 어른들이 해야 할 일은 많다. 지금 피해자가 최고 난도의 인생을 보내고 있다면, 우리는 지금 뭐든지 해야 한다.

내 낡은 서랍 속 테라리움

TERRARIUM IN MY OLD DRAWER

독설록 讀說
毒舌錄

하고 싶은 일을 선택하기
〈호시아카리 그래픽스〉

> 지금의 나처럼 거만하게 내려다보면서 남의 인생을 다 아는 것
> 처럼 충고하는 사람의 말은 듣지 마. 아무짝에도 쓸모없으니
> 까. 마음 저 끝에다 갖다 버려. 네 인생은 남의 인생의 과거가
> 아니야.

- 〈호시아카리 그래픽스〉 3권 중

　누구나 한 번쯤은 진로에 대해 고민한 적이 있을 것이다. 별 고
민 없이 직업을 선택했거나 선택당했다면 그것도 마냥 좋다고만
은 하기 힘들지 않을까. 진로를 고민했던 순간은 의외로 오랫동안
뇌리에 남아 어떻게든 인생을 지배하기 마련이니까. 누구처럼 맘
편히 9수 할 환경이 아니었다면 그렇게 여러 선택지 사이에서 갈
등하다 결국 몇 가지 보기로 압축하는 과정을 거쳤을 것이다. 그

러다 결국 조금은 모험적인 선택지 하나와 비교적 안전한 미래에 가까운 선택지 하나 정도를 추렸을지도 모르겠다. 인생이 그리 단순하진 않지만 선택의 기로에 선 순간만큼은 의외로 얻을 것과 잃을 것이 명백한 상황이 잦았던 것 같다. 그리고 손해 볼 걸 알면서도 도전을 택하거나, 모험이 두려워 안주하기 위해 적당한 핑계를 찾거나 했다. 어느 것이 더 좋은 선택이었는지는 그저 언제 올지 모를 미래가 알려줄 따름이다. 그 선택에 후회하는지, 아니면 적당히 만족하는지.

만화 〈호시아카리 그래픽스〉의 두 미대생 주인공 또한 점차 그런 갈림길로 향한다. 디자인학과에서 비주얼 디자인을 전공하는 요시모치 세이는 손도 빠르고 센스도 좋아 누가 봐도 '천재과'라 할 만한 실력 있는 학생이다. 하지만 인간관계는 너무나도 서툴다. 우선 병적인 결벽증이 문제다. 다른 사람과는 악수도 못 할 정도인데 그에겐 인간들이 전부 "오물 덩어리"로 보일 뿐이다. 하지만 이런 결벽증조차 성격에 비하면 약과다. 한마디로 "결벽증 이전에 성격이 꽝"이라는 설명이다. "생활력도 없고 무례하고 이기적이고 고마운 것도 몰라." 그 설명 그대로 요시모치는 기행에 가까운 반사회적 면모를 작품 내내 과시한다. 반면 요시모치의 유일한 단짝 친구인 소노베 아카리는 그와는 완전히 대척점에 선 캐릭터다. 미술학과 유화 전공인 아카리는 미술 실력은 그냥저냥이지만 친화력만큼은 교내 최강이다. 우선 학교 안에 모르는 사람이 없을 정도로 인맥이 넓다. 동아리 활동도 안 하는 게 없을 만큼 관심사도 다방면으로 뻗쳐 있다. 실은 이마저도 사람들과 인맥을 만들기 위함으로, 압도적인 그래픽디자인 실력에 비해 성격은 "꽝"인 요시모치와 어울리는 것도 그 때문이다. 그에게 있어 "미대는 재능을 갈고닦는 곳이 아니라 진짜로 재능 있는 사람과 인맥을 만드는 곳"이다.

성격은 극과 극인 데다 심지어 조금은 불순한 이유로 친구가 된 둘이지만 의외로 죽은 잘 맞는다. 팀을 이뤄 본격적으로 학내 잡다한 그래픽디자인 작업을 수주받아 완성하는 과정에서 둘은 그야말로 완벽한 분업화가 무엇인지를 여실히 보여준다. 넓은 인맥에 사람을 장악하는 힘까지 갖춘 아카리가 클라이언트를 상대하고, 요시모치는 주구장창 디자인만 전담하는 식이다. 어차피 요시모치는 디자인만 할 수 있다면 격무도 마다하지 않는 '노력하는 천재'다. 더욱이 최근엔 1년 선배인 쿠로사와 세이준에게 자극받아 그를 넘어서기 위해 작업물을 급격히 늘려가는 중이기도 하다. 결국 요시모치와 아카리가 이룬 '호시아카리 팀'은 졸업 후에도 어찌저찌 개성 있는 디자인 팀을 이뤄 뭔가를 이뤄낼 것만 같다. 마냥 달콤해 보이는 이야기 역시 청춘을 그토록 싱그럽고 도전적인 한때로 그려내고 있기에 더더욱.

하지만 요시모치가 한 디자인 사무소에서 인턴으로 근무하면서 서서히 이들에게도 또 다른 선택지가 모습을 드러낸다. 요시모치가 일하게 된 니시바타 디자인 사무소는 규모는 작지만 그간 탄탄히 성장해 근래 괄목할 만한 성과를 내고 있는 곳이다. 이곳의 젊은 대표 니시바타 또한 누구나 존경할 만한 데다 실력까지 갖춘 사람으로 보인다. 예컨대 마침 공모 경쟁에서 탈락한 다음에도 사무소 직원들은 그간 애쓴 것도 아랑곳하지 않고 이를 군소리 없이 받아들인다. 그동안에도 이렇게 몇 번이나 실패를 반복하면서 이름을 알려왔으니 애써 낙담할 필요는 없다는 태도다. 이에 요시모치는 니시바타에게 묻는다. "살아남기 위해선 끈기와 재능이 둘 다 필요하다는 뜻"이냐고. 니시바타는 답한다. "재능 있는 사람 따윈 이 세상에 없어. 있는 건 어설픈 자신을 용서할 수 있는 사람과 용서할 수 없는 사람뿐"이라고. 어쩐지 이런 사람이라면 자신의 꿈을, 미래를, 진로를 맡기기에 더할 나위 없어 보인다.

　이윽고 요시모치는 선배 쿠로사와에게도 진로 상담차 질문한다. 예상 외로, 성격 나쁜 독불장군 쿠로사와마저도 니시바타 디자인을 우선은 "경험을 쌓기엔 최고"라고 평가한다. 이어서 "어차피 평생 거기 있을 것도 아니니까. 경력과 인맥을 몇 년 쌓고 나서 야심이 생기면 그만두고 좋아하는 일? 호시아카리든 뭐든 간에 하면 되잖아. 대뜸 친구와 창업이라니 바보냐? 당연히 니시바타로

가야지"라고 말한다. 하지만 여기엔 반전이 있다. "~라고 평범한 놈들은 말하겠지"라는 것이다. 그러고는 명심하라며 스스로 절대 평범하지 않은 놈이라 생각하는 쿠로사와 자신의 진짜 생각을 들려준다. "지금의 나처럼 거만하게 내려다보면서 남의 인생을 다 아는 것처럼 충고하는 사람의 말은 듣지 마"라고. "아무짝에도 쓸모없"다고. 그런 생각일랑 "마음 저 끝에다 갖다 버려. 네 인생은 남의 인생의 과거가 아니야"라며 역시나 괴짜다운 비범한 조언을 한다.

미래가 부른다

정말로 뭐든 다 아는 어른들께 몇 번은 들었던 말이긴 하다. 어차피 누구나 인생은 첫 번째일 텐데 마치 모든 경험을 다 했다는 듯, 내가 해봐서 안다는 듯, 너는 그 길로 돌아갈 필요가 없다는 듯 조언하는 어른들께 들었던 그 말 말이다. 그래서인지 쿠로사와의 청개구리 같은 조언은 꽤나 정곡을 찌른다. 그런 사람의 충고는 듣지 말고 너의 인생을 살라는, 겨우 남의 인생의 과거가 되지 말라는, 결코 네 인생은 남의 인생의 과거가 될 수 없다는 그 말을 듣고 있으니 망설이던 모험의 순간 이제야 흔쾌히 첫발을 뗄 수 있을 것만 같다.

그러나 여기에도 또 한 번 반전이 있다. 결국 요시모치가 아카리와 둘이서 독립하기보다는 니시바타 디자인을 선택하기 때문이다. 보다 편하고 안전한 길을 택하는 결말이라 조금은 의외로 느껴지긴 하지만, 한편으로는 너무도 현실적인 답이기에 씁쓸한 여운이 남는 선택처럼 다가오기도 한다. 오히려 요시모치의 재능에는 한참 미치지 못하는 한 엑스트라 캐릭터가 독일 유학을 가기로 결정했다며 이렇게 말한다. "이 학교에서도 별 볼 일 없던 나 같은 놈이 독일은 가서 뭐 하냐고 생각하겠지. 나도 그렇게 생각해. 부모님도 친구들도 교수님도 다 말했어. 단 한 사람, 미래의 나만이 유일하게 나를 믿고 바보처럼 자꾸 등을 떠미는 거야. 그러니까 어쩔 수 없어. 돈도, 재능도 없지만." 모두가 만류하고 오직 '미래의 나'만이 등을 떠미는 상황에서도 그는 요시모치와 달리 오히려 도전을 택했다. 이게 좋은 선택인지, 좋은 결과로 이어지는지는 작중에서 그려지지 않는다. 하지만 나는 쿠로사와 선배의 말처럼 그의 선택을 응원한다. 설령 결과가 나쁘더라도 '미래의 나'에게건 그를.

나 역시 진로를 선택해야 했던 순간마다 계속해서 그런 선택지만 골라왔던 탓인지도 모르겠다. 잡지기자라는 직업을 처음 택했을 때는 그다지 고민하지도 않았지만, 이후 몇 번 회사를 옮기게 되면서 뒤늦게 진로를 고민할 수밖에 없었다. 그중에서도 정말로 안정적인 직장에 처음으로 안착했을 때 과연 여기 안주하는 것이 맞는지를 가장 크게 고민했던 것 같다. 채 서른이 되기 전에 들어간 두 번째 직장은 누구나 인정하고 알 만한 대기업이었고 연봉은 첫 번째 직장에 비해 배나 높았다. 아마 그래서 그때 잠깐 사귀었던 친구와 얼른 결혼이라도 해야겠다 생각했던 것도 같다.

하지만 입사해서 몇 개월간 만들어오던 웹진은 사장이 바뀌면서 일순간에 다른 인터넷 뉴스와 별반 다를 것도 없는 형식으로 변모해 단신으로 연명하는 방향으로 선회했다. 그와 더불어 기사를 쓰는 나의 주요 직무 역시 요식행위 정도로 전락했다. 그래서 고민했다. 그냥 회사원이 되어서 살아가는 것도 나쁘지 않다는 걸 이미 충분히 잘 알았는데 무슨 알량한 자존심이 남았다고 또 그 힘든 기자 일을 하겠다는 건가 싶은 마음이 자꾸만 나를 흔들었던 것이다. 겨우 이거 하려고 그렇게 돌아왔나 싶은 마음이 그렇게나 나를 단단히 옥죄었다. 딱히 같은 팀의 아무도 고민하지 않는 문제라 더더욱 혼자서 속을 많이 끓였다. 이 따위 고민을 하는 나 자신이 어느 순간 너무나도 오만하게 느껴졌는데 그게 알게 모르게 더 고통스럽기까지 했다.

결국 하고 싶지 않은 일을 하면서, 아니 하고 싶은 일을 하지 못하면서 사는 걸 참을 수 없었던 것 같다. 좀 시끄럽게 사표를 냈고 퇴사를 결정했다. 그래서였는지 비록 잠시뿐이긴 했지만 나가기 직전까지 왕따 비슷한 걸 당하기도 했다. 나가고 나서도 뾰족한 대

책이 있었던 건 아니었다. 지금처럼 홀로서기 비슷한 걸 잠시 하다 몇몇 선배들과 의기투합해 일을 벌였지만 잘 안됐다. 그러다 곧 전 직장보다도 더 좋은 곳에 취직할 수 있었다. 문화지 〈BRUT(브뤼 트)〉에서는 정말로 하고 싶은 걸 원 없이 쓰고 만들어냈다. 물론 이 찬란한 순간 역시 채 몇 년 가지 못했다. 그래도 이때만큼은 잡지 의 생리가, 그리고 인간의 삶이 원래 그렇다는 걸 잘 알고 있었기 에 많이 아쉽긴 했어도 스스로 뜨거운 안녕을 고할 수 있었다, 마 침내. 그때 두 번째로 퇴사하지 않았더라면 결코 겪을 수 없었을 경험이고 올라서지 못했을 계단이었으니까.

다시, 갈림길

이후에도 한 선배의 소개로 또 한 번 기로에 선 적이 있다. 사보 를 만드는 일로 생각하고 갔는데 실은 홍보물을 제작하는 일이었 다. 심지어 이번에도 회사는 방송국을 가진 대기업이었다. 게다가 내가 수락하기만 한다면 입사는 확정적이었다. 면접이라고 해서 가긴 했지만 실은 내정이었고, 면접관이자 앞으로 상사가 될 이는 회사의 구조를 설명하며 여러모로 나를 설득하는 데 여념이 없었 다. 더욱이 전에 회사에서 같이 일했던 동료 한 명도 이곳에서 근 무하고 있어서 회사의 뒷얘기까지 들을 수 있었는데 사내 복지는 물론 '워라밸'조차 너무나 완벽했다. 한마디로 이번에도 하고 싶은 일은 아니었지만 너무나도 안정적인 직장이라는 나무랄 데 없는 선택지였던 것이다. 면접관이 말을 하면 할수록 무게 추가 점점 더 기울었다.

그러고는 귀가하면서 당시 사귀던 친구에게 전화를 했다. 이러이러한 조건이다, 돈도 많이 주고 일도 대단한 건 없는 것 같다, 근데 하던 일은 아니다, 라고 조언 아닌 조언을 구했다. 실은 이것이야말로 '답정너'다. 하지만 웬걸, 예상외의 대답이 들려왔다. "하기 싫은가 보네. 그러니까 나한테 전화했겠지." 순간 육중한 둔기로 머리를 맞은 듯했다. 정말 그 말이 맞았으니까. 사실 고민할 이유도 없었던 선택지였다. 단지 나 스스로는 결정할 수 없어서 억지 보증이 필요했던 것뿐이다. 그렇게 하고 싶은 일을 하기 위해서 여기까지 왔는데 또다시 그런 고민을 하고 있다니. 나는 당장 그 자리에서 면접관에게 전화를 걸어 입사를 고사했다.

이 선택이 옳은지 그른지는 모르겠다. 하지만 다른 순간을 적게나마 후회해본 적은 있어도 이 선택을 후회해본 적은 한 번도 없다. 사실 완전히 잊고 있다 지금 막 떠올렸을 정도다. 그 덕에 힘든 순간은 더더욱 많아졌을지 몰라도 어쨌든 이후에는 진로에 대한 고민 없이 지금 여기까지 왔다. 쌓아온 것도 잃은 것도 무척 많았지만 어른이라면 할 만한 그저 그런 조언을 마음 저 끝에다 갖다 버린 탓에 좋든 싫든 온전히 나의 선택으로 만들어낸 결과다. 그러니 만족한다.

　사람은 누구나 '해야 하는 일'과 '하고 싶은 일'이 있다. 그래서 늘 생각한다. 해야 하는 일을 정말로 해야 할 이유를. 아무리 생각해도 이유는 단 하나다. 바로 하고 싶은 일을 하기 위해서다. 그런데 불행히도 우리는 늘 해야 하는 일만 꾸역꾸역 해내며 살아가는 나머지 어느 순간 그 일을 왜 하는지 잊을 때가 있다. 그렇게 하고 싶은 일이 점점 휘발된다. 사라진다. 세상은 거대한 놀이터인데 노는 법을 잃어가는 아이처럼. 만약 선택의 순간 누군가 뇌까리듯 조언한다면, 남의 미래를 자신의 과거로 투영하는 어른이 있다면, 마음 저 끝에 갖다 버리면 될 일이다. 우리는 늘 현재를 살고 미래를 꿈꾼다. 나의 현재를 등 떠미는 이가 오로지 미래의 나뿐일지라도 상관없다. 나는 지금도 누군가의 과거가 아니길 원했던 내 선택에 만족한다. 게다가 아직도 나는 약간의 모험을 갈구한다.

지나간 것은 지나간 대로
〈허니와 클로버〉

> 시간이 흘러, 모든 것이 추억이 되는 날은 반드시 온다. 하지만…, 내가 있고, 네가 있고, 우리가 있고, 단 하나의 뭔가를 찾던, 그 기적 같은 나날은, 언제까지고 달콤한 아픔과 함께, 가슴속의, 먼 곳에서 영원히, 그립게 빙글빙글 돌 것이다….
>
> - 〈허니와 클로버〉 대단원 중

연애의 조건이란 실은 간단하다. 자신이 좋아하는 사람이 자신을 좋아해주는 것. 고작 이 정도의 조건이다. 하지만 이 작은 요건조차 "영원히 채워지지 않을 것 같은 느낌"이 드는 것이 연애요, 사랑이다. 내가 좋아하는 사람은 어찌 된 일인지 날 쳐다보지 않는다. 그래서 힘겹게 단념하려 하지만 그것조차 마음대로 되지 않는 것. 마치 서툴고 더디기에 더더욱 빛나는 청춘 그 자체와도 같아 보인다. 우미노 치카의 장편 데뷔작 〈허니와 클로버〉는 불투명한 미래를 마주한 청춘들의 서툰 사랑을 그린 작품이다. 다섯 명 미대생들의 우정과 사랑을 통해 청춘들의 흥겹고도 가슴 시린 이야기를 담아낸 담백한 순정만화이자 유려한 청춘만화다. 여기엔 무엇을 해야 할지 몰라 방황하다 기어이 자전거 페달을 밟아 땅끝까지 가고 나서야 얻는 값진 깨달음이 있다. 끝까지 외면받을 짝사랑인 걸 알면서도 끝내 마음을 접지 못하는 순정도 있다. 재능 있는 자는 재능에 짓눌린 나머지 조금씩 희미해져가는 인생의 의미를 되묻고, 재능이 부족한 사람은 자신이 몰두할 것을 찾기 위해 부단히 노력한다. 이들의 보호자 격으로 등장하는 하나모토 교수의 말마따나 젊다는 건 참으로 성가셔 보인다. "풋내 나고 고지식"해서 "애써 시간이 걸리는 방법을 선택"하곤 하는 것이다. 그러나 이 때문에 〈허니와 클로버〉의 청춘들이 만들어가는 진솔한 자기고백은 매 순간 잔잔한 울림을 자아낸다.

미대생 다케모토는 도쿄로 상경해 낡은 공동주택에서 선배인 모리다, 마야마와 함께 대학 생활을 한다. 떠들썩한 학창 시절을 보내던 다케모토와 모리다, 두 사람은 동시에 하나모토 교수의 조카(사촌의 딸, 5촌)인 서양화과 신입생 하구미에게 첫눈에 반한다. 한편 건축과생 마야마는 건축사무소에서 아르바이트하면서 연상의 디자이너 리카를 사모하지만 리카는 그의 사랑을 받아들이지 않는다. 마찬가지로 마야마를 좋아하는 도예과의 야마다는 마야마에게 고백하지만 거절당한다. 다케모토, 모리다, 마야마, 하구미, 야마다, 다섯 명은 각자의 사랑을 마음에 품은 채 늘 함께 시간을 보내고 어울리며 다시는 되돌릴 수 없을 달콤 쌉싸름한 시절을 만들어간다.

기쁨과 슬픔의 삼각형

이 작품에는 두 개의 삼각관계가 등장한다. 하구미를 좋아하는 다케모토와 모리다로 구성된 삼각관계가 첫 번째요, 리카를 좋아하는 마야마, 반면 마야마를 좋아하는 야마다로 구성된 일방통행 관계가 그 두 번째다. 삼각관계가 무려 둘이나 되지만 그렇다고 얽히고설킨 복잡한 관계를 직조해가는 것도 아니고, 오직 연정만 중심에 놓이는 법도 없다. 심지어 두 가지 삼각형은 구조부터 완전히 다르다.

다케모토는 자신이 하구미를 좋아한다는 사실을 깨닫는 데도 오랜 시간이 걸리고, 그걸 깨닫고 난 후에도 어찌할 바를 모르는 순진하고 소박한 성격의 소유자다. 반면 모리다는 누구에게나 재능을 인정받는 천재일 뿐만 아니라 "타인의 말에 휘둘리지 않고, 자신의 길을 걸어가고" 있는 괴짜 중의 괴짜이기도 하다. 그는 늘 보통 사람이라면 맨정신으로는 할 수 없을 행동을 벌이며 주변 친구들에게 폐를 끼치기 일쑤다. 또 느닷없이 몇 달 동안 종적을 감추다 출처를 알 수 없는 큰돈을 벌어 돌아오는 등 도무지 속을 알 수 없는 인간이기도 하다. 하구미 역시 신입생임에도 불구하고 이미 여기저기서 작품을 요청해오는 천재 중의 천재. 사람들은 하구미의 작품을 보며 "한 번쯤 하구미가 되어 하구미의 눈으로 세상을 보고 싶다. 과연 어떻게 보일까…"라고 말하곤 한다. 그 때문에 모리다 역시 다케모토와 마찬가지로 하구미에 대한 자신의 감정을 깨닫는 데까지 무척 오래 걸리지만, 방식은 다케모토와는 전혀 다르다. 다케모토는 자신이 앞으로 해야 할 일은 무엇인지, 과연 어떤 인간으로 성장해야 할지를 치열하게 고민한 끝에 마침내 하구미에게 고백한다. 반면 모리다는 자신과 달리 유약하고 내성적인 하구미가 떠안은 스트레스를 점차 진심으로 이해하면서 조금씩 하구미에게 다가선다. 각별한 우정으로 똘똘 뭉친 세 사람이 점차 사랑이라는 새로운 감정에 눈을 뜨는 과정 하나하나는 이렇듯 한 사람 한 사람의 성장과 맞닿아 그 감정의 크기와 형태를 진득하게 완성해간다.

그에 비해 마야마, 야마다, 리카의 사랑은 결코 맺어질 수 없는 상대를 향한 순애보로 이루어져 있다. 리카에겐 죽은 남편의 존재가 너무 크다. 그는 다리가 불편해 목발을 짚고 다니면서도 살아생전 남편이 사준 낡은 하이힐을 여전히 소중하게 신고 다닌다. "사랑하고 사랑받았던 기억이 그녀를 칭칭 얽어맨다. (…) 그녀가 사는 곳은 아마 이 해 질 녘처럼 영원히 개지 않는 비와 안개의 나라"라는 야마다의 독백만큼 리카가 세상을 향해 쌓은 장벽을 잘 설명해 주는 말은 없어 보인다. 리카를 향한 마야마의 사랑만큼이나 야마다의 순애보 또한 절절하다. 야마다의 마음을 이해할 수 없는 모리다는 묻는다. "정말 모르겠네. 그렇게까지 바보란 걸 잘 알면서, 왜 아직도 마야마를 좋아하는 거야?" 야마다가 말하길 "그건 내가 묻고 싶은 말이야!! 정말 모르겠어. 내내 좋아했는데. 이젠 단점만 자꾸 떠오르는데. 그런데, 목소리, 듣고 싶고. 손도 잡아보고 싶고…, 그렇단 말이야…." 투박한 말이지만 스스로도 제어할 수 없는 애절한 사랑이 그대로 느껴지는 꾸밈없는 말이기도 하다. 야마다를 밀어내기만 하는 마야마를 대신해 곧 마야마의 직장 선배인 노미야가 그 자리에 끼어들기도 하지만 마야마를 대체하는 건 쉽지 않다. 남들이 보기엔 그저 한심하고 초라해 보일지 몰라도 마야마를 좋아했던 마음까지 거짓이 되는 것은 싫다는 그 이유 없는 순정이 여전히 야마다의 마음을 단단히 붙들고 있기 때문이다.

명작 청춘만화를 만드는 요소들

어디로 튈지 모르는 사랑, 이루어질 수 없는 사랑과 면밀히 직조된 캐릭터 개개인의 성장사 또한 흥미롭다. 하나모토 교수를 시작으로 이들은 차례로 누군가의 부재를 맞이한다. 떠난 자와 기다리는 자 사이의 공백이 만들어내는 개개인의 심경 변화는 사랑뿐만 아니라 청춘의 성장까지도 잘 드러낸다. 누군가의 빈자리를 통해 이들은 비로소 "'세상' 같은 막연한 것에 필요한 존재가 되기보다는, '특정한 누군가'가 필요로 해주는 편이 인간으로서 행복한 게 아닐까?"라는 물음의 진짜 답을 얻는다. 특히나, 보통 이상으로 활달하거나 혹은 과하게 어두운 다른 캐릭터들에 비해 조금은 색이 옅어 보이는 다케모토의 성장은 극 후반으로 갈수록 점점 더 집요하게 내면에 감춰진 답을 찾아간다. 다케모토는 좋아하는 선배면서 어쩌면 사랑의 라이벌일 수도 있는 모리다가 미국으로 떠나는 것을 바라보면서 그가 돌아오면 좋겠는지 돌아오지 않았으면 좋겠는지 선뜻 답을 내놓지 못한다. 그러던 중 자신보다 몇 배는 큰 캔버스와 마주하며 흡사 "격투"하듯 작업하는 하구미의 뒷모습을 보며 모리다를 떠올린다. 그러고는 자신은 "들어갈 수 없는 세계"라고 생각한다. 이윽고 다케모토는 미적 형태나 균형감과는 무관히 그저 높이 쌓아가는 데에만 여념 없던 자신의 작품을 "꼴사나운 탑"이라 칭하며 말한다. "꼭 나를 닮았어." 자신에겐 그 둘과는 달리 처음부터 목적지가 없었다는 것을 깨닫고 그는 그동안 무감하게 쌓아 올린 탑을 부순다. 그러고는 무작정 자전거를 타고 내달리다 그 길로 죽 일본 열도 최북단까지 가기로 한다. 길고 고단한 여행을 통해 새로운 경험을 하며 비로소 장래 하고 싶은 일을 결정하고 돌아온 다케모토. 그는 드디어 하구미에게 자신의 마음을 고백한다. 안타깝게도 '고맙다'는 말과 함께 받아들여지진 않지만 그렇다고 후회하진 않는다. 아주 오래전 했어야 할 말을 꺼냈기에 그저 가슴 벅차도록 행복했다고 담담히 말할 뿐이다.

　인물의 침잠하는 감정선과 병치되는 내레이션은 순정만화 특유의 감수성을 극대화하며 다양한 캐릭터 각자의 내밀한 속내는 물론 작품의 층위마저 한층 두텁게 한다. 술에 취해 마야마의 등에 업혀 집으로 향하는 야마다의 입에선 연신 "마야마 좋아. 너무 좋아" 같은 날것의 말들이 계속해서 흘러나온다. 그리고 이를 "마야마의 등은 넓고, 셔츠의 칼라 언저리에서는 따뜻한 살냄새가 났다. 처음이자 마지막일지도 모르는데 왠지 그리운 냄새라는 생각이 들었다"는 독백이 뒷받침함으로써 마야마를 향한 야마다의 애틋한 감정은 배가된다. 일찍이 아버지를 여읜 다케모토에게 크리스마스란 늘 달가운 존재가 아니었다. 그러다 하구미와 친구들과 함께 크리스마스를 보내며 그는 생각한다. "나는 크리스마스가 별로였다. 색색으로 깜빡이는 이 전구를 볼 때마다 가슴이 아파서. '넌 지금 행복하냐?' '네가 있을 자리는 있냐?'고, 누군가 따지는 것 같은 느낌이 들어서. 그런데, 그런데, 올해는…. 12월의 이 반짝이는 거리 한가운데서도, 한 번도 외롭다는, 생각을 하지 않았다." 그러고는 충만한 행복감을 이렇게 담아낸다. "그리고 나는 계속 눈을 깜빡였다. 마치 셔터를 누르는 것처럼. 이 순간이 내 마음 속 어딘가에 찍히면 좋겠다고."

사랑은 이루어지지 않고, 청춘은 방황한다. 미래는 불투명하고, 이들 하나하나의 감정은 대개 침잠하기 일쑤다. 그럼에도 〈허니와 클로버〉는 절대 어둡지 않아 오히려 극 전체의 분위기는 한없이 밝다. 사실 이 작품은 다양한 개그 코드와 과장된 개그 신이 난무하는 코미디만화로도 볼 수 있을 정도다. 도무지 정상으로는 보이지 않는 모리다 같은 캐릭터만이 아니다. 평소 마야마를 향한 애절한 순애보와는 무관히 화가 나면 치마를 입고 있는 것도 아랑곳하지 않고 상대의 머리를 발로 내려찍는 야마다의 과장된 행동들은 극을 한층 환하게 만든다. 여기에 가난한 대학생을 소재 삼은 유머와, 어떤 음식이건 무조건 달콤한 재료를 첨가하는 야마다와 하구미의 황당한 레시피도 빠질 수 없다. 미대생의 특징을 살린 개그 역시 포복절도할 만하다. 사진을 참고해 '캐리커처 빵'을 만들던 이들은 이내 경쟁심이 발동해 좀 더 입체적으로, 사실적으로 묘사한 나머지 마지막엔 '아빠 얼굴 닮은 빵'이 아니라 "그을린 아빠 머리통"처럼 보이는 빵을 만들기도 한다. 이런 개그들은 절대 국면 전환용도 아니고 분위기 쇄신용도 아니다. 자연스럽게 배경과 분위기에 배어 인물들 간의 격의 없는 관계를 부각할 뿐만 아니라 고민하고 아파하는 인물들을 보듬으며 밝고 따사로운 분위기를 유지한다. 급전하는 특별한 사건을 반복하기보다는 그저 소소한 일상을 함께 보낼 뿐인데도 점점 더 애틋하게 발전하는 이들의 관계를 스스럼없이 받아들일 수 있는 것 역시도 왁자한 코미디가 만들어가는 청량한 기운 때문일 것이다.

제대로 된 연애를 보여주기보다는 끝내 외면당하는 사랑만을 보여주던 이야기는 작품 말미에 이르러서야 어렵사리 결과를 낸다. 하구미와 맺어지는 이는 좀 더 의외의 인물이고, 리카와 마야마의 관계는 진전을 보인다. 야마다 역시 새로운 사랑을 향해 조금씩 마음을 연다. 무엇보다 중요한 것은, 이루어지지 않은 사랑에도 의미를 담아내고 있다는 점이다. 떠나는 누군가에게 하구미가 건넨 샌드위치는 과연 늘 대작을 만드는 하구미답게 식빵 한 통을 통째로 사용한 듯 보인다. 그러나 단순히 크기만이 아니다. 여러 겹의 샌드위치 사이사이에는 모든 면에 네잎클로버가 하나씩 채워져 있다. 과거 몽골로 떠나는 하나모토 교수에게 선물하려 했지만 다섯 명이서도 단 한 개조차 찾을 수 없었던 그 네잎클로버. 그렇게 실패한 사랑에도 의미가 있을까 하는 의문에 "의미는 있다. 있었던 것이다"라며 힘주어 답을 내어준다. 이루지 못했지만 그럼에도 충만했던 사랑만이 아니다. 하구미가 그를 위해 엄청난 노력을 들여 찾아 헤맸을 네잎클로버처럼 다섯 명이 함께 네잎클로버를 찾던 추억 역시 영원히 그들의 가슴에 남아 있을 테니 말이다. 청춘의 밝고 명랑한 기운과 안타까운 사랑이 공존하는 〈허니와 클로버〉는 그렇게 "달콤한 아픔"이라는 역설이 너무나도 잘 어울리는 청춘의 한 자락을 정말이지 한껏 소환해낸다. 그야말로 청춘의 편린이자 표상이 오롯이 서린 걸작 청춘만화다.

달콤 쌉싸름한 그리움, 기억

한 소설을 읽다 작중 등장인물이 좋아하는 만화로 〈허니와 클로버〉를 꼽는 걸 보고 오랜만에 책장에서 꺼내 들고 단숨에 열 권을 읽었다. 사실 소설에서 그가 좋아하는 만화로 〈허니와 클로버〉를 꼽은 건 조금은 불경한 이유였는데, 바로 여자들이 좋아하는 만화 랭킹 1위에 오른 작품을 언급함으로써 상대에게 자신의 여성성을 어필하려는 목적에 불과했기 때문이다. 물론 그러거나 말거나 〈허니와 클로버〉는 달콤한 청춘의 한때와 이루어지지 않는 사랑을 그리운 감각으로 형상화한 상징적인 작품임에 틀림없다. 그냥 '1위'에만 방점을 찍고 생각해봐도 많은 사람들에게 그런 특별한 감각을 선사했다 봐도 좋을 것이다. 특히 마지막 장면, 다케모토의 내레이션은 책장을 덮고 난 후에도 꽤 오랫동안 아릿한 맛을 연신 자아낸다. "시간이 흘러, 모든 것이 추억이 되는 날은 반드시 온다. 하지만…, 내가 있고, 네가 있고, 우리가 있고, 단 하나의 뭔가를 찾던, 그 기적 같은 나날은, 언제까지고 달콤한 아픔과 함께, 가슴 속의, 먼 곳에서 영원히, 그립게 빙글빙글 돌 것이다⋯." 그가 빙글 빙글 돈다 한 것은 바로 대관람차를 비유한 말이기도 한데, 그렇게 생각하면 더더욱 관람차 안에서의 잠깐의 한때, 한 번의 사이클이 더더욱 지나간 순간의 아쉬움과 그리움을 자극하는 듯도 하다.

　나이가 들면서 점점 뭔가를 그리워하면서 살아가는 것 아닌가 싶을 때가 종종 있다. 행복은 지나간 다음에서야 그것이 행복임을 안다는데 딱 그 짝이다. 행복을 즐길 줄 몰랐던 것은 아닐까 싶어 괴롭고, 그렇게 괴로워하다 보면 어느새 나쁜 기억들이 조금씩 파고들기 일쑤다. 결국은 다시 오지 않을 한때임을 알면서도 무한히 그리워하는 것. 앞으로는 죽 그런 감각으로 살아가야 하려나 싶어 조금은 쓸쓸하다가도 아름다운 추억이 있어 다행이라는 생각으로 마음을 다잡곤 한다. 과거의 선택들을 후회하면서. 그래도 그 모든 것들이 추억이 되는 날은 반드시 온다는 걸 잘 안다. "언제까지 고 달콤한 아픔과 함께" 닿지 않을 곳에서 빙글빙글 돌며 남아 있을 것이다. 문득 전화기를 들고 싶은 마음을 자극하는 이 작품에 나는 그때도 지금도 여전히 빚지고 있는 것만 같다. 아마도 우리 모두는 그런 잔인하고도 즐거웠던 한때를 앞으로도 문득문득 떠올릴 게 분명하다. 단지 실패한 사랑이 아니라 치기와 상처, 달콤 했던 순간들로 잔뜩 물든 그때의 나, 그때의 그 사람을.

나는 믿고 싶다, 과정을
〈글리치〉

"(울먹이면서) 보라야, 미안해. UFO 같은 거, 외계인 같은 거…"
"여기엔 없지? 알아, 나도 방금 봤어. (…) 또 같이 찾으면 되지,
안 그러냐?"

- 〈글리치〉 10화 중

넷플릭스 드라마 〈글리치〉(2022)를 굉장히 재미있게 본 것은 아
마도 미드 〈X파일〉(1993~)에 열광했던 어린 시절에서 비롯된 게
분명하다. 물론 〈X파일〉이 방영되기 훨씬 전부터도 UFO나 외계
인 같은 미지의 존재에 대한 호기심이야 늘 있었다. 하지만 이를
'음모론'이란 매력적인 픽션으로 구현해 현실의 이면을 들여다보
는 태도만큼은 그렇게 새로울 수가 없었다. 당시 내게는 주인공인
FBI 요원 폭스 멀더(데이비드 듀코브니)야말로 닮고 싶은 진짜 위인

같은 존재였다. 다른 동료들마저 '유령spooky'이라 부르며 따돌리는 와중에도 그는 아랑곳하지 않은 채 늘 지하 사무실에 틀어박혀 외계인이니 초능력이니 괴물 같은 것에만 줄곧 매달린다. 동생을 납치한 외계인, 무언가 꽁꽁 숨기고 있는 정부의 음모에 다가서는 멀더는 마치 단기필마로 세계의 수수께끼와 맞서 싸우는 전사쯤으로 보이기 충분했다.

오컴의 면도날 이론에 대한 그의 반론에도 꽤나 큰 영향을 받았다. 멀더는 "어떤 사실 또는 현상에 대한 설명들 가운데 논리적으로 가장 단순한 것이 진실일 가능성이 높다"는 '오컴의 면도날'이야말로 진실을 가리는 가장 멍청한 이론이라고 말한다. 과연 온갖 공상의 산물을 긍정하며 이를 눈앞에 들이대는 작품의 태도와도 그대로 상통하는 논리다. 결국 이런 멀더의 진득하고 굳건한 의지야말로 사람들의 흥미를 오랫동안 견인한 결정적 한 수였을 것이다.

늘 쓰디쓴 뒷맛만 남기며 진실을 명쾌하게 알리는 법은 거의 없었지만, 그래서였을까. 가만 보고 있자면 더더욱 이 모든 것들이 곧 믿음의 영역이란 생각이 종종 들었다. 믿고 싶은 이에게만 보이며, 실은 믿고 싶은 마음으로 빚어낸 무언가. 그래서 정말로 존재하는 게 맞는지 확인하고 싶다는 생각보다도, 세상에는 보이는 것보다 보이지 않는 영역이 훨씬 더 광대하고 심오하단 사실만으로도 뭔가 흥미로웠다. 때때로 위로받는 기분마저 들었다. 지금

내 눈앞에 놓인 복잡한 현실이 실은 그리 대단한 것도 아니라는 생각, 혹은 그 내밀한 진실을 나만 알고 있거나 나만 믿고 있다는 그런 마음가짐만으로도 뭔가 안심이 되었다. 마치 마음을 기댈 공간처럼 느껴졌다. 그러니 현실을 넘어선 그 모든 것들이 그저 공상에 불과할지라도 별로 상관없었다. 손에 잡히지 않는 가공의 이야기가 가지는 효용과 효과만큼은 나뿐 아니라 이미 누구나 다 만끽하고 있는 것이니까.

여기 멀더의 광적인 믿음이 더더욱 안도감을 주었던 것 같다. 그의 사무실 구석에는, UFO가 흐릿하게 찍힌 사진에 "I WANT TO BELIEVE"라는 문구가 박힌 포스터가 걸려 있다. 그의 믿음은 아마도 그런 유였던 것 같다. 어릴 적 외계인에게 납치된 여동생을 찾기 위해 모든 걸 바친 그의 인생은 어쩌면 자청할 수밖에 없는 희생과도 같다. 그래서 어느 순간에 이르면 동생을 찾겠다는 그의 궁극적인 목적은 전혀 중요치 않은 것처럼 보일 때도 있다. 이 믿음을 버리는 순간 모든 게 물거품이 되어버릴 거라는 생각에 애초에 퇴로는 모두 차단해버린 것이나 다름없었으니까. 그래서 처음엔 감시 역으로 멀더의 파트너로 부임한 대너 스컬리 요원(질리언 앤더슨)마저도 그의 행동과 사상에 점차 동화되고야 만다. 이는 종종 기독교인으로서 가진 신념과 과학자로서의 철학이 상충하며 만들어내는 지독한 갈등처럼 묘사되곤 했다. 〈X파일〉은 그런 여러 믿음, 그리고 그런 믿음 자체를 맹신하는 태도, 여기에 더해 자신의 전 생애를 투영해 믿었던 신념이 무너지는 순간 등 온갖 믿음의 격전지를 자처하는 듯했다.

다시 시작할 수 있는데

〈글리치〉는 중학 동창인 지효(전여빈)와 보라(나나)가 성인이 되어 재회해 외계인의 존재를 뒤쫓는 이야기다. 여기엔 강한 당위가 있다. 그간 지효는 중학 시절부터 어른이 된 지금까지 가끔씩 눈앞에 보이는 외계인 때문에 늘 정상과 비정상을 고민할 수밖에 없었다. 게다가 지금은 남자 친구가 외계인에게 납치된 것 같다. 이를 쫓다 보니 여기엔 UFO 강림을 교리로 내세운 이단 종교가 있었고, 이들은 공공연히 사람들의 믿음을 호도하며 보이지 않는 곳에서 서서히 교세를 키워왔다. 그리고 마침내 클라이맥스에 이르러 작품 내내 저울질하던 진실은 뜻밖에도 이 모두가 누군가 '기획'한 허황된 음모였음이 드러난다. 외계인이 과거 어린 지효를 납치해 머릿속에 박아뒀던 칩은 아예 존재하지 않았다. 이 모두는 그저 집단 자살을 유도하기 위한, 모든 신도들이 그간 자신이 믿어왔던 것에 스스로 잠식당하기 위한 하나의 수순처럼 그려진다.

그 치졸한 믿음을 위해 '성하聖下 호산나'로서 순교를 강요당하던 지효는 마침내 위기에서 벗어난 순간에조차 울먹이며 보라에게 말한다. "UFO 같은 거, 외계인 같은 거…" 그런 건 존재하지 않았다고. 지금껏 믿어왔던 모든 게 다 가짜이고 허구였으며 자신의 망상이었다고. 하지만 보라는 아무렇지 않게 나도 안다며 대꾸한다. 뭘 어떡하냐고. "또 같이 찾으면 되지, 안 그러냐?" 너무나도 꾸밈없는 날것의 말이지만 생각지도 못한 발상에 지효는 그 즉시 위로받은 듯 보인다. 비단 지효만이 아니라 그곳에 모여 UFO와 구원을 기다리던 신도들, 그리고 이를 지켜보는 시청자들 모두 그런 생각을 할 법하다. 그래, 없다고 확정된 것도 아니고 다시 찾아보면 되는 거지. 어차피 결론을 내린 채 인생을 걸 것도 없는 일 아닌가 싶은 위로 아닌 위로가 친구인 보라의 입에서 나오는 순간 조금은 허망했던 결론조차 가장 합당한 결말처럼 느껴졌다. 그래, 또 찾으면 되니까. 그것도 같이.

〈글리치〉를 보고 친구들과 이야기를 나누면서 과거 중학교 1학년 때 음악 선생님의 일화가 떠올라 조금 이야기를 보탠 적이 있다. 당시 잠깐이지만 사회적으로 휴거携擧 열풍이 거셌다. 즉, 한 개신교 종파에 의해 하늘 들림과 종말론이 크게 대두되던 시절이었는데, 알고 보니 음악 선생님은 그 휴거에 완전히 마음을 빼앗긴 분이었다. 사실 그게 내게는 크게 중요하진 않았다. 매 수업 들었던 북극에 있는 커다란 공동에서 박쥐 날개를 단 사람만 한 무언가가 빠져나왔다는 이야기라든지, 천국과 지옥을 진지하게 묘사하며 여러 기독교 신화를 뒤섞은 일화 역시 내게는 그저 '오컬트'로 다가왔을 뿐이니 말이다. 어쩌면 구연동화 같은 느낌으로 받아들였던 것도 같다. 물론 다른 학생들은 일찌감치 반감을 느꼈는지, 아니면 선생님이 만만해 보였는지 대놓고 무시했었다. 반면 나는 재미있는 이야기를 아주 진지한 태도로 해주는 어른이 그저 신기했다. 그럼에도 어느 순간 점점 휴거라는 말을 자주 더하면서 뭔가 심상치 않다는 것은 누구나 느낄 수 있었다. 매스컴을 통해 경고의 메시지가 연일 흘러나왔고, 사이비 종교의 폐해 역시 그런 그릇된 믿음을 통해 증폭되고 있었으니 이제는 단지 재미있는 이야기로만 받아들일 수는 없었던 것이다. 그리고 정말로 예언의 그날이 왔다. 선생님은 바로 직전 수업에서 여러분도 오늘부터라도 믿으면 가능할지 모른다는 말을 남기셨는데, 안타깝게도 그날 이후부터는 학교에서 뵐 수 없었다.

아직은 계속 걸어야 할 때

갑자기 그때 음악 선생님이 떠오른 것은 순전히 지효와 보라 때문이었다. 만약 그 믿음이 틀려서 완전히 무너져 내렸다 한들 그렇다고 직장인 학교를 포기했어야 했을까 하는 생각이 문득 들었던 것이다. 평생 믿어왔던 신념을 저버리고 스스로 전향하는 사람도 있는 와중에 다시 살아갈 방법을 찾으면 되지 않았을까 싶었다. 잠깐은, 아니 어쩌면 꽤 오랫동안은 힘들었겠지만 그래도 다 잡아줄 누군가가 있었으면 다시 일어서서 나아가지 않았을까. 이제 와선 알 수 없는 일이지만 정말로 그랬으면 좋겠다는 생각이 불현듯 들었다. 실제로 지효와 보라도 훌훌 털어버리고 나니 그 순간 행복의 파랑새, 아니 진실의 파랑새가 찾아오지 않았던가.

세상은 결국 과정의 연속이다. 인생은 더욱 그렇다. 게임을 하듯 살아간다 한들 엔딩을 봤다고 만족할 수는 없는 노릇이다. 실은 그 게임도 마찬가지다. 엔딩을 보려고 게임을 하는 것은 아니지 않을까. 그 순간이 즐겁고 그 과정이 재미있어서 하는 것이니까. 그러니 일찍 결론을 낼 필요도, 결말을 보고자 안달복달할 필요도 없다. 적당히 믿고, 적당히 기대고, 언제든 다시 시작할 수 있다는 마음만으로도 건강하게 인생의 '중간'에 서 있을 수 있을 테니까. 더불어 보라처럼 함께 찾고 기댈 수 있는 친구가 있다면 금상첨화일 테고. 결국 믿고 싶은 건 하나다. 과정의 소중함. 실패의 몇몇 경험이 인생의 결말이 아니라는 믿음. 사실 생각보다 멀리 오지도 못했고, 걸어갈 날이 아직 많으니 절망하거나 단정 짓지 않아야겠다, 않아야 한다. 가능하면 그렇게 모두를 종종 부추겨야겠다. 계속 같이 나아가자고. 결말은 아직 멀었다고. 우리는 늘 과정 위에 서 있다고 말이다.

가족을 연기하지 않는다면
〈스파이 패밀리〉

> 세상에 있는 수많은 가정들도 저마다 연기를 하며 생활하고 있지 않나 싶어요. '아내는 이래야 한다', '부모라면 저래야 한다'라고. 물론 이상을 추구하며 노력하는 건 좋은 일이죠. 하지만 거기에 너무 얽매여서 자신을 잃으면 잘될 것도 안 되는 경우가 있죠. 제가 일하는 병원에도 그런 문제로 힘들어하는 환자가 많이 오거든요. 연기로만 살면 지쳐버릴 수도 있으니까요.
>
> - 〈스파이 패밀리〉 9화 중

고레에다 히로카즈 감독의 영화 〈브로커〉(2022)를 보고 적잖이 실망했다. 평생 같은 주제에 매달리는 예술가들이 한둘도 아니니 고작 '또 같은 얘기냐'는 것만으로 비판하자는 건 아니다. 하지만 여전히 혈연으로 이어지지 않은 사람들이 다시금 새로운 가족을 지향하는 태도에는 이제는 어쩐지 반감이 드는 것도 사실이다. 배경을 한국으로 옮긴 〈브로커〉 역시 이미 그간의 여러 전작을 통해 줄곧 이야기하던 것이었다. 칸영화제 황금종려상을 수상한 〈어느 가족〉(2018)과는 거의 비슷한 토대를 보이기까지 한다. 물론 같은 주제를 다른 방식의 이야기로 변주해내는 능력 역시 중요한 덕목이다. 하지만 늘 '가족주의'로 수렴하는 그의 우주는 파고들면 들수록 새로운 실험인 양 여러 과제를 제시하는 듯, 실은 늘 일관된 기조를 유지한다. 가족을 벗어나 다른 사람들에게서 안식을 찾지만 그 또한 명백히 기존 가족의 형태로 이뤄지곤 하는 것이다. 이를테면 '아빠'가 있고, '엄마'가 있으며, 반드시라고 해도 좋을 만큼 '아이'가 갖춰진 그런 세계. 여기에 늘 어깨를 내어줄 준비가 되어 있는 연장자가 새로운 가족의 탄생에 마지막 외연을 이룬다. 고레에다에게 사람이란, 가족이란 늘 그런 것이었다.

핏줄보다 더 뜨거운 영혼의 핏줄을 찾아 헤매다 마침내 발견한 그곳에는 언제나 가족의 신화가 그렇게 덩그러니 놓여 있었다. 가족에게 버림받고 배신당하고 학대받던 사람들, 또는 스스로가 가족을 버리고 배신하고 학대했던 사람들이 가족의 품을 벗어나 다시금 가족을 이루는 것은 충분히 가능한 이야기다. 아니, 꽤나 감동적인 이야기다. 가족주의가 해체되는 와중에도 이런 태곳적 신화에 집착하는 사람 또한 분명 필요하다. 하지만 고레에다는 다른 가능성을 논하는 법이 없다. 가족보다 더 가족 같은 사람들을 만드는 그 희소한 확률에 천착하면서도 언제나 '정상 가족'이란 신화에만 집착한다. 그는 2013년 작 〈그렇게 아버지가 된다〉에 대해서도 모성애는 생물학적 본성이지만 부성애는 과연 어떻게 만들어지는가에 대한 의문에서 시작했다는 말을 남긴 바 있다. 이때 모성애 역시 임신과 출산만으로 만들어지는 것은 아니어서 부성애와 마찬가지라는 비판을 듣자 그는 반성하는 마음으로 〈브로커〉를 기획했다고 한다. 그렇게 만들어진 영화가 〈브로커〉, 아니 '그렇게 어머니가 된다'였을지도 모르겠다. 아이에게는 엄마가 필요하고 아빠가 필요하며 여기에 형제와 조부모까지 있으면 더할 나위 없다는 그 아름답고도 협소한 신화 안에 그는 여전히 갇혀 있다.

프로젝트: 가족

〈브로커〉를 본 지 얼마 되지 않아 애니메이션 〈스파이 패밀리〉(2022~)를 보았다. 일본은 물론 한국에서도 엄청난 인기를 구가하는 만화였기에 이미 그 전에 큰 기대를 안고 시청했지만 채 몇 화 보지도 못하고 관심이 식었던 작품이다. 물론 처음 봤을 때도 잘 만든 애니메이션이란 건 단박에 알 수 있었다. 하지만 유례없는 시트콤 상황을 설정한 것치고는 많이 심심한 데다 늘 수순대로 안전하게 흘러가기만 해 딱히 큰 재미를 느끼진 못했다. 20세기 중

반의 유럽을 모티브로 한 국가를 배경으로 스파이 '황혼黃昏'이 적국의 수뇌부에 접근하고자 킬러 '가시공주' 요르, 독심술을 숨긴 꼬마 초능력자 아냐와 위장 가족을 이루는 코미디가 굉장히 분방한 방식으로 벌어지긴 한다. 대개는 아주 무해하고 예쁘고 편안하다. 그런 가운데서도 서로의 진짜 정체, 즉 스파이, 킬러, 초능력자라는 것을 알지 못한 채 임무를 수행하기 위해 가족을 적극적으로 '가장'할 수밖에 없는 여러 상황들이 결국 작품의 핵심을 이룬다.

스파이 '황혼'은 정신과의이자 한 가족의 가장인 로이드 포저가되어 비밀리에 여러 임무를 수행하는데, 그에게 주어진 가장 큰 미션은 바로 평범한 가족을 꾸리는 것 그 자체인 양 설계되어 있다. 즉, 딸 아냐를 우수한 학교에 진학시키는 데 더해 그 학교의 우등생 클럽에 가입해 학부모들 간의 만남을 성사시켜야만 두문불출하는 타깃과 연을 만들 수 있다. 그렇기에 그에게 완벽한 가족을 이루는 것은 어떤 임무보다 중요하다. 그래서 이들 가족은 이웃의 의심을 사지 않기 위해 평범한 가족을 연기하는 데서 한 발 더 나아가 아예 가족이 되기 위해 적극 분투하는 듯 보이기도 한다. 늘 아슬아슬한 줄타기를 벌이면서 이를 통해 결국 가족이라는 관계가 형성되고 유지되는 것이야말로 이 작품의 묘미인 이유다.

그 덕에 기묘한 역설처럼 느껴지는 순간도 여럿 있다. 우수한 킬러라는 진짜 정체를 감추기 위해 로이드와 위장 결혼한 요르는 평범한 주부로 분하려 노력하지만, 의외로 그의 일상생활은 온통 서툴기만 하다. 요르는 거의 매 순간 자신에게 주어진 역할을 완벽히 연기하지 못하는 것을 자책한다. 그러니까 가족으로서 완벽한 구성원이 되지 못한 자신의 미숙함을 탓하는 것이다. 그로 인해 남들에게 진짜 가족처럼 보이는 것을 넘어, 의식하지 못한 사이 정말로 좋은 가족이 되기 위해 노력하는 이들 세 명의 모습은 다른 '진짜 가족'이 간과하고 있는 지점을 들춰낸다. 무엇보다 직접 '연기演技'란 단어를 입에 올리는 대목은 여러모로 시사하는 바가 크다. "세상에 있는 수많은 가정들도 저마다 연기를 하며 생활하고 있지 않나 싶어요. '아내는 이래야 한다', '부모라면 저래야 한다'라고." 그러고는 세간에서 말하는 가족 구성원에게 주어진 역할, 그 이상적인 모습일랑 애초에 무용하다며 "거기에 너무 얽매여서 자신을 잃으면 잘될 것도 안" 된다는 로이드의 이야기는 그야말로 가족의 핵심을 정확히 관통하는 듯하다. 우리가 가족을 통해 상처 입고 상처 입히는 모든 갈등의 시발점이자 오해하고 착각함으로써 때때로 와해되기도 하는 그 숨겨진 뇌관을 말이다.

서로에게 족쇄가 되지 않게

어린 자녀에게 있어 부모의 역할은 필요할 뿐 아니라 무척 중요하다. 그러나 장성한 자식과 부모의 관계는 분명 달라야 한다. 하지만 여전히 서로가 이 관계에서 헤어 나오지 못한 채 지지부진한 갈등을 반복하는 사람이 부지기수다. 무슨 산업혁명 이전 농경사회도 아닌데 장남에게는 장남의 역할이 있고 장녀에게는 장녀의 역할이 있다고 말하는 구태 또한 완전히 일소되진 않아 여전히 남녀의 역할을 나누고 위계를 구분한다. 그러고는 그 '직분'에 맞는 좋은 자식이 되기 위해 노력한다. 단지 가족이라는 단단하고 애틋한 테두리만으로는 하염없이 부족하다는 듯 그렇게 스스로를 옭아매기 일쑤다. 로이드 포저의 지적 그대로, 우리가 가장 가까운 관계이기에 역설적으로 가장 많은 갈등을 빚는 것은 정말로 그런 연기를 통해 달성하고픈 가족의 이상론 때문에 발생하는 것은 아닐까 싶을 때가 종종 있다. 그저 핏줄로 맺어진 것뿐인데 해야만 하는 게 너무 많을 때가 있다. 그냥 서로 의지하고 사는 것, 단지 그것만으로도 우리는 충분히 아늑하고 행복할 수 있는데도.

고레에다 히로카즈가 가족의 밖에서 가족을 찾는 여정에서 벗어나지 못하는 것은 아마도 이 때문일 것이다. 혈연의 굴레 밖에서 마주한 새로운 가족이라면 서로가 서로에게 주어진 역할을 기대하지 않을 거라는 전제. 그 '제로'부터 시작하지 않고서는 도저히 마주할 수 없을 것 같은 광경으로부터 가족의 진짜 정체성을 적시하기 위함일 것이다. 실제로 그런 의도였는지 아니면 어느 순간 희석되어버린 건지는 알 수 없지만, 가족의 핵심을 건드리기 위해 걸어온 그간의 여정은 분명 그런 목적지를 향하고 있었다. 어쩌면 이를 손쉽게 전달하기 위해 아버지가 필요했고 어머니 역할을 맡을 여성이 필요했을지도 모른다. 때때로 부모의 사랑이 고픈 새로운 자식이 필요했던 것 역시 그 때문일 테고. 〈스파이 패밀리〉의 역설로 더 분명해진 것이기도 하지만, 역시나 그곳에서 마주하고픈 가족이란 아무 조건 없이 기대고 의지하고 서로가 서로에게 힘이 되는 사람들이다. 그게 꼭 다시금 가족의 형태를 이룰 필요는 없지 않을까 싶은 것이 고레에다 작품의 아이러니이듯, 핵심은 생각보다 훨씬 단순했던 것이다.

"연기로만 살면 지쳐버릴 수도 있으니까요." 잘 알고 있다. 누구나 수긍하는 말이기도 할 것이다. 그러나 그걸 잘 알면서도 우리는 가족 안에서만큼은 의식적으로 무의식적으로 연기에 충실하려한다. 여기서 해방되는 순간 그저 소중한 사람이 놓여 있을 뿐인데도. 다행스럽게도, 내게 가족은 하나같이 친구 같은 사람들뿐이다. 살아오면서 수천 번 대거리를 하면서 체득한 것이긴 하지만, 이제는 부모 자식이라는, 오빠 동생이라는 관계라기보다는 내밀한 고민과 일상의 즐거움을 함께 나누는 소중한 사람에 더 가까워졌다.

나를 포함해 우리 가족은 어느 때부터인가 불필요한 연기는 하지 않는다. 어느 누구도 나이가 많다는 것을 위신인 양 내세우지 않는다. 인생의 시점마다 걸맞은 목표가 있다며 강제하는 법도 없다. 누구나 우러나오는 친절만 행하고 또 받아들인다. 여기 적절한 거리감은 필수다. 가족이라는 게 장점이 되기는커녕 고통이 된다면 가족이라는 확고부동한 고정관념, 그 역할과 이상론에 이렇듯 살짝 거리를 둬보는 건 어떨까. 포저 가족처럼 완벽한 위장 속에 오히려 진짜 가족을 지향하는 태도처럼. 그렇게 절묘하게 핵심을 건드리듯 말이다. 가족이라는 무용한 듯 유해한 울타리는 애초에 우리를 지키기 위한 것이었다. 그런데도 너무나 많은 사람들이 여기 '시달렸다'. 괜히 제목에 '패밀리'가 붙은 게 아니었다. 가족의 근간부터 의심케 하는 코미디가 의외로 마음을 풀어놓은 사이 의미 있는 성찰까지 종용하는 듯하다. 어설픈 연기는 하지 말자는, 그렇게 스스로 지쳐갈 필요는 없다는 그런 결론. 고레에다의 힘겨운 이상론보다는 이편이, 이런 마음가짐이 훨씬 상큼하다.

먼지 같은 친구가 필요해
〈사형에 이르는 병〉

"대등하게 사물을 이야기해줄 수 있는 사람은 인생에서 중요해. 인간이란 것은 주위 사람에게 딴죽이 걸리거나 비웃음을 당하거나 하면서 자신의 행동을 교정해가는 것이 보통이니까. 친구란 것은 자신을 비추는 거울이야. (…) 그래, 거울이야. 설령 적극성이 없어도 성실한 사람은 적게나마 좋은 친구를 만들 수 있어. 밝지만 경박하기만 한 녀석은 지인만 많고 친구는 생기지 않지. 친구는 여러 가지를 알려줘. 너는 지금 자신을 '다른 사람과 다르다'라든가, '이상하다, 우습다'라고 생각하지? 그런 너를 좀 더 나은 존재로 바꿔주는 게 친구야."

"보통으로 만들어준다는 건가요?"

- 〈사형에 이르는 병〉 중

구시키 리우의 소설 〈사형에 이르는 병〉은 사이코패스 살인마와 그로 인해 점차 흔들리다 마침내 동화되는 평범한 대학생의 이야기를 그린다. 무려 24건의 살인 사건 용의자로서 사형을 선고받은 연쇄살인범 하이무라 야마토와 어린 시절 연고가 있었다는 이유만으로 그와 단독으로 대면하게 된 대학생 마사야. 그가 하이무라에게 차츰 빠져드는 그 불가사의한 과정 안에는 교묘하게 사람을 현혹하는 사이코패스의 본성에서 비롯한 깜짝 놀랄 만한 진실이 숨겨져 있다. 그 진실을 거칠게 요약하면, 유희나 다름없는 살인을 벌이면서도 여기엔 뭔가 다른 이유가 있을 것이란 착각으로 마사야를 밀어붙이다 마침내 괴물의 심연 가장 깊숙한 곳까지 다다라 마주한 순도 100퍼센트의 악의라고 할 수 있을 것이다. 결코 이해할 수 없는 괴물의 잔혹한 실체에 더해 인간을 가장한 그의 가면은 그만큼 대단하다. 그럼에도 결코 '보통'이 될 수 없는 어느 인간에 대한 면밀한 조사서를 방불케 하는 작품의 태도는 그중 가장 흥미로운 부분이다.

사실 우리가 알고 있는 사이코패스는 진짜와는 조금 다를지 모른다. FBI에서 시행하는 사이코패스 감정법으로 잘못 알려진 몇 가지 테스트 또한 실은 보통 사람이라면 깜짝 놀랄 만한 트릭을 내세운 가벼운 오락거리에 불과하다. 여러 전문가의 입을 통해, 수많은 매체를 통해 구현된 사이코패스의 종류는 그만큼이나 복잡다단하다. 그러니 정확히 규정할 수 있는 건 딱 하나뿐이다. 뭔가 평범한 사람들과는, 우리와는 다른 사고방식을 지닌 인간이라는 것. 그리고 대부분의 인간이란 우라사와 나오키의 만화 〈플루토〉에도 나오듯, 두렵고 이해할 수 없는 존재를 단번에 제거하기보다는 충분히 관찰하는 게 옳다고 생각하기 마련이다. 인간을 죽일 수 없도록 설계됐음에도 살인을 벌인 로봇 브라우1589를 당장이라도 파괴하면 그만이지만 〈플루토〉의 미래 세계 인간들은 그의 존재가 너무나 두렵고도 두려운 나머지 지하 깊숙한 곳에 유폐할 수밖에 없었다. 마찬가지로 사이코패스를 다룬 수많은 작품이 단지 그들은 다르고 잘못됐다 말하는 것만은 아닐 것이다. 그보다 더 중요한 것은 결국 우리 자신을 들여다보는 '보통'과 '평범'에 대한 고찰이다. 언제든 살인범에게 휩쓸릴 수 있고, 때로는 충동적으로 살인을 벌일 수도 있는 그 요동치는 보통을 재고함으로써 인간의 선한 본성을 의심하고 다시금 돌이켜 점검하기 위함일 것이다.

그래서 사이코패스를 다룬 소설에서 굳이 '친구'에 대해 이야기하는 대목은 괴상한 악취미라기보다는 보통을 향한 의심에 더 가깝게 다가온다. 그중 따끔하게 보통의 경계를 들어 친구의 존재 가치를 설명한 말에는 기존의 말끔하고 화사하기만 했던 친구의 정의에선 결코 맛볼 수 없었던 묵직한 진실마저 느껴졌다. "인간이란 것은 주위 사람에게 딴죽이 걸리거나 비웃음을 당하거나 하면서 자신의 행동을 교정해가는 것이 보통"이기에 "친구란 것은 자신을 비추는 거울"이라는 설명은 친구의 의미나 존재 가치를 설명하는 가장 명쾌한 정의란 생각이다. 이어지는 말은 더 따갑다. "설령 적극성이 없어도 성실한 사람은 적게나마 좋은 친구를 만들수 있어. 밝지만 경박하기만 한 녀석은 지인만 많고 친구는 생기지 않지." 확실히 그렇다. 알다시피 지인과 친구는 완전히 다르다. 또 지인이 곧 친구가 되기도 하고, 한때의 절친이 그저 그런 지인으로 남기도 한다. 때로는 아예 남이 되거나 적이 되기도 하고.

새삼, 친구

확실히 나이를 먹을수록 새 친구를 사귀는 것은 말할 것도 없고, 그동안의 교우 관계를 유지하는 것조차 힘이 부치는 게 사실이다. 남한테 별 관심이 없거나 없는 척하는 나 같은 인간은 주기적으로 친구에게 안부를 묻는 것조차 꽤 피곤한 일로 느낄 뿐이다. 전염병 시대가 우리 모두를 고립시켰을 때도 금방 적응할 수 있었던 것 역시 그런 성향에 빗진 바 크다. 단지 여행을 가지 못해 조금 갑갑했을 뿐 친구를 만나지 못해 외롭다는 생각은 별로 들지 않았다.

하지만 그렇게 숨죽이고 지내다 정말로 오랜만에 여러 친구들을 한자리에서 만났을 때 그 즉시 마음을 고쳐먹게 됐다. 다른 이유가 아니다. 정말로 굉장히 즐거웠기 때문이다. 내 기대와 예상 치를 훌쩍 뛰어넘을 만큼. 그렇지, 이들이랑 이렇게 노닥거릴 수 있는 것은 전엔 그냥 예사여서 잘 몰랐던 것일 테지, 싶은 마음을 여덟 명이나 모였던 모임에서도 다시금 느낄 수 있었다. 나름 대 규모 인원을 집으로 초대한 사람이 가장 큰 수고를 한 건 분명하 지만, 한자리에 모이기 위해 시간을 맞춰 방문한 사람들 역시도 각자 수고로운 일을 한 건 마찬가지다. 그 크고 작은 수고를 감수 하면서 '나를 비추는 거울'을 마주하고자 한 건 단지 거울을 보거 나 그로 인한 깨달음 같은 거창한 것을 바라서가 아닐 것이다. 그 저 즐거운 일이기에 일부러 나선 것뿐이니까. 게다가 모든 일이 마찬가지겠지만 이 역시 자주 반복하지 않으면 또다시 어느 순간 내 안에서 의미가 퇴색할 게 분명하다. 친구에게 게을러지지 않기 위해 만난다고 하니 뭔가 주객전도처럼 느껴지기도 하지만, 어차 피 친구를 만나는 데 따로 목적 따위 있을 리도 없다. 결국 목적보 단 수단 혹은 찰나의 즐거움 때문이니 새삼 친구란 정말로 오묘한 존재구나 싶다.

빛나는 한때의 증표일 뿐일까

그런 친구의 존재가 가장 극대화된 시점은 누구나 청소년기일 것이다. 생각해보면 아주 오래전 일은 아닌 것 같은데도 친구가 자기 세계 전부였던 그 시기가 어쩐지 아득하게만 느껴진다. 그러다 잘 만든 청춘물을 보면 그 감각이 고스란히 되살아나는 듯한 느낌을 받곤 한다. 아마 그래서 청춘을 그린 작품에 당사자인 청춘만이 아니라 모든 세대들이 조금씩이나마 매달리고 있는지도 모를 일이다. 이시다 이라의 소설인 〈포틴4teen〉의 후속작 〈식스틴6teen〉을 읽고 좋았던 것도 그 때문이었다. 주인공 데쓰로를 필두로 조로증을 앓고 있는 나오토, 2년이 지난 이번 속편에서는 완연한 가장이 되어버린 다이, 도쿄대를 목표로 할 만큼 똑똑한 준, 이 네 명의 친구들은 어느덧 중학생이던 14살에서 훌쩍 자라 16세 고등학생이 되었다. 성적과 상황에 따라 뿔뿔이 흩어져 진학했지만 서로에게 보내는 응원과 유대가 여전히 그 시절의 감각을 건드리며 흐뭇한 미소를 품게 만든다.

하지만 이들의 상황이나 이야기가 마냥 청춘의 푸른빛으로만 가득 찬 것은 아니다. 열여섯에 이미 반백 머리가 된 나오토는 말할 것도 없고, 낮엔 수산시장에서 일하고 밤엔 야간학교에 다니면서 아기까지 부양하는 다이의 삶 역시 팍팍한 건 매한가지다. 특히 다이는 전작에서 맞이한 아버지의 죽음과 그에 대한 죄책감에서 아직까지도 완전히 벗어나지 못했다. 그 밖의 청춘들 역시 독자의 상상을 훌쩍 뛰어넘는다. 클라인펠터 증후군으로 머지않아 남성과 여성 중 성별을 선택해야 하는 마사아키, 난치병을 앓는 유즈루, 감당하기 힘든 잔혹한 소문에 시달리며 오랫동안 따돌림 당한 마호 등 모두가 그 나이에 어울리지 않는 무거운 짐을 짊어진 채 힘겨이 삶을 견뎌내고 있는 듯 보인다.

그럼에도 〈식스틴〉의 분위기는 줄곧 유쾌하다. 별다른 마법을 부린 건 아니다. 어떤 일이 닥치든 절망하지 않고 친구들과 함께 시시껄렁한 농담을 주고받으면서 마음속 깊이 연대해 함께 미래를 바라보고 있기 때문이다. 진지한 시선으로 앞을 내다보면서도 한편으로는 늘 내 편이 되어줄 게 분명한 친구와 동행한다는 의미가 달콤 쌉싸름한 청춘들의 삶에 그렇게 오롯이 녹아 있었다. 청춘물을 보며 이런 판타지 아닌 판타지에 젖을 수 있는 것은 과거 잠시나마 존재했던, 내 인생의 가장 고통스럽고도 즐거웠던 한때를 떠올릴 수 있기 때문일 것이다. 아마 그래서 정작 무엇이 중요한지 까맣게 잊은 채 살아가는 지금 이 순간, 소박한 즐거움만으로 충분했던 그 시절이 가장 단순하고도 특별한 지침처럼 느껴질 때가 있다.

게다가 친구가 전부였던 시절만 예전에 지난 것이 아니라 친구라는 것부터가 누구에게나 희미해지고 있는 것도 사실이다. 2018년 1월, 영국에서는 세계 최초로 '외로움부 장관Minister for Loneliness'을 신설해 사회체육부 장관 겸직으로 임명했다. 개인의 고독감을 비로소 국가적 차원의 문제로 인식한 하나의 지표라 할 만하다. 일본 역시 2021년 '고독·고립 담당 장관'을 임명함으로써 개인의 고독과 우울감이 낳는 사회적 문제에 거시적인 관점으로 대응하려는 태도를 취했다. 즉 우울증과 고독감이 야기하는 우리 사회의 다양한 문제는 어느새 개인이 감당해야 할 단계를 넘어선 셈이다. 사회적 연결을 의미하는 SNS를 통해 외려 더 상대적 박탈감과 고립감에 시달린다는 오늘날 현대인의 초상은 코로나 시대와 극단적 개인화를 거치며 더더욱 혼자선 견뎌내기 힘든 고통으로 불거지고 있는 실정이다. OECD 국가 중 자살률 1위의 불명예를 현재까지도 공고히 유지 중인 우리의 현실 또한 우울증 관리에 실패한 것이 주요 원인이라는 최근의 진단은 생각보다 많은 것을 시사한다.

더욱 충격적이었던 건 이 기사에 달린 댓글이었다. 오히려 문제를 적시한 기사보다 최근의 분위기를 더더욱 생생하게 전달하는 듯한 냉소적인 댓글이 대부분이었던 탓이다. 나이를 먹을수록 친구가 무용하다, 만나는 게 귀찮다, 친구라고 해봤자 점점 더 공감할 만한 부분이 적어진다 등등. 그 밖에도 없으니만 못한 친구의 실제 사례 또한 스스로 벽을 세운 요즘의 세태를 적나라하게 보여주는 듯했다. 그러니까 외롭지만 어찌 됐든 스스로 감당하겠다는 선언, 친구란 더 이상 불필요하다는 다짐 같은 것으로 보였던 것이다. 안타깝지만 어찌할 수는 없는 노릇이다. 이게 정말로 문제라고 여긴다면 국가라도 나서는 수밖에 별수가 없겠단 생각이 절로 들었다.

가장 보통의 존재

그럼에도 그 모든 수고로움을 감당할 만한 가치는 있다. 이 역시 별다른 이유 때문이 아니다. 실은 거창한 이유도 잘 생각나지 않는다. 그저 좋은 친구를 만나면 즐겁기 때문이니까. 즐겁지 않은 친구라면 더 이상 만나지 않는 게 당연하다. 어렵고 불편한 일이지만 때로는 그런 '손절'도 필요하다. 무엇보다 친구가 나를 "좀 더 나은 존재"로 만들어주는지는 확실치 않더라도 "보통으로 만들어"주는 것만은 틀림없는 사실이다. 굳이 사이코패스로 남을 수밖에 없었던 이의 극단적인 예까지 갈 것도 없다. 가까이 있는 친구가 아니라면 나를 돌아볼 기회가 거의 없어진다는 것은 나이를 먹어가며 저절로 깨닫는 절대적인 진리 중 하나다. 일례로 요즘 나역시 중년이 되어버린 주변인들에게 힘주어 강조하는 게 하나 있다. 우린 아무도 대단한 사람이 아니다, 자존감을 낮춰라, 비대해진 자아에 붙은 살을 빼라. 모두 별것 아닌 자신을 객관적으로 바라보자는 그런 말이다.

그만큼 스스로를 대단한 사람인 양 착각하는 것은 참 곤란하다. 곁에서 바라보는 것만으로도 부끄러워진다. 아마도 거울을 볼 기회가 적어서일 것이다. 그래서 잊지 않고자 요즘엔 우린 전부 먼지라는 말을 우스개처럼 반복하곤 한다. 아무도 나와 너에게 신경쓰지 않는다, 그러니 그 같잖은 허세를 내려놓고 좀 더 겸손해지라고. 노력해서 조금 더 큰 먼지가 되면 그것만으로도 좋은 일 아니냐면서 말이다. 실은 모두 나 자신에게 하는 말이기도 하다. 스스로를 대단한 사람이 될 것이라 생각했을 어린 시절도 이미 지나간 지 오래다. 기대를 낮추고 자족하는 자세야말로 건강한 삶의 기본 태도일 텐데도 잊고 사는 잘난 사람이 세상엔 너무나 많다. 반면 주위의 잘나고도 모자란 친구들 덕에 나는 잊을 때마다 상기하곤 한다. 단지 그렇게 어설픈 거울에 비추어 답을 내는 것만으로도 족하고, 가끔씩 시답지 않은 도락을 함께 즐길 수 있는 것만으로 충분하다. "적극성이 없어도 성실한 사람은 적게나마 좋은 친구를 만들 수 있"다는 믿음은 그런 먼지 같은 좋은 사람들이 만들어준 것이기도 하다. 조금 더 좋은 먼지가 되기 위해서라도 지금 당장 친구를 만나야겠다.

자리 지키기가 아닌 지켜주기
〈송곳〉

"저기… 프랑스 사회는 노조에 우호적인 것 같은데…."

"그렇죠?"

"저희 회사는 프랑스 회사고 점장도 프랑스인인데 왜 노조를 거부하는 걸가요?"

"여기서는 그래도 되니까. 여기서는 법을 어겨도 처벌 안 받고 욕하는 사람도 없고 오히려 이득을 보는데 어느 성인군자가 굳이 안 지켜도 될 법을 지켜가며 손해를 보겠소? 사람은 대부분 그래도 되는 상황에서는 그렇게 되는 거요. 노동운동 10년 해도 사장 되면 노조 깰 생각부터 하게 되는 게 인간이란 말이오. 당신들은 안 그럴 거라고 장담하지 마. 서는 데가 바뀌면 풍경도 달라지는 거야."

- 〈송곳〉 1권 중

'노동'에는 두 가지 뜻이 있다. 첫째, 몸을 움직여 일을 함. 둘째, 사람이 생활에 필요한 물자를 얻기 위하여 육체적 노력이나 정신적 노력을 들이는 행위. 보통 '노동자'라고 할 때는 이 중 두 번째 뜻을 의미하는 것임에 틀림없다. 그러나 첫 번째 의미 때문인지 한국인들은 노동이라고 하면 덮어놓고 폄하하거나 은근히 낮잡아 보는 경향이 있다. 생산수단을 소유한 자본가가 아닌 이상 대부분은 "생활에 필요한 물자를 얻기 위하여 육체적 노력이나 정신적 노력"을 들여야 하는 노동자일 텐데도 스스로 노동자라는 자각조차 없는 경우가 부지기수다. 노동운동이라고 하면 어디 딴 나라 이야기로 여기기 십상이고, 노동조합 역시 은연중에 별세계 사람들의 별스러운 집합으로 취급하곤 한다. 누구에겐 온 가족의 생계를 건 파업임에도 여기 연대하거나 공감하기는커녕 매번 대놓고 비판하거나 멸시하기 일쑤다. 그냥 자기 몸 잠시 불편하고 힘든 걸 세상 무너지는 걸로 착각하는 좀스러운 인간들이 많아서일까? 그러면서도 신성한 노동이라니, 애초에 그런 게 있기나 했나? 노동의 가치는 물론 노동의 의미마저 애써 깎아내리는 치들에 의해 마치 노동이란 부모 잘못 만난 자들이 평생을 짊어지고 사는 고난인 양 취급되곤 했다. 단지 돈을 버는 행위를 애써 신성하다고까지 치켜세울 이유도 없지만, 투자니 재테크니 말만 번드르르한 돈놀음과 비교하며 이를 한심한 일처럼 깎아내리는 것만큼 불쾌한 것도 없다. 노동은 신성하진 않을지 몰라도 분명 신실한 사람들만의 것이기 때문이다.

앞서서 나가니 산 자여 따르라

최규석 작가의 만화 〈송곳〉은 한국 노동운동의 한순간을 꽤나 정밀한 취재를 통해 그려낸 작품이다. 아마 그래서일지 모른다. 읽다 보면 아이러니하게도 노동운동이라는 것이 얼마나 한 사람의 인생을 '망가뜨리는지'를 여실히 느낄 수 있다. 회사의 부당한 대우에 홀로 맞서봤자 얼마나 큰 목소리를 낼 수 있겠는가. 그래서 집단과 조합이 필요하고, 더불어 이들을 이끌 사람이 반드시 필요하다. 하지만 앞장서 끌고 가는 이가 바라보는 작품의 시점 덕에 금세 깨닫게 된다. 노조의 가장 앞자리에 선다는 것은 다른 생활을 완전히 포기하는 것이나 마찬가지임을. 게다가 작중에서도 몇 차례 힘주어 이야기하듯, 성공하면 모두가 성공하지만 실패하면 혼자 실패할 수밖에 없다. 송곳처럼 '분명 하나쯤은 뚫고 나올 사람'에게 기대지 않는 한 성공은 요원하고, 힘겨이 얻어낸 성과마저도 일시적이거나 과도적인 것에 머물기도 한다. 그러니 한 사람의 일생을 모두 투여해 그의 인생일랑 아랑곳하지 않고 철저히 망가뜨린다 해도 결코 과언은 아니라는 생각이다. 한 사람이 자신의 모든 걸 걸고 부당한 대우를 돌려놓겠다는 것만이 아니다.

이쯤에서 주저앉을 것 같은 사람을 독려해 일으켜 세우고, 이제는 포기하겠다는 사람을 다시금 설득하고, 심지어 배신한 사람마저 용서할 수밖에 없다 각오해야 한다. 이를 한 인간의 삶으로 두고 바라본다면 그것은 마치 스스로 선택한 흙탕길처럼 보일 법하다. 작중 노무사 구고신은 주인공 이수인 과장에게 몇 번이나 농담처럼 "너무 위대해지지 맙시다"라는 말을 건네는데, 덕분에 이는 '너무'까지는 아니더라도 때때로라도 위대해지지 않으면 할 수 없는 일처럼 느껴진다. 모르긴 몰라도 우리 시대 '투사'의 삶이 바로 이런 게 아닐까.

과거 〈송곳〉의 마무리를 두고 얘기가 많았던 것도 독자들의 이런 여러 기대감을 만화에서 일소하지 못했기 때문일 것이다. 말끔한 결말을 기대한 독자에게는 뭔가 크게 해결된 것은 없는 열린 결말처럼 느껴졌고, 중요하게 다뤄졌던 몇몇 사건 역시 명확한 결론을 내리지 않은 채 어느 순간 흐지부지 흩어진 것처럼 보였다. 실제로 작품 말미 오랜 갈등 끝에 노 측이 승리하지만 그 대가로 이수인만은 한직으로 밀려난다. 그뿐 아니라 쫓겨나듯 좌천당한 곳에서도 윗선에서 내려온 지시에 따라 그는 따돌림을 당한다.

그런데도 노무 쪽에서 오래 일한 선배는 뜻밖에도 이 결말을 가리켜 '해피엔딩'이란 해석을 내놓았다. 잠깐 의아했지만 설명을 듣고 곧 납득할 수 있었다. 마지막에도 이수인은 자신이 처한 상황에 잠시 좌절하긴 하지만 다시금 여기 지지 않겠다는 듯 회사의 여러 불합리와 맞서 싸울 것처럼 보인다. 이렇게 노동계는 이수인이라는 걸출한 투사, 믿음직한 유망주를 얻었으니 이것이야말로 해피엔드가 아니고 뭐라고 부를 수 있겠냐는 것이다. 과연 그랬다. 더불어 그 한 명의 투사가 얼마나 아쉽고 절실한지를 곱씹어본다면 〈송곳〉의 결말은 그 말 그대로 현실의 고단함을 몽땅 쓸어안은 채 기묘한 희망까지 싹틔운 듯했다.

대단하다, 대한민국 법

　노동을 하다 당하는 여러 부당한 처사는 한 개인의 입장에선 불시에 닥친 재난이나 다름없다. 에두르지 않고 교통사고나 천재지변과 크게 다르지 않아 평소엔 전혀 감지할 수도 없고 그저 닥친 다음 얼떨떨한 기분으로 스스로의 한계를 처절하게 실감할 따름이다. 그러고 보니 나 역시 처음 일했던 직장에서 약 7개월간 임금을 체불당한 적이 있다. 그럼에도 불구하고 신입으로서 경력은 쌓아야겠고, 그나마 7개월 사이 가끔 반달 치 월급(?)이 나오기도 했고, 무엇보다 일이 재미있어서 다른 생각을 할 겨를이 없었다. 생활이 쪼들리는 건 같이 일하던 동료 누구나 마찬가지였겠지만, 한편으로는 그때까지만 해도 부모님과 같이 사는 덕에 상대적으로 어려움을 덜 느꼈던 탓도 있었다. 하지만 결국 이렇게 계속 갈 수는 없다며 기자들 모두가 동시에 사표를 쓰기로 했다. 정말로 다 같이 그만두자는 게 아니라 일종의 실력 행사였다.

하지만 돈을 주건 못 주건 경영자가 일개 노동자들과 타협하는 법은 없었다. 일단 모두의 사표를 수리한 다음 수뇌부 기자부터 회유했다. 그때는 너무 어렸다. 단체 사직을 주도한 사람들이 그렇게 쉽게 회유에 넘어가리라고는 생각지도 못했으니 말이다. 심지어 평기자들 누구도 회사를 그만둔다는 이유로 사표를 낸 것이 아니라 사측을 압박하기 위한 마지막 한 수로 생각했던 터라 패배감을 넘어선 황망함에 실소조차 나오지 않았다. 그러고는 하나둘 다시 들어가 일을 하기 시작했다. 편집장과 취재팀장이 먼저 들어가 자리를 잡았고 그다음은 나이순으로 차례가 가거나 그도 아니면 스스로 자기 차례라 생각했던 것 같다. 모두 나름의 변명은 있었다. 이 잡지를 망하게 할 생각은 없었다며 갑자기 대의를 들고 나오는 사람도 있었고, 나이가 많아 다른 데 취직하기 힘들어서 어쩔 수 없이 여기서 계속 일해야 할 것 같다는 사람도 있었다. 듣고 보니 변명이라기보다는 나름대로 지지 않을 단단한 논거를 준비해온 것처럼 느껴졌다. 이윽고 새 기자를 뽑는 공고가 떴고 잡지 이름값 덕에 사람은 금세 모였다. 나 역시 그사이 몇 차례 친한 선배를 통해 돌아오라는 제안을 받았지만 그때마다 뒤통수에 뭔가 찐득하게 달라붙은 기분이 쉬이 가시지 않아 그냥 주저앉았다.

뒤통수에 묻은 오물의 정체를 알기 전까지는 쉽게 돌아갈 수 없다고 생각했다. 아니, 결국 그래서 돌아가지 않으려 했다. 회사 역시도 특별히 나를 원할 이유가 없었다. 대체할 노동자는 널리고 널렸으니까.

이후에도 지난한 싸움은 계속됐다. 밀린 임금을 받기 위해 수십 차례 고용노동청과 법원을 찾아야 했고, 그사이 운 좋게 다른 곳에 취직한 사이에도 그 일은 계속되었다. 이수인은 자신을 차에 치인 고라니에 비유하고는 스스로 치워질 생각이 없다고 했지만, 내 경우엔 완전히 반대였다. 제발 좀 이제는 치워달라고 애원하고 싶은 심정이었다. 그건 마땅히 노동자를 도와야 할 노동청에서 더욱 절실히 느꼈던 것이기도 하다. 한번은 내 체납 임금액을 확인한 공무원이 호들갑을 떨며 큰 소리로 옆자리 직원에게 "어머 어머, 이것 좀 봐봐"라며 문서를 건넸고 그 직원 역시 연극적인 단말마로 맞장구친 일도 있었다. "선생님, 왜 이렇게 될 동안 가만히 계셨어요?" 딱히 할 말이 없어 씁쓸하게 웃기만 했다. 사실 그건 애초에 질문도 아니었다. 질타나 최소한의 연민조차 아니었다. 멍청한 동물원 원숭이를 보고 느끼는 스스로에 대한 우월감 같은 것이었다. 지금 생각해보면 그마저도 내 자격지심이었겠지만.

또 한 번은 다른 공무원이 거두절미하고 이미 모든 소가 완료됐으니 이젠 더 이상 오지 말라는 투로 통보한 적도 있었다. 그게 무슨 뜻이냐 반문하니, 임금을 체불한 사용자가 벌금을 내서 사건이 완료됐다는 것이다. 도대체 그 벌금이 얼마냐고 물었더니 200만 원 정도라고 말했던 것 같다. 순간 너무 화가 나서 소리를 질렀다. "내가 받지 못한 돈이 1000만 원에, 내 동료들이 못 받은 돈까지 합하면 억이 넘을 텐데 고작 그거 내고 끝났다니 이게 말이 됩니까!" 그러자 그 공무원은 잠시 침묵하다 차가운 얼굴로 내게 말했다. "선생님, 대한민국 법이 그런 걸 왜 저한테 이러세요."

그렇게 대단한 한국 법에 의해 벌금을 내고 소송이 완료된 건 형사 쪽이고, 이후 민사소송을 통해 어렵사리 체불임금을 받긴 했다. 하지만 이를 해피엔드로 여겨본 적은 없는 것 같다. 어쩌다 이 일화를 나도 모르게 입에 올리게 되는데, 그 공무원이 내게 했던 그 대사를 옮길 때마다 아직도 그때 느꼈던 막막한 절망감이 떠오른다. 이제는 괜찮겠지 싶을 때마다 그랬다. 언젠가 한번은 대단한 무용담처럼 내가 예전에 이런 괴상한 일도 겪었다고 말하고 싶어 부러 꺼낸 이야기였는데도 예상과 달리 그때도 감정을 제대로 추스르지 못해 꽤 당황했던 적도 있다. 그 싸늘한 얼굴로 건넨 그 냉혹한 말이 그때 겪은 온갖 상흔의 이미지로 여전히 그렇게 남아 있다.

생각해보니 그 밖에도 상처 입을 일은 굉장히 많았다. 더군다나 상처를 주는 사람은 마음속에 일말의 동요나 한 톨 악의조차 없었던 탓에 더욱 기억에 남는 것 같다. "나는 이 잡지를 망하게 할 생각이 없어"라고 말했던 선배의 말이 아직도 잊히지 않는 것 역시 그 때문일지 모른다. 그럼 나는 이 잡지를 망하게 하는 사람이구나, 나는 망하게 하려고 사표를 썼구나 싶어서. 그러고 나니 그제야 그 잡지가 망하건 말건, 그 일을 영원히 못 하건 말건 전혀 상관없다는 생각이 들었다. 아예 그놈의 회사 폭삭 망하라고 저주했다 (여담이지만, 저주는 먹혔다). 다 좋고 다 이해한다 생각하고 홀로 열심히 삭혔지만 문득 그때 잘난 대의까지 도둑맞았다는 생각이 들 때는 매번 속이 쓰렸다. 그게 진실로 진심이라고 해도 그렇게 대의까지 다 가져가야만 했을까 싶어서.

잔혹한 의자 뺏기

오늘날 우리가 흔히 사용하는 '로봇robot'이란 말은 체코의 문호 카렐 차페크가 희곡 〈로봇〉에서 '노동'을 의미하는 체코어인 'robota'를 변형해 인간의 노동을 대신하는 존재를 설정한 데서 유래한다. 처음부터 노동에서 시작한 작품인 만큼 〈로봇〉에는 로봇을 탄생시킬 수밖에 없는, 노동자에 대한 지극히 정통하면서도 해학적인 정의가 등장한다. 가장 훌륭한 노동자는 어떤 사람일까? "그야 뭐, 음… 가장 정직하고, 가장 성실한 사람이겠죠." 아니다. "가장 값싼 노동자입니다. 욕구가 가장 적은 노동자 말입니다." 사실 노사 관계의 초점은 여기에 기인한다 느껴질 때가 종종 있다. 어디 노동자 주제에 덜 일하려고, 더 많이 벌려고, 더 잘살려고 한단 말인가. 오늘날 인간이 아닌 로봇을 원한다고 하면 이제는 우화나 풍자를 넘어 그냥 우리의 현실 그 자체다.

〈송곳〉이 모티브 삼은 글로벌 대형마트 체인 '까르푸'는 작중에서 '푸르미'로 변형됐지만 그 본질은 그대로다. 까르푸처럼 푸르미도 "프랑스 회사고 점장도 프랑스인"이다. 그런데 그런 노동 친화적인 국가의 기업이 왜 노조를 거부하는 걸까? 구고신 소장은 당연하다는 듯 답을 내어준다. "여기서는 그래도 되니까. 여기서는 법을 어겨도 처벌 안 받고 욕하는 사람도 없고 오히려 이득을 보는데 어느 성인군자가 굳이 안 지켜도 될 법을 지켜가며 손해를 보겠소? 사람은 대부분 그래도 되는 상황에서는 그렇게 되는 거요. 노동운동 10년 해도 사장 되면 노조 깰 생각부터 하게 되는 게 인간이란 말이오. 당신들은 안 그럴 거라고 장담하지 마. 서는 데가 바뀌면 풍경도 달라지는 거야." 이는 〈송곳〉이란 작품을 상징하는 말이기도 하지만 동시에 영원히 종결되지 않을 노동운동의 현실과 핵심을 직시하는 말이기도 하다.

아무리 좋아하는 일을 해도 늘 즐거울 수 없는 게 '일'이다. 그리고 우습게도 우리는 일이 원래 그런 거라는 걸 알면서도 타의로 그만뒀을 때 좌절할 수밖에 없는, 노동자다. 자리가 사람을 만든다고 하지만, 더 정확히 말하면 서 있는 곳이 곧 그 사람이다. 그러니 만약 지금 노동자라는 자리에 서 있다면 그 주어진 직분에 충실한 노동자이면서 동시에 노동을 혐오하는 기이한 존재가 되어서는 안 될 것이다. 노동자끼리 연대하기는커녕 적대하고 배척하는 일만은 없어야 한다. 노동을 혐오하는 노동자는 아무것도 기억 못 할지 몰라도 상처받은 이는 그걸 잘 안다. 그냥 자리를 잃은 것만 기억하는 것이 아니다. 대한민국 법이 그런 것도, 대의까지 도둑맞은 것도 다 남아 있다. 상처는 이미 오래전에 아물었다지만 흉터는 남아 있다. 노동의 배신, 그리고 같은 노동자의 배신은 그런 것이다. 그런 노동자와 기꺼이 연대하는 노동운동 역시 그런 것이고. 자리를 지키기 위한 우리의 싸움은 남의 자리를 뺏지 않는 것만이 아니라 그 자리를 인정하는 것까지 포함한다. 구고신의 말처럼 자리가 달라지고 풍경이 달라지면 사람도 달라질지 모른다. 나는 안 그럴 거라고 장담하지 않는다. 그보다는 올챙이 시절 말라 죽어가던 때를 기억하려 한다. 어차피 자리가 달라져도 기억은 쉽사리 증발하지 않으니 그건 추억이란 이름으로도 결코 포장할 수 없는 형벌 같은 것이기도 하니까. 그렇게 "서는 데"의 무거운 의미를 다시금 떠올려본다.

다른 그림 찾기
'왼손잡이'

> 나를 봐 내 작은 모습을 / 너는 언제든지 웃을 수 있니 / 너라
> 도 날 보고 한 번쯤 그냥 모른 척해줄 순 없겠니 / 하지만 때론
> 세상이 뒤집어진다고 / 나 같은 아이 한둘이 어지럽힌다고 / 모
> 두 다 똑같은 손을 들어야 한다고 / 그런 눈으로 욕하지 마 /
> 난 아무것도 망치지 않아 / 난 왼손잡이야
>
> - 패닉의 '왼손잡이' 중

학생 때 패닉을 굉장히 좋아했다. 내게는 서태지보다도 패닉이
었다. 서태지나 패닉이나 그놈이 그놈이라는 어른들조차 어쩐지
패닉만큼은, 아니 그중에서도 멤버 이적에게만큼은 유독 관대했
던 것도 같다. 그도 그럴 것이 이적의 '서울대'라는 우리 사회 가장
영예로운 타이틀은 그것만으로도 훗날 수험을 앞둔 학생은 물론

어른들에게조차 그럴듯한 설득력 그 자체나 다름없었다. 심지어 어떤 어른은 아예 이렇게 말했다. 역시 서울대라 다르다고. 어쩌면 서울대 출신 뮤지션 이적은 어린 내게 번듯한 간판 하나 갖는다는 것의 의미와 그 막중한 영향력을 각인시킨 첫 번째 사례이기도 했을 것이다. 혈연도 지연도 나중엔 다 어찌저찌 뭉갤 수 있어도 학력이나 학연만큼은 영원히 남는다는 당시 담임선생님의 발언도 분명 천박한 조언인 걸 알면서도 어딘가 비슷한 맥락으로 기억되는 것은 순전히 그 때문일 것이다.

물론 이적은 그 대단한 학력만이 아니라 패닉의 음악으로도 내게 많은 힘을 주었다. 사실 당시 유행가들은 어느 정도 그런 일련의 흐름을 보여주긴 했다. 사회비판적 메시지를 담은 노래 한두 곡 정도는 내줘야 잘 팔릴 뿐 아니라 나아가 사회적으로도 파급되면서 어느 순간 누구나 알아보는 이른바 '셀럽' 혹은 '인플루언서'의 반열에 오를 수 있었기 때문이다. 비단 거기까지는 아니더라도 이 정도는 음악가라면 누구나 '아티스트'의 책무로 간주하기까지 했다. 비단 아이돌 위의 아이돌, 문화대통령으로 군림했던 서태지만 '발해를 꿈꾸며'나 '시대유감' 같은 음악을 창작한 것은 아니었다. 그 속내나 진심이야 어찌 됐건 스스로를 아티스트라고 부르는 이라면 마치 언젠가는 밟아나가야 할 수순처럼 여겼던 것이다. 어차피 거대한 영향력을 발휘할 수 있는 이라면 그런 사명감이나 자아도취에 빠질 법도 하다. 어차피 예술이란 원래 그런 것이지 않은가.

패닉은 그런 면에서 조금은 달라 보였다. 일단 다른 대중음악가처럼 연가로 인기를 얻은 후 본격적으로 '난 좀 달라' 식으로 심오한 이야기를 풀어낸 것이 아니라, 아예 처음부터 기성 사회를 비판하는 데서 출발했기 때문이다. 물론 연가에 가까운 '아무도'라는 데뷔 곡은 별다른 반응을 얻지 못했을 뿐 아니라, 이후엔 아예 잔잔한 발라드 곡인 '달팽이'로 선회하기까지 했다. 그중 현대인의 고독감을 시적 은유로 그려낸 '달팽이'는 국민적인 인기를 얻는 데 성공했다. 당시 이 곡이 표절 시비에 올라 아직까지도 간간이 표절 논란으로 입길에 오르는 걸 보고 있자니 더더욱 기분이 묘하긴 한데, 사실 상관없다. '달팽이'가 인기를 끌 때조차 여전히 관심 밖이었으니까.

본격적으로 패닉에 빠진 건 단연 '왼손잡이'부터였다. 곡의 전개도 무대 매너도 요상했지만 그중 가장 이상한 건 역시나 가사였다. 나중에 일부러 카세트테이프의 속지 가사를 찬찬히 들여다보고 나서야 그 정체를 깨닫고 머리끝이 쭈뼛 섰던 기억이 난다. 남들과 달라야 한다는 당시 '신세대', 'X세대'의 기조는 어떤 면에선 상당히 이율배반적이었다고 기억되는데 이와도 부분 상통하는 면이 있었던 탓이다. 결국 외모나 패션, 생활 패턴 같은 비교적 자잘한 영역에서는 유일무이한 존재인 양 자신을 치장하면서도 거시적인 삶의 방식에서만큼은 결코 정해진 노선을 벗어나지 않으려는 듯 느껴졌기 때문이다. 일례로, 지금이야 '비혼'이란 조어가 널리 쓰이는 만큼 결혼이란 울타리 밖에 구축한 다양한 삶의 방식을 어느 정도 인정하는 분위기지만, 그때까지도 유독 결혼과 취직만큼은 그렇게나 난 남들과 다르다는 기운을 온몸으로 내뿜는 누군가에게조차 여전히 통과의례나 다름없었다.

규격 밖의 세상

물론 이를 비판하는 수많은 말과 조언이 그때라고 없진 않았다. 하지만 그 수많은 말의 성찬 가운데서도 '왼손잡이'는 가장 쉬운 말로 정확히 핵심을 꿰뚫는 듯했다. 그러면서도 가장 큰 위안을 주었다. "나 같은 아이 한둘이 어지럽힌다고" 뒤집어질 세상도 아니다. 게다가 모두가 "다 똑같은 손을 들어야" 할 필요도 없다. 누구나 잘 알고 있는 사실이지만 어쩐지 사람들은 모르는 체하며 나와 다른 사람을 욕하고 '바른 길'로 다잡으려 한다는 그 보이지 않는 무거운 공기의 정체가 또렷해진 느낌이었다. 겉으로는 남들과 달라야 한다고 그렇게 외치면서도 남들과 같지 않으면 마치 세상이 무너지기라도 하듯 실은 다 같이 합심해 그렇게 비웃어대기 일쑤였다. 단 한 번도 그냥 모른 체 지나가는 법이 없었다. 하지만 그

'다름'이 단지 왼손잡이일 뿐이라고 생각하는 순간 이제까지의 모든 조소와 비아냥거림이 한 줌 가치도 없는, 너절하기 짝이 없는 편견처럼 보였다. 얼핏 조금 달라 보이지만 실은 "아무것도 망치지 않"을 왼손잡이에 불과하다는 생각을 머릿속 깊숙이 박아 넣고 나니 그렇게 안심이 될 수 없었던 것이다.

이후 무슨 짓을 벌이든 조금은 용기가 생겼다. X세대라며 거들먹거리면서도 실은 알맹이만큼은 거기서 거기였던 선배 세대의 진짜 속내를 마음속 깊숙이에서 반면교사 삼을 수 있었던 것도 그 때문이었다. 패닉 또한 2집에서는 대놓고 모험을 하며 여기 힘을 보태주었다. 에두를 것 없이 〈밑〉이라는 타이틀을 내세워 아예 부조리한 계급사회의 여러 면면을 적시하고 이를 다채로운 은유로 건드리며 이따위 사회는 아예 전복해버리자며 청자를 부추겼다. 나 역시 여기에 크게 감화됐다. 이것이 록 음악이라는 것을 깨닫고 곧 록 음악에 빠진 것도 패닉에 빚진 바 크다. 그렇게 오랫동안 록 장르 안에 녹아 있는 기성세대에 대한 반감과 오른손잡이를 강요하는 사회는 결코 옳지 않다는 신념을 품은 채 살아올 수 있었던 것 같다. 어느새 완전한 어른이 된, 지금 이적의 음악에는 결코 매료되지 않는 이상한 어른으로 말이다.

만화나 장르소설을 좋아하게 된 것도 그런 이유 때문이다. 내가 보기엔 이렇게 훌륭한 예술이 따로 없는데 사람들은 그저 아이들이 보는 것, 심심풀이, 너절하고 퇴폐적인 뒷골목 문화, 정련되지 않은 예술 정도로만 보는 것이 아닌가. 그래서 더더욱 파고들었다. 때로는 대다수가 가진 그런 폄하의 시각을 즐겼던 것도 같다. 어차피 록 음악도 예전엔 그랬지 하는 생각에 대수롭지 않은 척하려 무진 노력하기도 했다. 그래서 어느 순간부터는 사람들이 낮잡아 볼 때마다 그러라지 생각하고 오히려 안타까워할 수 있었다. 그런 마음과 마음가짐이 굳어져 여기까지 왔다 생각하니 '왼손잡이'의 가사와 메시지가 이제 와서는 조금 무섭게 느껴지기도 한다. 별수 있나. 결국 그렇게 될 수밖에 없었을 것이다. 왼손잡이라고 해서 세상을 망치는 건 아니라는 마음, 나는 그저 다수가 아닌 소수 쪽에 불과할 뿐 틀린 건 아니라는 마음이 없었다면 여기까지 오는 길이 더 힘들었을 것이다. 남들이 좋아하는 것을 좋아하는 척 다잡으며 해야 한다는 일만 바득바득 하면서 대다수 선배 세대의 뒤를 따랐을 것만 같다. 그러니 다행이다. 왼손잡이여서.

　그렇다고 남들과 굉장히 다른 일을 하고 산다고는 생각지 않는다. 요즘도 어머니께서는 꽤 자주 "내가 이런 아들을 낳을 줄 몰랐다"며 지금껏 내가 하거나 벌인 일들에 감탄 아닌 감탄(혹은 한탄?)을 하곤 하시지만, 딱 거기까지다. 그저 남들보다 돈이 좀 덜 되는 일에 매료돼 비교적 오래 하고 있을 따름이니까. 그래서 가끔 누군가 물어올 때도 비슷한 대답을 하며 나 역시 생활인이며 사회인이란 것을 열심히 부연하는지도 모르겠다. 실제로 글은 어느 누구나 쓰는 것이지 않은가. 잘 쓰고 못 쓰고와는 별개로 그저 누구나 쓰고 있기 때문에 딱히 특별한 기술로도 취급받지 못하는 안타까운 직업일 뿐이다. 그러든가 말든가 현재에 자족한다. 그럼에도 때때로 안쓰럽게 여기는 시선과 종종 마주하는 것은 어쩌면 숙명이려나 싶다. 나는 그냥 왼손이 더 편할 뿐인데 그게 뭐가 그리 안타까운지 아직도 정말 정말 모르겠으니까.

어차피 원 코인 플레이

왼손잡이란 말 하나가 내게 준 힘은 그만큼 강력했다. 사람은 누구나 언어에 지배당하기 마련이다. 모국어로 대화하는 것뿐 아니라 모국어로 생각하는 것만 봐도 분명하다. 언어엔 그 사람과 사회의 성질은 물론 지향까지 모두 담겨 있다는 생각을 종종 한다. 그런 생각이 가장 극대화되는 지점이 바로 '틀리다'라고 말하는 사람과 마주할 때다. 한국 사람들은 이상하게도 '다르다'를 '틀리다'라고 말하는 경우가 많다. 잘 알려진 '틀린 그림 찾기'라는 게임도 엄밀히 말하면 '다른 그림 찾기'다. 그럼에도 우리는 누군가의 다름을 별다른 고민 없이 '틀리다'라고 말한다. 그 진의야 어찌 됐건 그 저변에는 너의 다름이 틀렸다, 그건 뭔가 잘못된 것이라는 생각이 깔려 있는 탓은 아닐까. 그만큼이나 한국인은 뭇사람들과 달라지는 것을 꺼렸던 것은 아닐까? 그래서 반드시 남과 달라지는 것만큼은, 아니 남과 '틀려지는' 것만큼은 피해야 한다고 생각했을지도 모를 노릇이다.

하지만 괜찮지 않을까. 애초에 틀린 삶은 없으니까. 남과 다른 길로 향하는 갈림길에서 망설이는 사람들이 있다면 한 번쯤 꼭 공유하고픈 교훈이다. '욜로YOLO'니 뭐니 단 한 번밖에 없는 삶이라고 그렇게나 강조하면서도 실은 딱 하나밖에 없는 목숨이기에 아끼고 아껴 평온하고 안전한 삶을 택하는 듯한 사람들 사이에서 그저 한번 "세상을 뒤집어"버릴 듯 아주 조금 어지럽혀보는 것도 괜찮지 않을까. 그 깨달음이 너무 늦지 않도록 그래서 나는 여전히 모두를 부추기곤 한다. 옆구리 콕콕 찌르며 여기 재미있는 게 많다고, 여기 네가 모르는 색다른 게 있다고. 그리고 왼손이 거들지 않으면 결코 인생의 골을 넣을 수 없다고 말이다. 여전히 나는 그런 간악한 왼손잡이로 남아 있다. 그리고 남아 있고자 한다. 참 다행이다.

작가 및 작품 찾아보기

작가

고레에다 히로카즈	26, 299
구시키 리우	308
기리노 나쓰오	200
김은숙	51
김호연	21
나카무라 후미노리	231
나카야마 시치리	96
니시오 이신	31, 135
로버트 저메키스	89
무라카미 하루키	12, 175
미야자키 하야오	89
미우라 켄타로	161
봉준호	97
사이토 미나코	57
스티븐 스필버그	248
아날두르 인드리다손	44
아다치 미츠루	19
아리스가와 아리스	82
아사쿠라 아키나리	128

아야츠지 유키토	17, 81
안노 히데아키	66
에드바르 뭉크	81
오승호	132
오쿠다 히데오	231
요네자와 호노부	220
우라사와 나오키	309
우미노 치카	282
이나다 도요시	101
이노우에 다케히코	231
이사카 고타로	252, 261
이시다 이라	312
이영도	43
이우정	18
조세희	256
최규석	319
최동훈	172
카렐 차페크	325
케빈 카터	222
피터 잭슨	89

황보름	27
후루야 미노루	235
후지모토 타츠키	226
히메노 가오루코	58
J. R. R. 톨킨	29, 122
S. A. 코스비	40

그 외 크리에이터

나나	295
나영석	18
나카무라 토모야	239
노엘 갤러거	231
데이비드 듀코브니	292
마키 타로	103
메릴 스트립	249
박은빈	74
브리 라슨	150
블루하츠	208
서태지	328
송혜교	36
스티브 바이	231
아리무라 카스미	239
아이유	205
안도 사쿠라	128
에본 모스 바흐라흐	186
엠마 톰슨	210
염혜란	39

이도현	38
이만 벨라니	151
이적	328
이정재	144
임지연	36
전여빈	295
제러미 앨런 화이트	186
주드 로	150
질리언 앤더슨	294
커트 코베인	231
톰 행크스	249
패닉	328
BTS	97
DJ DOC	180

영화

그렇게 아버지가 된다	301
더 포스트	248
러브레터	89
리틀 포레스트	27
링	89
반지의 제왕	122
브로커	299
빽 투 더 퓨쳐	89
신 고질라	69
어느 가족	300
위플래쉬	188
조커	263
천상의 피조물	89
카모메 식당	27
캡틴 마블	150
호빗	122

드라마

글리치	292
더 글로리	33, 48
더 베어	184
더 보이즈	165
미즈 마블	151
반지의 제왕: 힘의 반지	122
베토벤 바이러스	232
브러쉬 업 라이프	127
스펙	44
슬기로운 의사생활	18
양산형 리코: 프라모델 걸의 인생 조립기	126
오렌지 이즈 더 뉴 블랙	43
오징어 게임	143
울트라맨	58
응답하라 1988	18
응답하라 1994	18
응답하라 1997	18
이상한 변호사 우영우	73, 242, 259
이시코와 하네오: 그런 일로 고소합니까?	72, 236

이어즈&이어즈	209
지구방위대 후뢰시맨	89
피노키오	256
X파일	292

애니메이션

공각기동대	89
기동전사 건담	59
리코리스 리코일	229
마징가Z	58
무사 쥬베이	89
소녀혁명 우테나	89
스파이 패밀리	299
신세기 에반게리온	60, 66, 89
신 에반게리온 극장판 ╢	65
에반게리온 신극장판: 서	67
에반게리온 신극장판: 파	67
에반게리온 신극장판: Q	68
엔드 오브 에반게리온	66
자이언트 로보: 지구가 정지하는 날	89
퍼펙트 블루	89

만화

가지	156
강철의 연금술사	252
골든 카무이	13, 41, 131
귀멸의 칼날	226
기동경찰 패트레이버	88
던전밥	177
도라에몽	59
도박묵시록 카이지	143
두더지	235
리얼	232
목소리의 형태	259
미소녀 전사 세일러 문	59
베르세르크	158
사가	168
살아남은 6명에 의하면	129
송곳	153, 317
슈퍼맨: 레드 선	166
원아웃	109
원피스	225

장송의 프리렌	121
중간관리록 토네가와	145
중쇄를 찍자!	150
체인소 맨	225
플루토	309
허니와 클로버	116, 281
호시아카리 그래픽스	271
H2	109

소설, 희곡

9번째 18살을 맞이하는 너와	128
거꾸로 소크라테스	252, 257
괴물 이야기	138
꿈의 도시	231
나의 라임오렌지나무	205
난장이가 쏘아올린 작은 공	256
내 눈물이 너를 베리라	40
눈물을 마시는 새	43
달러구트 꿈 백화점	28
로마 서브 로사	242
로미오와 줄리엣	174
로봇	325
링컨 차를 타는 변호사	237
멋진 신세계	9
목소리	44
미궁	231
반지의 제왕	29
불편한 편의점	17
빙과	220

사형에 이르는 병	307
소녀불충분	134
속죄의 소나타	237
식스틴	312
신본격 마법소녀 리스카	138
어나더	17, 81
어서 오세요, 휴남동 서점입니다	24
연쇄 살인마 개구리 남자	96
연쇄 살인마 개구리 남자의 귀환	96
왕과 서커스	217
일몰의 저편	199
자물쇠 잠긴 남자	76
잘린머리 사이클	135
포틴	312
폭탄	132

그 외 도서

먼 북소리	12
언더그라운드	175
영화를 빨리 감기로 보는 사람들	99
오라, 달콤한 장르소설이여	106
요술봉과 분홍 제복	57
충청의 말들	7

음악

달팽이	330
린다린다	208
발해를 꿈꾸며	329
시대유감	329
아무도	330
왼손잡이	328
임을 위한 행진곡	97
제제	205

독설록 讀說毒舌錄

달면 뱉고 쓰면 삼키는 대중문화 해독서

발행	2025년 3월 20일
지은이	강상준
편집	김유진
교열	남다름
디자인	강현아
펴낸이	정종호
펴낸곳	에이플랫
출판등록	2018년 8월 13일(제2020-000036호)
이메일	aflatbook@gmail.com
블로그	blog.naver.com/aflatbook
가격	18,000원

ISBN   979-11-89836-60-3 03800

에이플랫은 언제나 기성 및 신인 작가의 원고를 기다리고 있습니다.